GUY DE MAUPASSANT

Boule de suif

PRÉFACE, COMMENTAIRES ET NOTES
DE MARIE-CLAIRE BANCQUART

ALBIN MICHEL

PRÉFACE

MAUPASSANT conteur ? Surtout s'il s'agit d'un recueil intitulé *Boule de Suif,* on risque bien d'entendre de nos jours encore la phrase que Jean Richepin écrivait en 1880 : « Il est Normand et parent de Flaubert, digne de cette race plantureuse et saine. » Double méprise, à propos de Flaubert comme à propos de Maupassant. Mais elle a la vie dure, en ce qui concerne le joyeux batelier, l'homme couvert de femmes, l'auteur d'histoires de chasse et de maisons closes, qu'est resté Maupassant pour beaucoup. Dieu, que la France est jolie dans ces récits où l'on trousse, rit et boit ! Sans doute l'écrivain a publié des récits fantastiques ; mais c'est à côté, mais c'est parce qu'il devenait fou à la fin de sa vie...

La vérité dérange davantage. On est sur son chemin, quand on reconnaît que les contes fantastiques ne sont pas isolés dans cette œuvre, mais sont publiés entre un récit de canotage et un conte paysan ; et encore, que leur nombre ne va pas du tout en croissant jusqu'à ce que Maupassant sombre dans la folie. Bien au contraire. C'est entre 1884 et

1886 qu'ils atteignent leur plus grande fréquence, quoique dès le début de l'œuvre ils soient assez nombreux. Après 1886, et pour les quatre années qui restent dans cette courte carrière de dix ans, ils se raréfient considérablement, comme si l'écrivain avait craint désormais de susciter cette étrangeté du monde qui ne l'obsédait que trop : très beaux contes, comme « La Nuit », « L'Endormeuse », « Qui sait ? », mais contes exceptionnels dans la masse des autres. Non, le fantastique chez Maupassant n'est pas un entraînement de la folie. C'est le paroxysme d'une cruauté, d'une inflexibilité du destin qui apparaît constamment, comme le tout-venant de notre vie. Le héros de « La Chevelure », ce « fou » vampirisé, mais c'est vous, c'est moi : il se promenait tranquillement dans Paris, il aimait les vieux meubles ; cela a suffi pour qu'il soit dévoré par l'idée fixe. Du quotidien est sortie l'inquiétante étrangeté. Il en sort tout aussi bien des situations atroces, qui sont moins choquantes peut-être pour la raison, au premier abord : mais est-il « raisonnable » qu'un simple bijou fasse la catastrophe de deux existences, dans « La Parure », ou que l'héroïne de « Première Neige » se soit condamnée à mort parce que son mari refusait d'installer un calorifère ? A considérer le train médiocre de ce monde, on est frappé par sa férocité. On y abandonne, pour de l'argent, la jeune épousée de « La Dot » ; on y tourmente à petit feu, jusqu'à la mort, comme dans « L'Attente ». Enfin, *on n'y achève pas les chevaux* : on les laisse mourir lentement, horriblement, comme dans « Coco ».

Ce serait là une assez bonne définition de tout un aspect de l'univers de Maupassant. On n'y achève pas les chevaux. Et les hommes sont très comparables aux chevaux : c'est dans leur être animal qu'ils

souffrent, s'ils ont la sympathie de l'écrivain. Quels qu'ils soient. On peut certes tirer de la lecture de ce recueil une vision très critique de la société contemporaine : bêtise, lâcheté, cruauté des bourgeois dominés par l'argent ; société injuste dans son fondement même. Mais on aurait tort de penser que cette critique, dans l'esprit de Maupassant, puisse ouvrir sur l'espérance qu'un type de société plus vivable s'installe un jour. Il l'a suffisamment précisé. En fait, la condamnation de la société d'argent est ici sans perspective qui se rapporte au passé ou à l'avenir. Elle joue le rôle d'une fonction du récit, inverse et complémentaire de la fonction fantastique. L'argent est un désir, un désir effréné. Comme l'amour, comme le vouloir-vivre, qui sont à l'origine de l'étrangeté. Mais à leur différence, il est un désir *sur rien*, dès qu'on possède assez d'argent pour suffire à une vie décente. Mme Loisel, dans « La Parure », ne soulève notre pitié que parce qu'elle souffre dans sa vie, dans sa chair, du manque d'argent : l'animal qui est en elle a mal. Ce n'est pas le cas de Céleste, fille de riches fermiers, qui se retrouve enceinte dans « L'Aveu » pour avoir voulu épargner quelques francs. Pour rien, puisqu'elle n'en avait pas besoin. Ce n'est pas le cas des riches protagonistes de « Boule de Suif », dont il est dit expressément que la guerre ne nuira pas à leur prospérité. Pour rien, ils entreprennent le périlleux voyage vers Dieppe : pour un superflu, une apparence. Alors, le monde se reconstruit d'une manière monstrueuse, parce que le paraître y étouffe l'être. Amour, pudeur, plaisir, douleur, ne comptent plus. La « morale » et « l'honneur » ne comptent plus. Céleste continue aussi longtemps que possible à cacher sa grossesse à Polyte, pour continuer à gagner des sous. Les honnêtes gens

livrent Boule de Suif à l'occupant, puis la « jettent » une fois qu'elle leur a servi. Le monde se déforme et s'égare ; il devient absurde, quand on le construit sur le pouvoir fictif de l'argent. En face, fonctionne l'autre monde déformé, celui des « fous » qui, eux, n'ont pas de rapport avec l'argent (le héros de « La Chevelure » est un rentier célibataire, comme celui du « Horla », de « Qui sait ? »), et qui, eux, sont tout entiers la proie d'un désir physique et consubstantiel à leur être. Leur aberration n'en est une que parce que nous méconnaissons la force de leur désir. Il est fondé, lui. Le temps de lire un de ses récits, Maupassant nous donne à voir une vérité vertigineuse : c'est le fou qui vit pleinement ; c'est dans notre société, que nous acceptons si bien, que se trouvent l'illusion et la mort dans la vie. D'un côté du miroir comme de l'autre, l'existence n'est pas *tenable* : odieuse d'une part ; de l'autre, livrée à l'accélération du désir qui mène au suicide. Le résultat n'est pas quelque plaidoyer pour l'anti-psychiatrie ou pour une société meilleure : il est dans le creux du vertige.

Mais encore cette dichotomie n'est-elle pas la seule. Car le monde de Maupassant n'est pas toujours cruel, pas toujours fantastique. C'est vrai qu'on y sourit et qu'on y rit. La mésaventure du « Protecteur », la naïveté du père Boniface nous amusent, comme l'histoire de carabin contée dans « Une Soirée ». C'est vrai qu'on y aborde gaillardement des sujets égrillards. L'ami Patience a monté avec sa propre famille une « maison » qui marche bien ; M. Lerebour trouve une vigueur perdue quand il assiste aux ébats de sa bonne dans la serre. Un « blason du corps masculin » s'ébauche avec « La Moustache », où les allusions coquines ne manquent pas. Et puis, jusque dans les récits moins

gais, l'allure est vive, les caricatures et les traits drôles se multiplient : sourires fugitifs, connivence d'un clin d'œil entre le lecteur et l'écrivain. Cornudet est ridicule, et, à sa manière, le capitaine Epivent l'est aussi. Le ministre de « La Parure » s'appelle comme un cabaretier célèbre. « La Chevelure » commence par la description des délices du printemps à Paris. « Auprès d'un mort » contient l'histoire d'une mystification post mortem, et « Rose » celle d'un travestissement bien malin. De récits intégralement cruels, sans une lueur, on ne pourrait citer en somme que « Coco », « L'Attente », « Première Neige ». Ailleurs, on est emporté par une sorte de vouloir-vivre de l'écriture, qui est bien le témoignage de l'appétit que Maupassant montre à mimer le monde, tout comme il montre de l'appétit à en jouir. Il est celui qui aime les femmes, les parties de plaisir, les choses qu'il transfère dans l'univers très concret et très dense de sa prose : nourritures, corps amoureux et paysages sensuels. Il est celui qui aime l'argent, et s'arrange très âprement pour en gagner le plus possible avec sa littérature. Quelque chose en lui comprend Céleste et Patience, et les grosses farces, et le plaisir pas très raffiné des sens. Il a beaucoup de « Bel Ami ».

Seulement, ce monde-là ne cesse de s'inverser. Tantôt les ridicules participent à une action globalement odieuse, et les objets plaisants à une cruauté (le meuble de « La Chevelure », les provisions dans « Boule de Suif »). Tantôt les récits drôles inquiètent, ou dévalorisent au second degré : médiocrité des protagonistes, critique implicite de la femme ou de la société. Ce serait trop simple que tout soit joyeux. Trop simple aussi que tout soit noir : Maupassant reproche à ses contemporains d'outrer leur névrose, et de tomber dans l'horreur ou la perver-

sion gratuites. Quant à lui, il décrit une série de dichotomies, de l'argent au fantastique, de la pitié au mépris, du rire à la terreur.

De même, il balance sans arrêt entre sa Normandie natale et la nature du Midi, qui l'attire tellement. Chacun de ces pays est, à son tour, aimé et rejeté. La Normandie, féconde et douce en été, secrète sous la neige de l'hiver, est sentie par les fibres de Maupassant. Mais il connaît des habitants leur âpreté, leur positivisme, leur cruauté. Il a de bonnes raisons pour cela. Il est l'un d'entre eux, et, en certains points, semblable à eux. Tolstoï lui reprocha de peindre durement les paysans. Il ne les idéalise certes pas. Mais il n'en donne pas non plus une caricature. Ses paysans sont travailleurs. Ils aiment la terre. Ils ont un certain humour. Ils ne partagent pas les haines arbitraires de nation à nation : dans *Boule de Suif,* on voit l'humilité de l'occupant allemand simple soldat rejoindre celle du paysan pauvre. Mais quand le Normand se sent menacé dans sa chair et sa terre, il devient un « résistant » plus héroïque que bien des citadins : les exemples du « Père Milon » et de la « Mère Sauvage » le prouvent. Portraits sans concession, donc, mais sans partialité Ils n'en sont que plus rudes. Pour les pays méridionaux, Maupassant éprouve l'attirance de l'homme du Nord appelé par le soleil. Pays de liberté : en Corse, les passions se développent sans entrave. Pays de volupté : odeurs, couleurs, panoramas contrastés de la Corse et de la Côte d'Azur alors non défigurées. Mais « Histoire corse », « Le Bonheur », « Une Vendetta », montrent bien que l'homme exigeant et complexe, issu de notre civilisation, ne saurait s'acclimater en Corse sans perdre son raffinement. Quant à la Côte d'Azur si séduisante, elle est le prétexte d'une « causerie

triste », le Carnaval ne faisant que masquer les terribles tromperies de l'existence (*Gaulois*, 25 février 1884). Elle est aussi « Chez la mort » (*Gaulois*, 8 mai 1882), car les phtisiques y vont achever une existence condamnée, dans le mensonge des fleurs et des lucioles. C'est bien l'atmosphère de « Rose » et « Auprès d'un mort ». Paris, axe de ces aller et retour constants entre Nord et Midi, est lui-même un creuset d'impressions : on s'y perd dans « La Dot » ; on y passe de la félicité à la détresse dans « La Chevelure »...

Nous voilà bien loin de l'idée simple d'un Maupassant conteur de race « plantureuse et saine ». Il convient aussi de revenir sur le réalisme de l'écrivain, souvent compris comme la traduction épidermique de la « réalité » dans une langue dont on loue la clarté, dans des récits dont la construction paraît classique. C'est vrai de quelques récits de Maupassant : ceux, toujours les mêmes, que présentent les livres canoniques de morceaux choisis. Ce n'est pas vrai de l'ensemble de ses récits. Comment cela se pourrait-il, quand la « réalité » pour lui se marque justement, non par la certitude, mais par une continuelle ambivalence ? Et par une subjectivité totale ? Maupassant écrit du romancier, dans l'article publié en tête de *Pierre et Jean* : « Son but n'est point de nous raconter une histoire, [...] mais de nous forcer à penser, à comprendre le sens profond et caché des événements. A force d'avoir vu et médité il regarde l'univers, les choses, les faits et les hommes d'une certaine façon qui lui est propre et qui résulte de l'ensemble de ses observations réfléchies. C'est cette vision personnelle du monde qu'il cherche à nous communiquer [...]. » Le réalisme de Maupassant se définit, non comme une approche par l'extérieur d'un monde solide, mais

comme un éclairage de ce monde par la fuyante vérité intérieure. Parce qu'il excelle à décrire, on a cru que Maupassant manquait d'âme. C'est tout le contraire. Il ressent la nécessité de situer minutieusement, de montrer, de faire des comptes. Il refuse les outrances. Qu'en aurait-il besoin, puisque c'est de la banalité, sentie à sa manière, que naissent le désir et le désespoir ? Puisque cette banalité est sans cesse incertaine, et donne lieu à des interprétations contradictoires ? La parole est maîtrisée par l'écrivain ; mais ce n'est pas pour nous offrir une vision linéaire : c'est pour aller, toujours, d'un pôle à l'autre du possible. De même, la structure du récit est très diverse ; il va du récit carré, fermé, au récit en dissémination, parcourant toute une gamme de possibilités rhétoriques.

Un balancement incessant : sinon, les choses et le moi seraient réduits au degré zéro, comme à la fin de « La Nuit ». C'est parce que l'homme est un sujet illusoire, sans arrêt appelé par son imagination ou ses passions à se décentrer vers des « ailleurs » également illusoires, que Maupassant nous présente des visions absolument inverses. On va de lieu en lieu, du désespoir à la farce, d'un paysage de Renoir à une gravure d'Ensor. Partout des écarts, des miroirs aux multiples reflets ; une variation à l'infini, car une même postulation appelle des réponses contraires. Là est la signification de l'univers dans les récits de Maupassant : pas toujours horrible, pas toujours gai, mais les deux successivement, dans un mouvement de fuite qui est en rapport avec un moi en déperdition. Dans ce vertige même se trouve le tragique de notre existence. Maupassant situa son dernier roman, *L'Angélus*, en Normandie pendant l'invasion prussienne, tout comme *Boule de Suif*. Les pages que nous en

possédons nous présentent un prêtre qui établit « le dossier de Dieu », dénonçant l'imperfection de la terre, « sorte de bagne pour les âmes tourmentées de savoir », et la condamnation à mort qui obscurcit le destin de tous les êtres. Dieu ne cesse de produire, pour ne cesser de détruire. Vision d'une création absurde : l'écrivain créateur ne peut que la mimer. Un récit de Maupassant présente une cohérence. Vingt récits de Maupassant forment un système non cohérent, comme le monde. Les contemporains de l'écrivain, absorbés dans les querelles du milieu littéraire, et lisant ses récits de semaine en semaine, n'avaient pas le recul que nous pouvons prendre pour apercevoir ce Maupassant qui, dans un même recueil, rassemble des récits ambivalents, et « réalistes » parce qu'ils sont ambivalents.

M.-C. BANCQUART.

BOULE DE SUIF[1]

PENDANT plusieurs jours de suite des lambeaux
d'armée en déroute avaient traversé la ville. Ce
n'était point de la troupe, mais des hordes déban-
dées. Les hommes avaient la barbe longue et sale,
des uniformes en guenilles, et ils avançaient d'une
allure molle, sans drapeau, sans régiment. Tous
semblaient accablés, éreintés, incapables d'une
pensée ou d'une résolution, marchant seulement
par habitude, et tombant de fatigue sitôt qu'ils
s'arrêtaient. On voyait surtout des mobilisés, gens
pacifiques, rentiers tranquilles, pliant sous le poids
du fusil ; des petits moblots alertes, faciles à l'épou-
vante et prompts à l'enthousiasme, prêts à l'attaque
comme à la fuite ; puis, au milieu d'eux, quelques
culottes rouges, débris d'une division moulue dans
une grande bataille ; des artilleurs sombres alignés
avec ces fantassins divers ; et, parfois, le casque
brillant d'un dragon au pied pesant qui suivait avec
peine la marche plus légère des lignards.

Des légions de francs-tireurs aux appellations
héroïques : « Les Vengeurs de la Défaite — les
Citoyens de la Tombe — les Partageurs de la

Mort » — passaient à leur tour, avec des airs de bandits.

Leurs chefs, anciens commerçants en draps ou en graines, ex-marchands de suif ou de savon, guerriers de circonstance, nommés officiers pour leurs écus ou la longueur de leurs moustaches, couverts d'armes, de flanelle et de galons, parlaient d'une voix retentissante, discutaient plans de campagne, et prétendaient soutenir seuls la France agonisante sur leurs épaules de fanfarons ; mais ils redoutaient parfois leurs propres soldats, gens de sac et de corde, souvent braves à outrance, pillards et débauchés.

Les Prussiens allaient entrer dans Rouen, disait-on.

La garde nationale qui, depuis deux mois, faisait des reconnaissances très prudentes dans les bois voisins, fusillant parfois ses propres sentinelles, et se préparant au combat quand un petit lapin remuait sous des broussailles, était rentrée dans ses foyers. Ses armes, ses uniformes, tout son attirail meurtrier, dont elle épouvantait naguère les bornes des routes nationales à trois lieues à la ronde, avaient subitement disparu.

Les derniers soldats français venaient enfin de traverser la Seine pour gagner Pont-Audemer par Saint-Sever et Bourg-Achard ; et, marchant après tous, le général, désespéré, ne pouvant rien tenter avec ces loques disparates, éperdu lui-même dans la grande débâcle d'un peuple habitué à vaincre et désastreusement battu malgré sa bravoure légendaire, s'en allait à pied, entre deux officiers d'ordonnance.

Puis un calme profond, une attente épouvantée et silencieuse avaient plané sur la cité. Beaucoup de bourgeois bedonnants, émasculés par le commerce, attendaient anxieusement les vainqueurs,

tremblant qu'on ne considérât comme une arme leurs broches à rôtir ou leurs grands couteaux de cuisine.

La vie semblait arrêtée, les boutiques étaient closes, la rue muette. Quelquefois un habitant, intimidé par ce silence, filait rapidement le long des murs.

L'angoisse de l'attente faisait désirer la venue de l'ennemi.

Dans l'après-midi du jour qui suivit le départ des troupes françaises, quelques uhlans, sortis on ne sait d'où, traversèrent la ville avec célérité. Puis, un peu plus tard, une masse noire descendit de la côte Sainte-Catherine, tandis que deux autres flots envahisseurs apparaissaient par les routes de Darnetal et de Boisguillaume. Les avant-gardes des trois corps, juste au même moment, se joignirent sur la place de l'Hôtel-de-Ville ; et, par toutes les rues voisines, l'armée allemande arrivait, déroulant ses bataillons qui faisaient sonner les pavés sous leur pas dur et rythmé.

Des commandements criés d'une voix inconnue et gutturale montaient le long des maisons qui semblaient mortes et désertes, tandis que, derrière les volets fermés, des yeux guettaient ces hommes victorieux, maîtres de la cité, des fortunes et des vies de par le « droit de guerre ». Les habitants, dans leurs chambres assombries, avaient l'affolement que donnent les cataclysmes, les grands bouleversements meurtriers de la terre, contre lesquels toute sagesse et toute force sont inutiles. Car la même sensation reparaît chaque fois que l'ordre établi des choses est renversé, que la sécurité n'existe plus, que tout ce que protégeaient les lois des hommes ou celles de la nature, se trouve à la merci d'une brutalité inconsciente et féroce. Le

tremblement de terre écrasant sous les maisons croulantes un peuple entier ; le fleuve débordé qui roule les paysans noyés avec les cadavres des bœufs et les poutres arrachées aux toits, ou l'armée glorieuse massacrant ceux qui se défendent, emmenant les autres prisonniers, pillant au nom du sabre et remerciant un dieu au son du canon, sont autant de fléaux effrayants qui déconcertent toute croyance à la justice éternelle, toute la confiance qu'on nous enseigne en la protection du ciel et la raison de l'homme.

Mais à chaque porte des petits détachements frappaient, puis disparaissaient dans les maisons. C'était l'occupation après l'invasion. Le devoir commençait pour les vaincus de se montrer gracieux envers les vainqueurs.

Au bout de quelque temps, une fois la première terreur disparue, un calme nouveau s'établit. Dans beaucoup de familles, l'officier prussien mangeait à table. Il était parfois bien élevé, et, par politesse, plaignait la France, disait sa répugnance en prenant part à cette guerre. On lui était reconnaissant de ce sentiment ; puis on pouvait, un jour ou l'autre, avoir besoin de sa protection. En le ménageant on obtiendrait peut-être quelques hommes de moins à nourrir. Et pourquoi blesser quelqu'un dont on dépendait tout à fait ? Agir ainsi serait moins de la bravoure que de la témérité. — Et la témérité n'est plus un défaut des bourgeois de Rouen, comme au temps des défenses héroïques où s'illustra leur cité. — On se disait enfin, raison suprême tirée de l'urbanité française, qu'il demeurait bien permis d'être poli dans son intérieur pourvu qu'on ne se montrât pas familier en public, avec le soldat étranger. Audehors on ne se connaissait plus, mais dans la maison on causait volontiers, et l'Allemand demeurait

plus longtemps, chaque soir, à se chauffer au foyer commun.

La ville même reprenait peu à peu de son aspect ordinaire. Les Français ne sortaient guère encore, mais les soldats prussiens grouillaient dans les rues. Du reste, les officiers de hussards bleus, qui traînaient avec arrogance leurs grands outils de mort sur le pavé, ne semblaient pas avoir pour les simples citoyens énormément plus de mépris que les officiers de chasseurs, qui, l'année d'avant, buvaient aux mêmes cafés.

Il y avait cependant quelque chose dans l'air, quelque chose de subtil et d'inconnu, une atmosphère étrangère intolérable, comme une odeur répandue, l'odeur de l'invasion. Elle emplissait les demeures et les places publiques, changeait le goût des aliments, donnait l'impression d'être en voyage, très loin, chez des tribus barbares et dangereuses.

Les vainqueurs exigeaient de l'argent, beaucoup d'argent. Les habitants payaient toujours ; ils étaient riches d'ailleurs. Mais plus un négociant normand devient opulent et plus il souffre de tout sacrifice, de toute parcelle de sa fortune qu'il voit passer aux mains d'un autre.

Cependant, à deux ou trois lieues sous la ville, en suivant le cours de la rivière, vers Croisset, Dieppedalle ou Biessart, les mariniers et les pêcheurs ramenaient souvent du fond de l'eau quelque cadavre d'Allemand gonflé dans son uniforme, tué d'un coup de couteau ou de savate, la tête écrasée par une pierre, ou jeté à l'eau d'une poussée du haut d'un pont. Les vases du fleuve ensevelissaient ces vengeances obscures, sauvages et légitimes, héroïsmes inconnus, attaques muettes, plus périlleuses que les batailles au grand jour et sans le retentissement de la gloire.

Car la haine de l'Étranger arme toujours quelques Intrépides prêts à mourir pour une Idée.

Enfin, comme les envahisseurs, bien qu'assujettissant la ville à leur inflexible discipline, n'avaient accompli aucune des horreurs que la renommée leur faisait commettre tout le long de leur marche triomphale, on s'enhardit, et le besoin du négoce travailla de nouveau le cœur des commerçants du pays. Quelques-uns avaient de gros intérêts engagés au Havre que l'armée française occupait, et ils voulurent tenter de gagner ce port en allant par terre à Dieppe où ils s'embarqueraient.

On employa l'influence des officiers allemands dont on avait fait la connaissance, et une autorisation de départ fut obtenue du général en chef.

Donc, une grande diligence à quatre chevaux ayant été retenue pour ce voyage, et dix personnes s'étant fait inscrire chez le voiturier, on résolut de partir un mardi matin, avant le jour, pour éviter tout rassemblement.

Depuis quelque temps déjà la gelée avait durci la terre, et le lundi, vers trois heures, de gros nuages noirs venant du nord apportèrent la neige, qui tomba sans interruption pendant toute la soirée et toute la nuit.

A quatre heures et demie du matin, les voyageurs se réunirent dans la cour de l'Hôtel de Normandie, où l'on devait monter en voiture.

Ils étaient encore pleins de sommeil, et grelottaient de froid sous leurs couvertures. On se voyait mal dans l'obscurité, et l'entassement des lourds vêtements d'hiver faisait ressembler tous ces corps à des curés obèses avec leurs longues soutanes. Mais deux hommes se reconnurent, un troisième les aborda, ils causèrent : « J'emmène ma femme », dit l'un. « J'en fais autant. » « Et moi aussi. » Le pre-

mier ajouta : « Nous ne reviendrons pas à Rouen, et si les Prussiens approchent du Havre nous gagnerons l'Angleterre. » Tous avaient les mêmes projets, étant de complexion semblable.

Cependant on n'attelait pas la voiture. Une petite lanterne, que portait un valet d'écurie, sortait de temps à autre d'une porte obscure pour disparaître immédiatement dans une autre. Des pieds de chevaux frappaient la terre, amortis par le fumier des litières, et une voix d'homme parlant aux bêtes et jurant s'entendait au fond du bâtiment. Un léger murmure de grelots annonça qu'on maniait les harnais ; ce murmure devint bientôt un frémissement clair et continu, rythmé par le mouvement de l'animal, s'arrêtant parfois, puis reprenant dans une brusque secousse qu'accompagnait le bruit mat d'un sabot ferré battant le sol.

La porte subitement se ferma. Tout bruit cessa. Les bourgeois, gelés, s'étaient tus ; ils demeuraient immobiles et roidis.

Un rideau de flocons blancs ininterrompu miroitait sans cesse en descendant vers la terre ; il effaçait les formes, poudrait les choses d'une mousse de glace, et l'on n'entendait plus, dans le grand silence de la ville calme et ensevelie sous l'hiver que ce froissement vague, innommable et flottant de la neige qui tombe, plutôt sensation que bruit, entremêlement d'atomes légers qui semblaient emplir l'espace, couvrir le monde.

L'homme reparut, avec sa lanterne, tirant au bout d'une corde un cheval triste qui ne venait pas volontiers. Il le plaça contre le timon, attacha les traits, tourna longtemps autour pour assurer les harnais, car il ne pouvait se servir que d'une main, l'autre portant sa lumière. Comme il allait chercher la seconde bête, il remarqua tous ces voyageurs

immobiles, déjà blancs de neige, et leur dit :
« Pourquoi ne montez-vous pas dans la voiture ?
Vous serez à l'abri, au moins. »

Ils n'y avaient pas songé, sans doute, et ils se
précipitèrent. Les trois hommes installèrent leurs
femmes dans le fond, montèrent ensuite ; puis les
autres formes indécises et voilées prirent à leur
tour les dernières places sans échanger une pa-
role.

Le plancher était couvert de paille où les pieds
s'enfoncèrent. Les dames du fond, ayant apporté
des petites chaufferettes en cuivre avec un charbon
chimique, allumèrent ces appareils, et, pendant
quelque temps, à voix basse, elles en énumérèrent
les avantages, se répétant des choses qu'elles
savaient déjà depuis longtemps.

Enfin, la diligence étant attelée avec six chevaux
au lieu de quatre à cause du tirage plus pénible,
une voix de dehors demanda : « Tout le monde est-
il monté ? » Une voix du dedans répondit : « Oui. »
On partit.

La voiture avançait lentement, lentement, à tout
petits pas. Les roues s'enfonçaient dans la neige ; le
coffre entier geignait avec des craquements sourds ;
les bêtes glissaient, soufflaient, fumaient, et le
fouet gigantesque du cocher claquait sans repos,
voltigeait de tous les côtés, se nouant et se dérou-
lant comme un serpent mince, et cinglant brusque-
ment quelque croupe rebondie qui se tendait alors
sous un effort plus violent.

Mais le jour imperceptiblement grandissait. Ces
flocons légers qu'un voyageur, Rouennais pur sang,
avait comparés à une pluie de coton, ne tombaient
plus. Une lueur sale filtrait à travers de gros nuages
obscurs et lourds qui rendaient plus éclatante la
blancheur de la campagne où apparaissaient tantôt

une ligne de grands arbres vêtus de givre, tantôt une chaumière avec un capuchon de neige.

Dans la voiture, on se regardait curieusement, à la triste clarté de cette aurore.

Tout au fond, aux meilleures places, sommeillaient, en face l'un de l'autre, M. et Mme Loiseau, des marchands de vin en gros de la rue Grand-Pont.

Ancien commis d'un patron ruiné dans les affaires, Loiseau avait acheté le fonds et fait fortune. Il vendait à très bon marché de très mauvais vin aux petits débitants des campagnes et passait parmi ses connaissances et ses amis pour un fripon madré, un vrai Normand plein de ruses et de jovialité.

Sa réputation de filou était si bien établie, qu'un soir, à la préfecture, M. Tournel, auteur de fables et de chansons, esprit mordant et fin, une gloire locale, avait proposé aux dames qu'il voyait un peu somnolentes de faire une partie de « Loiseau vole » ; le mot lui-même vola à travers les salons du préfet, puis, gagnant ceux de la ville, avait fait rire pendant un mois toutes les mâchoires de la province.

Loiseau était en outre célèbre par ses farces de toute nature, ses plaisanteries bonnes ou mauvaises ; et personne ne pouvait parler de lui sans ajouter immédiatement : « Il est impayable, ce Loiseau. »

De taille exiguë, il présentait un ventre en ballon surmonté d'une face rougeaude entre deux favoris grisonnants.

Sa femme, grande, forte, résolue, avec la voix haute et la décision rapide, était l'ordre et l'arithmétique de la maison de commerce, qu'il animait par son activité joyeuse.

A côté d'eux se tenait, plus digne, appartenant à

une caste supérieure, M. Carré-Lamadon, homme considérable, posé dans les cotons, propriétaire de trois filatures, officier de la Légion d'honneur et membre du Conseil général. Il était resté tout le temps de l'Empire chef de l'opposition bienveillante, uniquement pour se faire payer plus cher son ralliement à la cause qu'il combattait avec des armes courtoises, selon sa propre expression. Mme Carré-Lamadon, beaucoup plus jeune que son mari, demeurait la consolation des officiers de bonne famille envoyés à Rouen en garnison.

Elle faisait vis-à-vis à son époux, toute petite, toute mignonne, toute jolie, pelotonnée dans ses fourrures, et regardait d'un œil navré l'intérieur lamentable de la voiture.

Ses voisins, le comte et la comtesse Hubert de Bréville, portaient un des noms les plus anciens et les plus nobles de Normandie. Le comte, vieux gentilhomme de grande tournure, s'efforçait d'accentuer, par les artifices de sa toilette, sa ressemblance naturelle avec le roy Henri IV, qui, suivant une légende glorieuse pour la famille, avait rendu grosse une dame de Bréville, dont le mari, pour ce fait, était devenu comte et gouverneur de province.

Collègue de M. Carré-Lamadon au Conseil général, le comte Hubert représentait le parti orléaniste dans le département. L'histoire de son mariage avec la fille d'un petit armateur de Nantes était toujours demeurée mystérieuse. Mais, comme la comtesse avait grand air, recevait mieux que personne, passait même pour avoir été aimée par un des fils de Louis-Philippe, toute la noblesse lui faisait fête, et son salon demeurait le premier du pays, le seul où se conservât la vieille galanterie, et dont l'entrée fût difficile.

La fortune des Bréville, toute en biens-fonds,

atteignait, disait-on, cinq cent mille livres de revenu.

Ces six personnes formaient le fond de la voiture, le côté de la société rentée, sereine et forte, des honnêtes gens autorisés qui ont de la Religion et des Principes.

Par un hasard étrange toutes les femmes se trouvaient sur le même banc ; et la comtesse avait encore pour voisines deux bonnes sœurs qui égrenaient de longs chapelets en marmottant des *Pater* et des *Ave*. L'une était vieille avec une face défoncée par la petite vérole comme si elle eût reçu à bout portant une bordée de mitraille en pleine figure. L'autre, très chétive, avait une tête jolie et maladive sur une poitrine de phtisique rongée par cette foi dévorante qui fait les martyrs et les illuminés.

En face des deux religieuses, un homme et une femme attiraient les regards de tous.

L'homme, bien connu, était Cornudet le démoc, la terreur des gens respectables. Depuis vingt ans il trempait sa grande barbe rousse dans les bocks de tous les cafés démocratiques. Il avait mangé avec les frères et amis une assez belle fortune qu'il tenait de son père, ancien confiseur, et il attendait impatiemment la République pour obtenir enfin la place méritée par tant de consommations révolutionnaires. Au quatre septembre, par suite d'une farce peut-être, il s'était cru nommé préfet ; mais quand il voulut entrer en fonctions, les garçons de bureau, demeurés seuls maîtres de la place, refusèrent de le reconnaître, ce qui le contraignit à la retraite. Fort bon garçon, du reste, inoffensif et serviable, il s'était occupé avec une ardeur incomparable d'organiser la défense. Il avait fait creuser des trous dans les plaines, coucher tous les jeunes arbres des

forêts voisines, semé des pièges sur toutes les routes, et, à l'approche de l'ennemi, satisfait de ses préparatifs, il s'était vivement replié vers la ville. Il pensait maintenant se rendre plus utile au Havre, où de nouveaux retranchements allaient être nécessaires.

La femme, une de celles appelées galantes, était célèbre par son embonpoint précoce qui lui avait valu le surnom de Boule de Suif. Petite, ronde de partout, grasse à lard, avec des doigts bouffis, étranglés aux phalanges, pareils à des chapelets de courtes saucisses, avec une peau luisante et tendue, une gorge énorme qui saillait sous sa robe, elle restait cependant appétissante et courue, tant sa fraîcheur faisait plaisir à voir. Sa figure était une pomme rouge, un bouton de pivoine prêt à fleurir, et là-dedans s'ouvraient, en haut, deux yeux noirs magnifiques, ombragés de grands cils épais qui mettaient une ombre dedans ; en bas, une bouche charmante, étroite, humide pour le baiser, meublée de quenottes luisantes et microscopiques.

Elle était de plus, disait-on, pleine de qualités inappréciables.

Aussitôt qu'elle fut reconnue, des chuchotements coururent parmi les femmes honnêtes, et les mots de « prostituée », de « honte publique » furent chuchotés si haut qu'elle leva la tête. Alors elle promena sur ses voisins un regard tellement provocant et hardi qu'un grand silence aussitôt régna, et tout le monde baissa les yeux à l'exception de Loiseau, qui la guettait d'un air émoustillé.

Mais bientôt la conversation reprit entre les trois dames, que la présence de cette fille avait rendues subitement amies, presque intimes. Elles devaient faire, leur semblait-il, comme un faisceau de leurs dignités d'épouses en face de cette vendue sans ver-

gogne ; car l'amour légal le prend toujours de haut avec son libre confrère.

Les trois hommes aussi, rapprochés par un instinct de conservateurs à l'aspect de Cornudet, parlaient argent d'un certain ton dédaigneux pour les pauvres. Le comte Hubert disait les dégâts que lui avaient fait subir les Prussiens, les pertes qui résulteraient du bétail volé et des récoltes perdues, avec une assurance de grand seigneur dix fois millionnaire que ces ravages gêneraient à peine une année. M. Carré-Lamadon, fort éprouvé dans l'industrie cotonnière, avait eu soin d'envoyer six cent mille francs en Angleterre, une poire pour la soif qu'il se ménageait à toute occasion. Quant à Loiseau, il s'était arrangé pour vendre à l'Intendance française tous les vins communs qui lui restaient en cave, de sorte que l'État lui devait une somme formidable qu'il comptait bien toucher au Havre.

Et tous les trois se jetaient des coups d'œil rapides et amicaux. Bien que de conditions différentes, ils se sentaient frères par l'argent, de la grande franc-maçonnerie de ceux qui possèdent, qui font sonner de l'or en mettant la main dans la poche de leur culotte.

La voiture allait si lentement qu'à dix heures du matin on n'avait pas fait quatre lieues. Les hommes descendirent trois fois pour monter des côtes à pied. On commençait à s'inquiéter, car on devait déjeuner à Tôtes et l'on désespérait maintenant d'y parvenir avant la nuit. Chacun guettait pour apercevoir un cabaret sur la route, quand la diligence sombra dans un amoncellement de neige, et il fallut deux heures pour la dégager.

L'appétit grandissait, troublait les esprits, et aucune gargote, aucun marchand de vin ne se montraient, l'approche des Prussiens et le passage des

troupes françaises affamées ayant effrayé toutes les industries.

Les messieurs coururent aux provisions dans les fermes au bord du chemin, mais ils n'y trouvèrent pas même de pain, car le paysan, défiant, cachait ses réserves dans la crainte d'être pillé par les soldats qui, n'ayant rien à se mettre sous la dent, prenaient par force ce qu'ils découvraient.

Vers une heure de l'après-midi, Loiseau annonça que décidément il se sentait un rude creux dans l'estomac. Tout le monde souffrait comme lui depuis longtemps, et le violent besoin de manger, augmentant toujours, avait tué les conversations.

De temps en temps quelqu'un bâillait ; un autre presque aussitôt l'imitait, et chacun, à tour de rôle, suivant son caractère, son savoir-vivre et sa position sociale, ouvrait la bouche avec fracas ou modestement en portant vite sa main devant le trou béant d'où sortait une vapeur.

Boule de Suif, à plusieurs reprises, se pencha comme si elle cherchait quelque chose sous ses jupons. Elle hésitait une seconde, regardait ses voisins, puis se redressait tranquillement. Les figures étaient pâles et crispées. Loiseau affirma qu'il paierait mille francs un jambonneau. Sa femme fit un geste comme pour protester, puis elle se calma. Elle souffrait toujours en entendant parler d'argent gaspillé, et ne comprenait même pas les plaisanteries sur ce sujet. « Le fait est que je ne me sens pas bien, dit le comte ; comment n'ai-je pas songé à apporter des provisions ? » Chacun se faisait le même reproche.

Cependant Cornudet avait une gourde pleine de rhum ; il en offrit : on refusa froidement. Loiseau seul en accepta deux gouttes, et, lorsqu'il rendit la

gourde, il remercia : « C'est bon tout de même, ça réchauffe, et ça trompe l'appétit. » L'alcool le mit en belle humeur et il proposa de faire comme sur le petit navire de la chanson : de manger le plus gras des voyageurs. Cette allusion indirecte à Boule de Suif choqua les gens bien élevés. On ne répondit pas ; Cornudet seul eut un sourire. Les deux bonnes sœurs avaient cessé de marmotter leur rosaire, et, les mains enfoncées dans leurs grandes manches, elles se tenaient immobiles, baissant obstinément les yeux, offrant sans doute au ciel la souffrance qu'il leur envoyait.

Enfin, à trois heures, comme on se trouvait au milieu d'une plaine interminable, sans un seul village en vue, Boule de Suif, se baissant vivement, retira de sous la banquette un large panier couvert d'une serviette blanche.

Elle en sortit d'abord une petite assiette de faïence, une fine timbale en argent, puis une vaste terrine dans laquelle deux poulets entiers, tout découpés, avaient confi sous leur gelée, et l'on apercevait encore dans le panier d'autres bonnes choses enveloppées, des pâtés, des fruits, des friandises, les provisions préparées pour un voyage de trois jours, afin de ne point toucher à la cuisine des auberges. Quatre goulots de bouteilles passaient entre les paquets de nourriture. Elle prit une aile de poulet et, délicatement, se mit à la manger avec un de ces petits pains qu'on appelle « Régence[1] » en Normandie.

Tous les regards étaient tendus vers elle. Puis l'odeur se répandit, élargissant les narines, faisant venir aux bouches une salive abondante avec une contraction douloureuse de la mâchoire sous les oreilles. Le mépris des dames pour cette fille devenait féroce, comme une envie de la tuer, ou de la

jeter en bas de la voiture, dans la neige, elle, sa timbale, son panier et ses provisions.

Mais Loiseau dévorait des yeux la terrine de poulet. Il dit : « A la bonne heure, madame a eu plus de précaution que nous. Il y a des personnes qui savent toujours penser à tout. » Elle leva la tête vers lui : « Si vous en désirez, monsieur ? C'est dur de jeûner depuis le matin. » Il salua : « Ma foi, franchement, je ne refuse pas, je n'en peux plus. A la guerre comme à la guerre, n'est-ce pas, madame ? » Et, jetant un regard circulaire, il ajouta : « Dans des moments comme celui-ci, on est bien aise de trouver des gens qui vous obligent. » Il avait un journal, qu'il étendit pour ne point tacher son pantalon, et sur la pointe d'un couteau toujours logé dans sa poche, il enleva une cuisse toute vernie de gelée, la dépeça des dents, puis la mâcha avec une satisfaction si évidente qu'il y eut dans la voiture un grand soupir de détresse.

Mais Boule de Suif, d'une voix humble et douce, proposa aux bonnes sœurs de partager sa collation. Elles acceptèrent toutes les deux instantanément, et, sans lever les yeux, se mirent à manger très vite après avoir balbutié des remerciements. Cornudet ne refusa pas non plus les offres de sa voisine, et l'on forma avec les religieuses une sorte de table en développant des journaux sur les genoux.

Les bouches s'ouvraient et se fermaient sans cesse, avalaient, mastiquaient, engloutissaient férocement. Loiseau, dans son coin, travaillait dur, et, à voix basse, il engageait sa femme à l'imiter. Elle résista longtemps, puis, après une crispation qui lui parcourut les entrailles, elle céda. Alors son mari, arrondissant sa phrase, demanda à leur « charmante compagne » si elle lui permettait d'offrir un petit morceau à Mme Loiseau. Elle dit : « Mais oui,

certainement, monsieur », avec un sourire aimable, et tendit la terrine.

Un embarras se produisit lorsqu'on eut débouché la première bouteille de bordeaux : il n'y avait qu'une timbale. On se la passa après l'avoir essuyée. Cornudet seul, par galanterie sans doute, posa ses lèvres à la place humide encore des lèvres de sa voisine.

Alors, entourés de gens qui mangeaient, suffoqués par les émanations des nourritures, le comte et la comtesse de Bréville, ainsi que M. et Mme Carré-Lamadon souffrirent ce supplice odieux qui a gardé le nom de Tantale. Tout d'un coup la jeune femme du manufacturier poussa un soupir qui fit retourner les têtes ; elle était aussi blanche que la neige du dehors ; ses yeux se fermèrent, son front tomba : elle avait perdu connaissance. Son mari, affolé, implorait le secours de tout le monde. Chacun perdait l'esprit, quand la plus âgée des bonnes sœurs, soutenant la tête de la malade, glissa entre ses lèvres la timbale de Boule de Suif et lui fit avaler quelques gouttes de vin. La jolie dame remua, ouvrit les yeux, sourit, et déclara d'une voix mourante qu'elle se sentait fort bien maintenant. Mais, afin que cela ne se renouvelât plus, la religieuse la contraignit à boire un plein verre de bordeaux, et elle ajouta : « C'est la faim, pas autre chose. »

Alors Boule de Suif, rougissante et embarrassée, balbutia en regardant les quatre voyageurs restés à jeun : « Mon Dieu, si j'osais offrir à ces messieurs et à ces dames... » Elle se tut, craignant un outrage. Loiseau prit la parole : « Eh, parbleu, dans des cas pareils tout le monde est frère et doit s'aider. Allons, mesdames, pas de cérémonie : acceptez, que diable ! Savons-nous si nous trouverons seulement

une maison où passer la nuit ? Du train dont nous allons, nous ne serons pas à Tôtes avant demain midi. » On hésitait, personne n'osant assumer la responsabilité du « oui ». Mais le comte trancha la question. Il se tourna vers la grosse fille intimidée, et, prenant son grand air de gentilhomme, il lui dit : « Nous acceptons avec reconnaissance, madame. »

Le premier pas seul coûtait. Une fois le Rubicon passé, on s'en donna carrément. Le panier fut vidé. Il contenait encore un pâté de foie gras, un pâté de mauviettes, un morceau de langue fumée, des poires de Crassane, un pavé de pont-l'évêque, des petits-fours et une tasse pleine de cornichons et d'oignons au vinaigre : Boule de Suif, comme toutes les femmes, adorant les crudités.

On ne pouvait manger les provisions de cette fille sans lui parler. Donc on causa, avec réserve d'abord, puis, comme elle se tenait fort bien, on s'abandonna davantage. Mmes de Bréville et Carré-Lamadon, qui avaient un grand savoir-vivre, se firent gracieuses avec délicatesse. La comtesse surtout montra cette condescendance aimable des très nobles dames qu'aucun contact ne peut salir, et fut charmante. Mais la forte Mme Loiseau, qui avait une âme de gendarme, resta revêche, parlant peu et mangeant beaucoup.

On s'entretint de la guerre naturellement. On raconta des faits horribles des Prussiens, des traits de bravoure des Français ; et tous ces gens qui fuyaient rendirent hommage au courage des autres. Les histoires personnelles commencèrent bientôt et Boule de Suif raconta, avec une émotion vraie, avec cette chaleur de parole qu'ont parfois les filles pour exprimer leurs emportements naturels, comment elle avait quitté Rouen : « J'ai cru d'abord

que je pourrais rester, disait-elle. J'avais ma maison pleine de provisions, et j'aimais mieux nourrir quelques soldats que m'expatrier je ne sais où. Mais quand je les ai vus, ces Prussiens, ce fut plus fort que moi ! Ils m'ont tourné le sang de colère ; et j'ai pleuré de honte toute la journée. Oh ! si j'étais un homme, allez ! Je les regardais de ma fenêtre, ces gros porcs avec leur casque à pointe, et ma bonne me tenait les mains pour m'empêcher de leur jeter mon mobilier sur le dos. Puis il en est venu pour loger chez moi ; alors j'ai sauté à la gorge du premier. Ils ne sont pas plus difficiles à étrangler que d'autres ! Et je l'aurais terminé, celui-là, si l'on ne m'avait pas tirée par les cheveux. Il a fallu me cacher après ça. Enfin, quand j'ai trouvé une occasion, je suis partie, et me voici. »

On la félicita beaucoup. Elle grandissait dans l'estime de ses compagnons qui ne s'étaient pas montrés si crânes ; et Cornudet, en l'écoutant, gardait un sourire approbateur et bienveillant d'apôtre ; de même un prêtre entend un dévot louer Dieu, car les démocrates à longue barbe ont le monopole du patriotisme comme les hommes en soutane ont celui de la religion. Il parla à son tour d'un ton doctrinaire, avec l'emphase apprise dans les proclamations qu'on collait chaque jour aux murs, et il finit par un morceau d'éloquence où il étrillait magistralement cette « crapule de Badinguet[1] ».

Mais Boule de Suif aussitôt se fâcha, car elle était bonapartiste. Elle devenait plus rouge qu'une guigne et, bégayant d'indignation : « J'aurais bien voulu vous voir à sa place, vous autres. Ça aurait été du propre, ah oui ! C'est vous qui l'avez trahi, cet homme ! On n'aurait plus qu'à quitter la France si l'on était gouverné par des polissons comme vous ! » Cornudet, impassible, gardait un sourire

dédaigneux et supérieur, mais on sentait que les gros mots allaient arriver quand le comte s'interposa et calma, non sans peine, la fille exaspérée, en proclamant avec autorité que toutes les opinions sincères étaient respectables. Cependant la comtesse et la manufacturière, qui avaient dans l'âme la haine irraisonnée des gens comme il faut pour la République, et cette instinctive tendresse que nourrissent toutes les femmes pour les gouvernements à panache et despotiques, se sentaient, malgré elles, attirées vers cette prostituée pleine de dignité, dont les sentiments ressemblaient si fort aux leurs.

Le panier était vide. A dix on l'avait tari sans peine, en regrettant qu'il ne fût pas plus grand. La conversation continua quelque temps, un peu refroidie néanmoins depuis qu'on avait fini de manger.

La nuit tombait, l'obscurité peu à peu devint profonde, et le froid, plus sensible pendant les digestions, faisait frissonner Boule de Suif, malgré sa graisse. Alors Mme de Bréville lui proposa sa chaufferette dont le charbon depuis le matin avait été plusieurs fois renouvelé, et l'autre accepta tout de suite, car elle se sentait les pieds gelés. Mmes Carré-Lamadon et Loiseau donnèrent les leurs aux religieuses.

Le cocher avait allumé ses lanternes. Elles éclairaient d'une lueur vive un nuage de buée au-dessus de la croupe en sueur des timoniers, et, des deux côtés de la route, la neige qui semblait se dérouler sous le reflet mobile des lumières.

On ne distinguait plus rien dans la voiture ; mais tout à coup un mouvement se fit entre Boule de Suif et Cornudet ; et Loiseau, dont l'œil fouillait l'ombre, crut voir l'homme à la grande barbe

s'écarter vivement comme s'il eût reçu quelque bon coup lancé sans bruit.

Des petits points de feu parurent en avant sur la route. C'était Tôtes. On avait marché onze heures, ce qui, avec les deux heures de repos laissées en quatre fois aux chevaux pour manger l'avoine et souffler, faisait quatorze[1]. On entra dans le bourg et devant l'Hôtel du Commerce on s'arrêta.

La portière s'ouvrit. Un bruit bien connu fit tressaillir tous les voyageurs ; c'étaient les heurts d'un fourreau de sabre sur le sol. Aussitôt la voix d'un Allemand cria quelque chose.

Bien que la diligence fût immobile, personne ne descendait, comme si l'on se fût attendu à être massacré à la sortie. Alors le conducteur apparut tenant à la main une de ses lanternes qui éclaira subitement jusqu'au fond de la voiture les deux rangs de têtes effarées, dont les bouches étaient ouvertes et les yeux écarquillés de surprise et d'épouvante.

A côté du cocher se tenait, en pleine lumière, un officier allemand, un grand jeune homme excessivement mince et blond, serré dans son uniforme comme une fille en son corset, et portant sur le côté sa casquette plate et cirée qui le faisait ressembler au chasseur d'un hôtel anglais. Sa moustache démesurée, à long poils droits, s'amincissant indéfiniment de chaque côté et terminée par un seul fil blond si mince qu'on n'en apercevait pas la fin, semblait peser sur les coins de sa bouche, et, tirant la joue, imprimait aux lèvres un pli tombant.

Il invita en français d'Alsacien les voyageurs à sortir, disant d'un ton raide : « Foulez-fous tescentre, messieurs et tames ? »

Les deux bonnes sœurs obéirent les premières

avec une docilité de saintes filles habituées à toutes les soumissions. Le comte et la comtesse parurent ensuite, suivis du manufacturier et de sa femme, puis de Loiseau poussant devant lui sa grande moitié. Celui-ci, en mettant pied à terre, dit à l'officier : « Bonjour, monsieur », par un sentiment de prudence bien plus que de politesse. L'autre, insolent comme les gens tout-puissants, le regarda sans répondre.

Boule de Suif et Cornudet, bien que près de la portière, descendirent les derniers, graves et hautains devant l'ennemi. La grosse fille tâchait de se dominer et d'être calme : le démoc tourmentait d'une main tragique et un peu tremblante sa longue barbe roussâtre. Ils voulaient garder de la dignité, comprenant qu'en ces rencontres-là chacun représente un peu son pays ; et pareillement révoltés par la souplesse de leurs compagnons, elle, tâchait de se montrer plus fière que ses voisines les femmes honnêtes, tandis que lui, sentant bien qu'il devait l'exemple, continuait en toute son attitude sa mission de résistance commencée au défoncement des routes.

On entra dans la vaste cuisine de l'auberge, et l'Allemand, s'étant fait présenter l'autorisation de départ signée par le général en chef et où étaient mentionnés les noms, le signalement et la profession de chaque voyageur, examina longuement tout ce monde, comparant les personnes aux renseignements écrits.

Puis il dit brusquement : « C'est pien », et il disparut.

Alors on respira. On avait faim encore ; le souper fut commandé. Une demi-heure était nécessaire pour l'apprêter ; et, pendant que deux servantes avaient l'air de s'en occuper, on alla visiter les

chambres. Elles se trouvaient toutes dans un long couloir que terminait une porte vitrée marquée d'un numéro parlant.

Enfin on allait se mettre à table, quand le patron de l'auberge parut lui-même. C'était un ancien marchand de chevaux, un gros homme asthmatique, qui avait toujours des sifflements, des enrouements, des chants de glaires dans le larynx. Son père lui avait transmis le nom de Follenvie.

Il demanda :

« Mademoiselle Elisabeth Rousset ? »

Boule de Suif tressaillit, se retourna :

« C'est moi.

— Mademoiselle, l'officier prussien veut vous parler immédiatement.

— A moi ?

— Oui, si vous êtes bien Mlle Elisabeth Rousset. »

Elle se troubla, réfléchit une seconde, puis déclara carrément :

« C'est possible, mais je n'irai pas. »

Un mouvement se fit autour d'elle ; chacun discutait, cherchait la cause de cet ordre. Le comte s'approcha :

« Vous avez tort, madame, car votre refus peut amener des difficultés considérables, non seulement pour vous, mais même pour tous vos compagnons. Il ne faut jamais résister aux gens qui sont les plus forts. Cette démarche assurément ne peut présenter aucun danger ; c'est sans doute pour quelque formalité oubliée. »

Tout le monde se joignit à lui, on la pria, on la pressa, on la sermonna, et l'on finit par la convaincre ; car tous redoutaient les complications qui pourraient résulter d'un coup de tête. Elle dit enfin :

« C'est pour vous que je le fais, bien sûr ! »

La comtesse lui prit la main :

« Et nous vous en remercions. »

Elle sortit. On l'attendit pour se mettre à table. Chacun se désolait de n'avoir pas été demandé à la place de cette fille violente et irascible, et préparait mentalement des platitudes pour le cas où on l'appellerait à son tour.

Mais au bout de dix minutes elle reparut, soufflant, rouge à suffoquer, exaspérée. Elle balbutiait : « Oh la canaille ! la canaille ! »

Tous s'empressaient pour savoir, mais elle ne dit rien ; et comme le comte insistait, elle répondit avec une grande dignité : « Non, cela ne vous regarde pas, je ne peux pas parler. »

Alors on s'assit autour d'une haute soupière d'où sortait un parfum de choux. Malgré cette alerte, le souper fut gai. Le cidre était bon, le ménage Loiseau et les bonnes sœurs en prirent, par économie. Les autres demandèrent du vin ; Cornudet réclama de la bière. Il avait une façon particulière de déboucher la bouteille, de faire mousser le liquide, de le considérer en penchant le verre, qu'il élevait ensuite entre la lampe et son œil pour bien apprécier la couleur. Quand il buvait, sa grande barbe, qui avait gardé la nuance de son breuvage aimé, semblait tressaillir de tendresse ; ses yeux louchaient pour ne point perdre de vue sa chope, et il avait l'air de remplir l'unique fonction pour laquelle il était né. On eût dit qu'il établissait en son esprit un rapprochement et comme une affinité entre les deux grandes passions qui occupaient toute sa vie : le Pale-Ale et la Révolution ; et assurément il ne pouvait déguster l'un sans songer à l'autre.

M. et Mme Follenvie dînaient tout au bout de la

table. L'homme, râlant comme une locomotive crevée, avait trop de tirage dans la poitrine pour pouvoir parler en mangeant ; mais la femme ne se taisait jamais. Elle raconta toutes ses impressions à l'arrivée des Prussiens, ce qu'ils faisaient, ce qu'ils disaient, les exécrant d'abord parce qu'ils lui coûtaient de l'argent, et, ensuite, parce qu'elle avait deux fils à l'armée. Elle s'adressait surtout à la comtesse, flattée de causer avec une dame de qualité.

Puis elle baissait la voix pour dire les choses délicates, et son mari, de temps en temps, l'interrompait : « Tu ferais mieux de te taire, madame Follenvie. » Mais elle n'en tenait aucun compte, et continuait :

« Oui, madame, ces gens-là, ça ne fait que manger des pommes de terre et du cochon, et puis du cochon et des pommes de terre. Et il ne faut pas croire qu'ils sont propres. — Oh non ! — Ils ordurent partout, sauf le respect que je vous dois. Et si vous les voyiez faire l'exercice pendant des heures et des jours ; ils sont là tous dans un champ : — Et marche en avant, et marche en arrière, et tourne par-ci, et tourne par-là. — S'ils cultivaient la terre au moins, ou s'ils travaillaient aux routes dans leur pays ! — Mais non, madame, ces militaires, ça n'est profitable à personne ! Faut-il que le pauvre peuple les nourrisse pour n'apprendre qu'à massacrer ! — Je ne suis qu'une vieille femme sans éducation, c'est vrai, mais en les voyant qui s'esquintent le tempérament à piétiner du matin au soir, je me dis : — Quand il y a des gens qui font tant de découvertes pour être utiles, faut-il que d'autres se donnent tant de mal pour être nuisibles ! Vraiment, n'est-ce pas une abomination de tuer des gens, qu'ils soient Prussiens, ou bien Anglais, ou bien

Polonais, ou bien Français ? — Si l'on se revenge sur quelqu'un qui vous a fait tort, c'est mal, puisqu'on vous condamne ; mais quand on extermine nos garçons comme du gibier, avec des fusils, c'est donc bien, puisqu'on donne des décorations à celui qui en détruit le plus ? — Non, voyez-vous, je ne comprendrai jamais cela ! »

Cornudet éleva la voix :

« La guerre est une barbarie quand on attaque un voisin paisible ; c'est un devoir sacré quand on défend la patrie. »

La vieille femme baissa la tête :

« Oui, quand on se défend, c'est autre chose ; mais si l'on ne devrait pas plutôt tuer tous les rois qui font ça pour leur plaisir ? »

L'œil de Cornudet s'enflamma :

« Bravo citoyenne », dit-il.

M. Carré-Lamadon réfléchissait profondément. Bien qu'il fût fanatique des illustres capitaines, le bon sens de cette paysanne le faisait songer à l'opulence qu'apporteraient dans un pays tant de bras inoccupés et par conséquent ruineux, tant de forces qu'on entretient improductives, si on les employait aux grands travaux industriels qu'il faudra des siècles pour achever.

Mais Loiseau, quittant sa place, alla causer tout bas avec l'aubergiste. Le gros homme riait, toussait, crachait ; son énorme ventre sautillait de joie aux plaisanteries de son voisin, et il lui acheta six feuillettes de bordeaux pour le printemps, quand les Prussiens seraient partis.

Le souper à peine achevé, comme on était brisé de fatigue, on se coucha.

Cependant Loiseau, qui avait observé les choses, fit mettre au lit son épouse, puis colla tantôt son oreille et tantôt son œil au trou de la serrure, pour

tâcher de découvrir ce qu'il appelait : « les mystères du corridor ».

Au bout d'une heure environ, il entendit un frôlement, regarda bien vite, et aperçut Boule de Suif qui paraissait plus replète encore sous un peignoir de cachemire bleu, bordé de dentelles blanches. Elle tenait un bougeoir à la main et se dirigeait vers le gros numéro tout au fond du couloir. Mais une porte, à côté, s'entrouvrit, et, quand elle revint au bout de quelques minutes, Cornudet, en bretelles, la suivait. Ils parlaient bas, puis ils s'arrêtèrent. Boule de Suif semblait défendre l'entrée de sa chambre avec énergie. Loiseau, malheureusement, n'entendait pas les paroles, mais à la fin, comme ils élevaient la voix, il put en saisir quelques-unes. Cornudet insistait avec vivacité. Il disait :

« Voyons, vous êtes bête, qu'est-ce que ça vous fait ? »

Elle avait l'air indignée et répondit :

« Non, mon cher, il y a des moments où ces choses-là ne se font pas ; et puis, ici, ce serait une honte. »

Il ne comprenait point, sans doute, et demanda pourquoi. Alors elle s'emporta, élevant encore le ton :

« Pourquoi ? Vous ne comprenez pas pourquoi ? Quand il y a des Prussiens dans la maison, dans la chambre à côté, peut-être ? »

Il se tut. Cette pudeur patriotique de catin qui ne se laissait point caresser près de l'ennemi dut réveiller en son cœur sa dignité défaillante, car, après l'avoir seulement embrassée, il regagna sa porte à pas de loup.

Loiseau, très allumé, quitta la serrure, battit un entrechat dans sa chambre, mit son madras, souleva le drap sous lequel gisait la dure carcasse de sa

compagne qu'il réveilla d'un baiser en murmurant : « M'aimes-tu, chérie ? »

Alors toute la maison devint silencieuse. Mais bientôt s'éleva quelque part, dans une direction indéterminée qui pouvait être la cave aussi bien que le grenier, un ronflement puissant, monotone, régulier, un bruit sourd et prolongé, avec des tremblements de chaudière sous pression. M. Follenvie dormait.

Comme on avait décidé qu'on partirait à huit heures le lendemain, tout le monde se trouva dans la cuisine ; mais la voiture, dont la bâche avait un toit de neige, se dressait solitaire au milieu de la cour, sans chevaux et sans conducteur. On chercha en vain celui-ci dans les écuries, dans les fourrages, dans les remises. Alors tous les hommes se résolurent à battre le pays et ils sortirent. Ils se trouvèrent sur la place, avec l'église au fond et, des deux côtés, des maisons basses où l'on apercevait des soldats prussiens. Le premier qu'ils virent épluchait des pommes de terre. Le second, plus loin, lavait la boutique du coiffeur. Un autre, barbu jusqu'aux yeux, embrassait un mioche qui pleurait et le berçait sur ses genoux pour tâcher de l'apaiser ; et les grosses paysannes dont les hommes étaient à « l'armée de la guerre », indiquaient par signes à leurs vainqueurs obéissants le travail qu'il fallait entreprendre : fendre du bois, tremper la soupe, moudre du café ; un d'eux même lavait le linge de son hôtesse, une aïeule toute impotente.

Le comte, étonné, interrogea le bedeau qui sortait du presbytère. Le vieux rat d'église lui répondit : « Oh ! ceux-là ne sont pas méchants ; c'est pas des Prussiens, à ce qu'on dit. Ils sont de plus loin ; je ne sais pas bien d'où ; et ils ont tous laissé une femme et des enfants au pays ; ça ne les amuse pas,

la guerre, allez ! Je suis sûr qu'on pleure bien aussi là-bas après les hommes ; et ça fournira une fameuse misère chez eux comme chez nous. Ici, encore, on n'est pas trop malheureux pour le moment, parce qu'ils ne font pas de mal et qu'ils travaillent comme s'ils étaient dans leurs maisons. Voyez-vous, monsieur, entre pauvres gens, faut bien qu'on s'aide... C'est les grands qui font la guerre. »

Cornudet, indigné de l'entente cordiale établie entre les vainqueurs et les vaincus, se retira, préférant s'enfermer dans l'auberge. Loiseau eut un mot pour rire : « Ils repeuplent. » M. Carré-Lamadon eut un mot grave : « Ils réparent. » Mais on ne trouvait pas le cocher. A la fin on le découvrit dans le café du village, attablé fraternellement avec l'ordonnance de l'officier. Le comte l'interpella :

« Ne vous avait-on pas donné l'ordre d'atteler pour huit heures ?

— Ah bien oui, mais on m'en a donné un autre depuis.

— Lequel ?

— De ne pas atteler du tout.

— Qui vous a donné cet ordre ?

— Ma foi ! le commandant prussien.

— Pourquoi ?

— Je n'en sais rien. Allez lui demander. On me défend d'atteler, moi je n'attelle pas. — Voilà.

— C'est lui-même qui vous a dit cela ?

— Non, monsieur, c'est l'aubergiste qui m'a donné l'ordre de sa part.

— Quand ça ?

— Hier soir, comme j'allais me coucher. »

Les trois hommes rentrèrent fort inquiets.

On demanda M. Follenvie, mais la servante répondit que Monsieur, à cause de son asthme, ne

se levait jamais avant dix heures. Il avait même formellement défendu de le réveiller plus tôt, excepté en cas d'incendie.

On voulut voir l'officier, mais cela était impossible absolument, bien qu'il logeât dans l'auberge. M. Follenvie seul était autorisé à lui parler pour les affaires civiles. Alors on attendit. Les femmes remontèrent dans leurs chambres, et des futilités les occupèrent.

Cornudet s'installa sous la haute cheminée de la cuisine où flambait un grand feu. Il se fit apporter là une des petites tables du café, une canette, et il tira sa pipe qui jouissait parmi les démocrates d'une considération presque égale à la sienne, comme si elle avait servi la patrie en servant à Cornudet. C'était une superbe pipe en écume admirablement culottée, aussi noire que les dents de son maître, mais parfumée, recourbée, luisante, familière à sa main, et complétant sa physionomie. Et il demeura immobile, les yeux tantôt fixés sur la flamme du foyer, tantôt sur la mousse qui couronnait sa chope ; et chaque fois qu'il avait bu, il passait d'un air satisfait ses longs doigts maigres dans ses longs cheveux gras pendant qu'il humait sa moustache frangée d'écume.

Loiseau, sous prétexte de se dégourdir les jambes, alla placer du vin aux débitants du pays. Le comte et le manufacturier se mirent à causer politique. Ils prévoyaient l'avenir de la France. L'un croyait aux d'Orléans, l'autre à un sauveur inconnu, un héros qui se révélerait quand tout serait désespéré : un Du Guesclin, une Jeanne d'Arc peut-être ? ou un autre Napoléon I[er] ? Ah ! si le prince impérial n'était pas si jeune[1] ! Cornudet, les écoutant, souriait en homme qui sait le mot des destinées. Sa pipe embaumait la cuisine.

Comme dix heures sonnaient, M. Follenvie parut. On l'interrogea bien vite ; mais il ne put que répéter deux ou trois fois, sans une variante, ces paroles : « L'officier m'a dit comme ça : « Mon-« sieur Follenvie, vous défendrez qu'on attelle « demain la voiture de ces voyageurs. Je ne veux « pas qu'ils partent sans mon ordre. Vous entendez. « Ça suffit. »

Alors on voulut voir l'officier. Le comte lui envoya sa carte où M. Carré-Lamadon ajouta son nom et tous ses titres. Le Prussien fit répondre qu'il admettrait ces deux hommes à lui parler quand il aurait déjeuné, c'est-à-dire vers une heure.

Les dames reparurent et l'on mangea quelque peu, malgré l'inquiétude. Boule de Suif semblait malade et prodigieusement troublée.

On achevait le café quand l'ordonnance vint chercher ces messieurs.

Loiseau se joignit aux deux premiers ; comme on essayait d'entraîner Cornudet pour donner plus de solennité à leur démarche, il déclara fièrement qu'il entendait n'avoir jamais aucun rapport avec les Allemands ; et il se remit dans sa cheminée, demandant une autre canette.

Les trois hommes montèrent et furent introduits dans la plus belle chambre de l'auberge où l'officier les reçut, étendu dans un fauteuil, les pieds sur la cheminée, fumant une longue pipe de porcelaine, et enveloppé par une robe de chambre flamboyante, dérobée sans doute dans la demeure abandonnée de quelque bourgeois de mauvais goût. Il ne se leva pas, ne les salua pas, ne les regarda pas. Il présentait un magnifique échantillon de la goujaterie naturelle au militaire victorieux.

Au bout de quelques instants il dit enfin :

« Qu'est-ce que fous foulez ? »

Le comte prit la parole : « Nous désirons partir, monsieur.

— Non.

— Oserai-je vous demander la cause de ce refus ?

— Parce que che ne feux pas.

— Je vous ferai respectueusement observer, monsieur, que votre général en chef nous a délivré une permission de départ pour gagner Dieppe ; et je ne pense pas que nous ayons rien fait pour mériter vos rigueurs.

— Che ne feux pas... foilà tout... Fous poufez tes-centre. »

S'étant inclinés tous les trois ils se retirèrent.

L'après-midi fut lamentable. On ne comprenait rien à ce caprice d'Allemand ; et les idées les plus singulières troublaient les têtes. Tout le monde se tenait dans la cuisine, et l'on discutait sans fin, imaginant des choses invraisemblables. On voulait peut-être les garder comme otages — mais dans quel but ? — ou les emmener prisonniers ? ou, plutôt, leur demander une rançon considérable ? A cette pensée une panique les affola. Les plus riches étaient les plus épouvantés, se voyant déjà contraints, pour racheter leur vie, de verser des sacs pleins d'or entre les mains de ce soldat insolent. Ils se creusaient la cervelle pour découvrir des mensonges acceptables, dissimuler leurs richesses, se faire passer pour pauvres, très pauvres. Loiseau enleva sa chaîne de montre et la cacha dans sa poche. La nuit qui tombait augmenta les appréhensions. La lampe fut allumée, et comme on avait encore deux heures avant le dîner, Mme Loiseau proposa une partie de trente-et-un[1]. Ce serait une distraction. On accepta. Cornudet lui-même, ayant éteint sa pipe par politesse, y prit part.

Le comte battit les cartes — donna — Boule de Suif avait trente-et-un d'emblée ; et bientôt l'intérêt de la partie apaisa la crainte qui hantait les esprits. Mais Cornudet s'aperçut que le ménage Loiseau s'entendait pour tricher.

Comme on allait se mettre à table, M. Follenvie reparut ; et de sa voix graillonnante il prononça : « L'officier prussien fait demander à Mlle Elisabeth Rousset si elle n'a pas encore changé d'avis. »

Boule de Suif resta debout, toute pâle ; puis, devenant subitement cramoisie, elle eut un tel étouffement de colère qu'elle ne pouvait plus parler. Enfin elle éclata : « Vous lui direz à cette crapule, à ce saligaud, à cette charogne de Prussien, que jamais je ne voudrai ; vous entendez bien, jamais, jamais, jamais. »

Le gros aubergiste sortit. Alors Boule de Suif fut entourée, interrogée, sollicitée par tout le monde de dévoiler le mystère de sa visite. Elle résista d'abord ; mais l'exaspération l'emporta bientôt : « Ce qu'il veut ?... ce qu'il veut ?... Il veut coucher avec moi ! » cria-t-elle. Personne ne se choqua du mot, tant l'indignation fut vive. Cornudet brisa sa chope en la reposant violemment sur la table. C'était une clameur de réprobation contre ce soudard ignoble, un souffle de colère, une union de tous pour la résistance, comme si l'on eût demandé à chacun une partie du sacrifice exigé d'elle. Le comte déclara avec dégoût que ces gens-là se conduisaient à la façon des anciens barbares. Les femmes surtout témoignèrent à Boule de Suif une commisération énergique et caressante. Les bonnes sœurs, qui ne se montraient qu'aux repas, avaient baissé la tête et ne disaient rien.

On dîna néanmoins lorsque la première fureur fut apaisée ; mais on parla peu, on songeait.

Les dames se retirèrent de bonne heure ; et les hommes, tout en fumant, organisèrent un écarté auquel fut convié M. Follenvie qu'on avait l'intention d'interroger habilement sur les moyens à employer pour vaincre la résistance de l'officier. Mais il ne songeait qu'à ses cartes, sans rien écouter, sans rien répondre ; et il répétait sans cesse : « Au jeu, messieurs, au jeu. »

Son attention était si tendue qu'il en oubliait de cracher, ce qui lui mettait parfois des points d'orgue dans la poitrine. Ses poumons sifflants donnaient toute la gamme de l'asthme, depuis les notes graves et profondes jusqu'aux enrouements aigus des jeunes coqs essayant de chanter.

Il refusa même de monter, quand sa femme, qui tombait de sommeil, vint le chercher. Alors elle partit toute seule, car elle était « du matin », toujours levée avec le soleil, tandis que son homme était « du soir », toujours prêt à passer la nuit avec des amis. Il lui cria : « Tu placeras mon lait de poule devant le feu », et se remit à sa partie. Quand on vit bien qu'on n'en pourrait rien tirer on déclara qu'il était temps de s'en aller, et chacun gagna son lit.

On se leva encore d'assez bonne heure le lendemain avec un espoir indéterminé, un désir plus grand de s'en aller, une terreur du jour à passer dans cette horrible petite auberge.

Hélas ! les chevaux restaient à l'écurie, le cocher demeurait invisible. On alla, par désœuvrement, tourner autour de la voiture.

Le déjeuner fut bien triste ; et il s'était produit comme un refroidissement vis-à-vis de Boule de Suif, car la nuit, qui porte conseil, avait un peu modifié les jugements. On en voulait presque à cette fille, maintenant, de n'avoir pas été trouver

secrètement le Prussien, afin de ménager, au réveil, une bonne surprise à ses compagnons. Quoi de plus simple ? Qui l'eût su, d'ailleurs ? Elle aurait pu sauver les apparences en faisant dire à l'officier qu'elle prenait en pitié leur détresse. Pour elle ça avait si peu d'importance !

Mais personne n'avouait encore ces pensées.

Dans l'après-midi, comme on s'ennuyait à périr, le comte proposa de faire une promenade aux alentours du village. Chacun s'enveloppa avec soin et la petite société partit, à l'exception de Cornudet, qui préférait rester près du feu, et des bonnes sœurs, qui passaient leurs journées dans l'église ou chez le curé.

Le froid, plus intense de jour en jour, piquait cruellement le nez et les oreilles ; les pieds devenaient si douloureux que chaque pas était une souffrance ; et lorsque la campagne se découvrit, elle leur apparut si effroyablement lugubre sous cette blancheur illimitée que tout le monde aussitôt retourna, l'âme glacée et le cœur serré.

Les quatre femmes marchaient devant, les trois hommes suivaient, un peu derrière.

Loiseau, qui comprenait la situation, demanda tout à coup si cette « garce-là » allait les faire rester longtemps encore dans un pareil endroit. Le comte, toujours courtois, dit qu'on ne pouvait exiger d'une femme un sacrifice aussi pénible, et qu'il devait venir d'elle-même. M. Carré-Lamadon remarqua que si les Français faisaient, comme il en était question, un retour offensif par Dieppe, la rencontre ne pourrait avoir lieu qu'à Tôtes. Cette réflexion rendit les deux autres soucieux. « Si l'on se sauvait à pied », dit Loiseau. Le comte haussa les épaules : « Y songez-vous, dans cette neige ? avec nos femmes ? Et puis nous serions tout de

suite poursuivis, rattrapés en dix minutes, et ramenés prisonniers à la merci des soldats. » C'était vrai ; on se tut.

Les dames parlaient toilette ; mais une certaine contrainte semblait les désunir.

Tout à coup, au bout de la rue, l'officier parut. Sur la neige qui fermait l'horizon il profilait sa grande taille de guêpe en uniforme, et marchait, les genoux écartés, de ce mouvement particulier aux militaires qui s'efforcent de ne point maculer leurs bottes soigneusement cirées.

Il s'inclina en passant près des dames, et regarda dédaigneusement les hommes qui eurent, du reste, la dignité de ne se point découvrir, bien que Loiseau ébauchât un geste pour retirer sa coiffure.

Boule de Suif était devenue rouge jusqu'aux oreilles ; et les trois femmes mariées ressentaient une grande humiliation d'être ainsi rencontrées par ce soldat, dans la compagnie de cette fille qu'il avait si cavalièrement traitée.

Alors on parla de lui, de sa tournure, de son visage. Mme Carré-Lamadon, qui avait connu beaucoup d'officiers et qui les jugeait en connaisseur, trouvait celui-là pas mal du tout ; elle regrettait même qu'il ne fût pas Français, parce qu'il ferait un fort joli hussard dont toutes les femmes assurément raffoleraient.

Une fois rentrés, on ne sut plus que faire. Des paroles aigres furent même échangées à propos de choses insignifiantes. Le dîner silencieux, dura peu, et chacun monta se coucher, espérant dormir pour tuer le temps.

On descendit le lendemain avec des visages fatigués et des cœurs exaspérés. Les femmes parlaient à peine à Boule de Suif.

Une cloche tinta. C'était pour un baptême. La

grosse fille avait un enfant élevé chez des paysans d'Yvetot. Elle ne le voyait pas une fois l'an, et n'y songeait jamais ; mais la pensée de celui qu'on allait baptiser lui jeta au cœur une tendresse subite et violente pour le sien, et elle voulut absolument assister à la cérémonie.

Aussitôt qu'elle fut partie, tout le monde se regarda, puis on rapprocha les chaises, car on sentait bien qu'à la fin il fallait décider quelque chose. Loiseau eut une inspiration : il était d'avis de proposer à l'officier de garder Boule de Suif toute seule, et de laisser partir les autres.

M. Follenvie se chargea encore de la commission, mais il redescendit presque aussitôt. L'Allemand, qui connaissait la nature humaine, l'avait mis à la porte. Il prétendait retenir tout le monde tant que son désir ne serait pas satisfait.

Alors le tempérament populacier de Mme Loiseau éclata : « Nous n'allons pourtant pas mourir de vieillesse ici. Puisque c'est son métier, à cette gueuse, de faire ça avec tous les hommes, je trouve qu'elle n'a pas le droit de refuser l'un plutôt que l'autre. Je vous demande un peu, ça a pris tout ce qu'elle a trouvé dans Rouen, même des cochers ! oui, madame, le cocher de la préfecture ! Je le sais bien, moi, il achète son vin à la maison. Et aujourd'hui qu'il s'agit de nous tirer d'embarras, elle fait la mijaurée, cette morveuse !... Moi, je trouve qu'il se conduit très bien, cet officier. Il est peut-être privé depuis longtemps ; et nous étions là trois qu'il aurait sans doute préférées. Mais non, il se contente de celle à tout le monde. Il respecte les femmes mariées. Songez donc, il est le maître. Il n'avait qu'à dire : « Je veux », et il pouvait nous prendre de force avec ses soldats. »

Les deux femmes eurent un petit frisson. Les

yeux de la jolie Mme Carré-Lamadon brillaient, et elle était un peu pâle, comme si elle se sentait déjà prise de force par l'officier.

Les hommes, qui discutaient à l'écart, se rapprochèrent. Loiseau, furibond, voulait livrer « cette misérable » pieds et poings liés à l'ennemi. Mais le comte, issu de trois générations d'ambassadeurs, et doué d'un physique de diplomate, était partisan de l'habileté : « Il faudrait la décider », dit-il.

Alors on conspira.

Les femmes se serrèrent, le ton de la voix fut baissé, et la discussion devint générale, chacun donnant son avis. C'était fort convenable du reste. Ces dames surtout trouvaient des délicatesses de tournures, des subtilités d'expression charmantes, pour dire les choses les plus scabreuses. Un étranger n'aurait rien compris tant les précautions du langage étaient observées. Mais la légère tranche de pudeur dont est bardée toute femme du monde ne recouvrant que la surface, elles s'épanouissaient dans cette aventure polissonne, s'amusaient follement au fond, se sentant dans leur élément, tripotant de l'amour avec la sensualité d'un cuisinier gourmand qui prépare le souper d'un autre.

La gaieté revenait d'elle-même, tant l'histoire leur semblait drôle à la fin. Le comte trouva des plaisanteries un peu risquées, mais si bien dites qu'elles faisaient sourire. A son tour Loiseau lâcha quelques grivoiseries plus raides dont on ne se blessa point ; et la pensée brutalement exprimée par sa femme dominait tous les esprits : « Puisque c'est son métier à cette fille, pourquoi refuserait-elle celui-là plus qu'un autre ? » La gentille Mme Carré-Lamadon semblait même penser qu'à sa place elle refuserait celui-là moins qu'un autre.

On prépara longuement le blocus, comme pour

une forteresse investie. Chacun convint du rôle qu'il jouerait, des arguments dont il s'appuierait, des manœuvres qu'il devrait exécuter. On régla le plan des attaques, les ruses à employer, et les surprises de l'assaut, pour forcer cette citadelle vivante à recevoir l'ennemi dans la place.

Cornudet cependant restait à l'écart, complètement étranger à cette affaire.

Une attention si profonde tendait les esprits, qu'on n'entendit point rentrer Boule de Suif. Mais le comte souffla un léger : « Chut » qui fit relever tous les yeux. Elle était là. On se tut brusquement et un certain embarras empêcha d'abord de lui parler. La comtesse, plus assouplie que les autres aux duplicités des salons, l'interrogea : « Était-ce amusant, ce baptême ? »

La grosse fille, encore émue, raconta tout, et les figures, et les attitudes, et l'aspect même de l'église. Elle ajouta : « C'est si bon de prier quelquefois. »

Cependant, jusqu'au déjeuner, ces dames se contentèrent d'être aimables avec elle, pour augmenter sa confiance et sa docilité à leurs conseils.

Aussitôt à table, on commença les approches. Ce fut d'abord une conversation vague sur le dévouement. On cita des exemples anciens : Judith et Holopherne, puis, sans aucune raison, Lucrèce avec Sextus, Cléopâtre faisant passer par sa couche tous les généraux ennemis, et les y réduisant à des servilités d'esclave. Alors se déroula une histoire fantaisiste, éclose dans l'imagination de ces millionnaires ignorants, où les citoyennes de Rome allaient endormir à Capoue Annibal entre leurs bras, et, avec lui, ses lieutenants, et les phalanges des mercenaires. On cita toutes les femmes qui ont arrêté des conquérants, fait de leur corps un champ

de bataille, un moyen de dominer, une arme, qui ont vaincu par leurs caresses héroïques des êtres hideux ou détestés, et sacrifié leur chasteté à la vengeance et au dévouement.

On parla même en termes voilés de cette Anglaise de grande famille qui s'était laissé inoculer une horrible et contagieuse maladie pour la transmettre à Bonaparte sauvé miraculeusement, par une faiblesse subite, à l'heure du rendez-vous fatal.

Et tout cela était raconté d'une façon convenable et modérée, où parfois éclatait un enthousiasme voulu propre à exciter l'émulation.

On aurait pu croire, à la fin, que le seul rôle de la femme, ici-bas, était un perpétuel sacrifice de sa personne, un abandon continu aux caprices des soldatesques.

Les deux bonnes sœurs ne semblaient point entendre, perdues en des pensées profondes. Boule de Suif ne disait rien.

Pendant toute l'après-midi on la laissa réfléchir. Mais, au lieu de l'appeler « madame » comme on avait fait jusque-là, on lui disait simplement « mademoiselle », sans que personne sût bien pourquoi, comme si l'on avait voulu la faire descendre d'un degré dans l'estime qu'elle avait escaladée, lui faire sentir sa situation honteuse.

Au moment où l'on servit le potage, M. Follenvie reparut, répétant sa phrase de la veille : « L'officier prussien fait demander à Mlle Elisabeth Rousset si elle n'a point encore changé d'avis. »

Boule de Suif répondit sèchement : « Non, monsieur. »

Mais au dîner la coalition faiblit. Loiseau eut trois phrases malheureuses. Chacun se battait les flancs pour découvrir des exemples nouveaux et ne trouvait rien, quand la comtesse, sans préméditation

peut-être, éprouvant un vague besoin de rendre hommage à la Religion, interrogea la plus âgée des bonnes sœurs sur les grands faits de la vie des saints. Or beaucoup avaient commis des actes qui seraient des crimes à nos yeux ; mais l'Église absout sans peine ces forfaits quand ils sont accomplis pour la gloire de Dieu, ou pour le bien du prochain. C'était un argument puissant ; la comtesse en profita. Alors, soit par une de ces ententes tacites, de ces complaisances voilées, où excelle quiconque porte un habit ecclésiastique, soit simplement par l'effet d'une inintelligence heureuse, d'une secourable bêtise, la vieille religieuse apporta à la conspiration un formidable appui. On la croyait timide, elle se montra hardie, verbeuse, violente. Celle-là n'était pas troublée par les tâtonnements de la casuistique ; sa doctrine semblait une barre de fer ; sa foi n'hésitait jamais ; sa conscience n'avait point de scrupules. Elle trouvait tout simple le sacrifice d'Abraham, car elle aurait immédiatement tué père et mère sur un ordre venu d'en haut ; et rien, à son avis, ne pouvait déplaire au Seigneur quand l'intention était louable. La comtesse, mettant à profit l'autorité sacrée de sa complice inattendue, lui fit faire comme une paraphrase édifiante de cet axiome de morale : « La fin justifie les moyens. »

Elle l'interrogeait.

« Alors, ma sœur, vous pensez que Dieu accepte toutes les voies, et pardonne le fait quand le motif est pur ?

— Qui pourrait en douter, madame ? Une action blâmable en soi devient souvent méritoire par la pensée qui l'inspire. »

Et elles continuaient ainsi, démêlant les volontés de Dieu, prévoyant ses décisions, le faisant s'inté-

resser à des choses qui, vraiment, ne le regardaient guère.

Tout cela était enveloppé, habile, discret. Mais chaque parole de la sainte fille en cornette faisait brèche dans la résistance indignée de la courtisane. Puis, la conversation se détournant un peu, la femme aux chapelets pendants parla des maisons de son ordre, de sa supérieure, d'elle-même, et de sa mignonne voisine la chère sœur Saint-Nicéphore. On les avait demandées au Havre pour soigner dans les hôpitaux des centaines de soldats atteints de la petite vérole. Elle les dépeignit, ces misérables, détailla leur maladie. Et tandis qu'elles étaient arrêtées en route par les caprices de ce Prussien, un grand nombre de Français pouvaient mourir qu'elles auraient sauvés peut-être ! C'était sa spécialité, à elle, de soigner les militaires ; elle avait été en Crimée, en Italie, en Autriche, et, racontant ses campagnes, elle se révéla tout à coup une de ces religieuses à tambours et à trompettes qui semblent faites pour suivre les camps, ramasser des blessés dans les remous des batailles, et, mieux qu'un chef, dompter d'un mot les grands soudards indisciplinés ; une vraie bonne sœur Ran-tan-plan dont la figure ravagée, crevée de trous sans nombre, paraissait une image des dévastations de la guerre.

Personne ne dit rien après elle, tant l'effet semblait excellent.

Aussitôt le repas terminé on remonta bien vite dans les chambres pour ne descendre, le lendemain, qu'assez tard dans la matinée.

Le déjeuner fut tranquille. On donnait à la graine semée la veille le temps de germer et de pousser ses fruits.

La comtesse proposa de faire une promenade dans l'après-midi ; alors le comte, comme il était

convenu, prit le bras de Boule de Suif, et demeura derrière les autres, avec elle.

Il lui parla de ce ton familier, paternel, un peu dédaigneux, que les hommes posés emploient avec les filles, l'appelant : « ma chère enfant », la traitant du haut de sa position sociale, de son honorabilité indiscutée. Il pénétra tout de suite au vif de la question :

« Donc vous préférez nous laisser ici, exposés comme vous-même à toutes les violences qui suivraient un échec des troupes prussiennes, plutôt que de consentir à une de ces complaisances que vous avez eues si souvent en votre vie ? »

Boule de Suif ne répondit rien.

Il la prit par la douceur, par le raisonnement, par les sentiments. Il sut rester « monsieur le comte », tout en se montrant galant quand il le fallut, complimenteur, aimable enfin. Il exalta le service qu'elle leur rendrait, parla de leur reconnaissance ; puis soudain, la tutoyant gaiement : « Et tu sais, ma chère, il pourrait se vanter d'avoir goûté d'une jolie fille comme il n'en trouvera pas beaucoup dans son pays. »

Boule de Suif ne répondit pas et rejoignit la société.

Aussitôt rentrée, elle monta chez elle et ne reparut plus. L'inquiétude était extrême. Qu'allait-elle faire ? Si elle résistait, quel embarras !

L'heure du dîner sonna ; on l'attendit en vain. M. Follenvie, entrant alors, annonça que Mlle Rousset se sentait indisposée, et qu'on pouvait se mettre à table. Tout le monde dressa l'oreille. Le comte s'approcha de l'aubergiste, et, tout bas : « Ça y est ? — Oui. » Par convenance, il ne dit rien à ses compagnons, mais il leur fit seulement un léger signe de la tête. Aussitôt un grand soupir de soula-

gement sortit de toutes les poitrines, une allégresse parut sur les visages. Loiseau cria : « Saperlipopette ! je paye du champagne si l'on en trouve dans l'établissement » ; et Mme Loiseau eut une angoisse lorsque le patron revint avec quatre bouteilles aux mains. Chacun était devenu subitement communicatif et bruyant ; une joie égrillarde emplissait les cœurs. Le comte parut s'apercevoir que Mme Carré-Lamadon était charmante, le manufacturier fit des compliments à la comtesse. La conversation fut vive, enjouée, pleine de traits.

Tout à coup, Loiseau, la face anxieuse et levant les bras, hurla : « Silence ! » Tout le monde se tut, surpris, presque effrayé déjà. Alors il tendit l'oreille en faisant « Chut ! » des deux mains, leva les yeux vers le plafond, écouta de nouveau, et reprit, de sa voix naturelle : « Rassurez-vous, tout va bien. »

On hésitait à comprendre, mais bientôt un sourire passa.

Au bout d'un quart d'heure il recommença la même farce, la renouvela souvent dans la soirée ; et il faisait semblant d'interpeller quelqu'un à l'étage au-dessus, en lui donnant des conseils à double sens puisés dans son esprit de commis voyageur. Par moments il prenait un air triste pour soupirer : « Pauvre fille ! » ou bien il murmurait entre ses dents d'un air rageur : « Gueux de Prussien, va ! » Quelquefois, au moment où l'on n'y songeait plus, il poussait d'une voix vibrante plusieurs : « Assez ! assez ! » et ajoutait, comme se parlant à lui-même : « Pourvu que nous la revoyions ; qu'il ne l'en fasse pas mourir, le misérable ! »

Bien que ces plaisanteries fussent d'un goût déplorable, elles amusaient et ne blessaient personne, car l'indignation dépend des milieux comme le reste, et l'atmosphère qui s'était peu à peu créée

autour d'eux était chargée de pensées grivoises.

Au dessert, les femmes elles-mêmes firent des allusions spirituelles et discrètes. Les regards luisaient ; on avait bu beaucoup. Le comte, qui conservait même en ses écarts sa grande apparence de gravité, trouva une comparaison fort goûtée sur la fin des hivernages au pôle et la joie des naufragés qui voient s'ouvrir une route vers le sud.

Loiseau, lancé, se leva, un verre de champagne à la main : « Je bois à notre délivrance ! » Tout le monde fut debout ; on l'acclamait. Les deux bonnes sœurs, elles-mêmes, sollicitées par ces dames, consentirent à tremper leurs lèvres dans ce vin mousseux dont elles n'avaient jamais goûté. Elles déclarèrent que cela ressemblait à la limonade gazeuse, mais que c'était plus fin cependant.

Loiseau résuma la situation.

« C'est malheureux de ne pas avoir de piano parce qu'on pourrait pincer un quadrille. »

Cornudet n'avait pas dit un mot, pas fait un geste ; il paraissait même plongé dans des pensées très graves, et tirait parfois, d'un geste furieux, sa grande barbe qu'il semblait vouloir allonger encore. Enfin, vers minuit, comme on allait se séparer, Loiseau qui titubait, lui tapa soudain sur le ventre et lui dit en bredouillant : « Vous n'êtes pas farce, vous, ce soir ; vous ne dites rien, citoyen ? » Mais Cornudet releva brusquement la tête, et parcourant la société d'un regard luisant et terrible : « Je vous dis à tous que vous venez de faire une infamie ! » Il se leva, gagna la porte, répéta encore une fois : « Une infamie ! » et disparut.

Cela jeta un froid d'abord. Loiseau interloqué restait bête ; mais il reprit son aplomb, puis, tout à coup, se tordit en répétant : « Ils sont trop verts mon vieux, ils sont trop verts. » Comme on ne com-

prenait pas, il raconta les : « mystères du corridor ». Alors il y eut une reprise de gaieté formidable. Ces dames s'amusaient comme des folles. Le comte et M. Carré-Lamadon pleuraient à force de rire. Ils ne pouvaient croire.

« Comment. Vous êtes sûr ? Il voulait...

— Je vous dis que je l'ai vu.

— Et, elle a refusé...

— Parce que le Prussien était dans la chambre à côté.

— Pas possible ?

— Je vous le jure. »

Le comte étouffait. L'industriel se comprimait le ventre à deux mains. Loiseau continuait :

« Et, vous comprenez, ce soir, il ne la trouve pas drôle, mais pas du tout. »

Et tous les trois repartaient, malades, essoufflés, toussant.

On se sépara là-dessus. Mais Mme Loiseau, qui était de la nature des orties, fit remarquer à son mari, au moment où ils se couchaient, que « cette chipie » de petite Carré-Lamadon avait ri jaune toute la soirée : « Tu sais, les femmes, quand ça en tient pour l'uniforme, qu'il soit Français ou bien Prussien ça leur est, ma foi, bien égal. Si ce n'est pas une pitié, Seigneur Dieu ! »

Et toute la nuit, dans l'obscurité du corridor coururent comme des frémissements, des bruits légers, à peine sensibles, pareils à des souffles, des effleurements de pieds nus, d'imperceptibles craquements. Et l'on ne dormit que très tard, assurément, car des filets de lumière glissèrent longtemps sous les portes. Le champagne a de ces effets-là ; il trouble, dit-on, le sommeil.

Le lendemain, un clair soleil d'hiver rendait la neige éblouissante. La diligence, attelée enfin,

attendait devant la porte, tandis qu'une armée de pigeons blancs, rengorgés dans leurs plumes épaisses, avec un œil rose, taché, au milieu, d'un point noir, se promenaient gravement entre les jambes des six chevaux, et cherchaient leur vie dans le crottin fumant qu'ils éparpillaient.

Le cocher, enveloppé dans sa peau de mouton, grillait une pipe sur le siège, et tous les voyageurs radieux faisaient rapidement empaqueter des provisions pour le reste du voyage.

On n'attendait plus que Boule de Suif. Elle parut.

Elle semblait un peu troublée, honteuse ; et elle s'avança timidement vers ses compagnons, qui, tous, d'un même mouvement, se détournèrent comme s'il ne l'avaient pas aperçue. Le comte prit avec dignité le bras de sa femme et l'éloigna de ce contact impur.

La grosse fille s'arrêta, stupéfaite ; alors, ramassant tout son courage, elle aborda la femme du manufacturier d'un « bonjour, madame » humblement murmuré. L'autre fit de la tête seule un petit salut impertinent qu'elle accompagna d'un regard de vertu outragée. Tout le monde semblait affairé, et l'on se tenait loin d'elle comme si elle eût apporté une infection dans ses jupes. Puis on se précipita vers la voiture, où elle arriva seule, la dernière, et reprit en silence la place qu'elle avait occupée pendant la première partie de la route.

On semblait ne pas la voir, ne pas la connaître ; mais Mme Loiseau, la considérant de loin avec indignation, dit à mi-voix à son mari : « Heureusement que je ne suis pas à côté d'elle. »

La lourde voiture s'ébranla, et le voyage recommença.

On ne parla point d'abord. Boule de Suif n'osait

pas lever les yeux. Elle se sentait en même temps indignée contre tous ses voisins, et humiliée d'avoir cédé, souillée par les baisers de ce Prussien entre les bras duquel on l'avait hypocritement jetée.

Mais la comtesse, se tournant vers Mme Carré-Lamadon, rompit bientôt ce pénible silence.

« Vous connaissez, je crois, Mme d'Étrelles ?

— Oui, c'est une de mes amies.

— Quelle charmante femme !

— Ravissante ! Une vraie nature d'élite, fort instruite d'ailleurs, et artiste jusqu'au bout des doigts ; elle chante à ravir et dessine dans la perfection. »

Le manufacturier causait avec le comte, et au milieu du fracas des vitres un mot parfois jaillissait : « Coupon — échéance — prime — à terme. »

Loiseau, qui avait chipé le vieux jeu de cartes de l'auberge engraissé par cinq ans de frottement sur les tables mal essuyées, attaqua un bésigue avec sa femme.

Les bonnes sœurs prirent à leur ceinture le long rosaire qui pendait, firent ensemble le signe de la croix, et tout à coup leurs lèvres se mirent à remuer vivement, se hâtant de plus en plus, précipitant leur vague murmure comme pour une course d'*oremus* ; et de temps en temps elles baisaient une médaille, se signaient de nouveau, puis recommençaient leur marmottement rapide et continu.

Cornudet songeait, immobile.

Au bout de trois heures de route, Loiseau ramassa ses cartes : « Il fait faim », dit-il.

Alors sa femme atteignit un paquet ficelé d'où elle fit sortir un morceau de veau froid. Elle le découpa proprement par tranches minces et fermes, et tous deux se mirent à manger.

« Si nous en faisions autant », dit la comtesse. On y consentit et elle déballa les provisions préparées

pour les deux ménages. C'était, dans un de ces vases allongés dont le couvercle porte un lièvre en faïence, pour indiquer qu'un lièvre en pâté gît au-dessous, une charcuterie succulente, où de blanches rivières de lard traversaient la chair brune du gibier, mêlée à d'autres viandes hachées fin. Un beau carré de gruyère, apporté dans un journal, gardait imprimé : « faits divers » sur sa pâte onctueuse.

Les deux bonnes sœurs développèrent un rond de saucisson qui sentait l'ail ; et Cornudet, plongeant les deux mains en même temps dans les vastes poches de son paletot sac, tira de l'une quatre œufs durs et de l'autre le croûton d'un pain. Il détacha la coque, la jeta sous ses pieds dans la paille et se mit à mordre à même les œufs, faisant tomber sur sa vaste barbe des parcelles de jaune clair qui semblaient, là dedans, des étoiles.

Boule de Suif, dans la hâte et l'effarement de son lever, n'avait pu songer à rien ; et elle regardait, exaspérée, suffoquant de rage, tous ces gens qui mangeaient placidement. Une colère tumultueuse la crispa d'abord, et elle ouvrit la bouche pour leur crier leur fait avec un flot d'injures qui lui montait aux lèvres ; mais elle ne pouvait pas parler tant l'exaspération l'étranglait.

Personne ne la regardait, ne songeait à elle. Elle se sentait noyée dans le mépris de ces gredins honnêtes qui l'avaient sacrifiée d'abord, rejetée ensuite, comme une chose malpropre et inutile. Alors elle songea à son grand panier tout plein de bonnes choses qu'ils avaient goulûment dévorées, à ses deux poulets luisants de gelée, à ses pâtés, à ses poires, à ses quatre bouteilles de bordeaux ; et sa fureur tombant soudain comme une corde trop tendue qui casse, elle se sentit prête à pleurer. Elle fit

des efforts terribles, se raidit, avala ses sanglots comme les enfants, mais les pleurs montaient, luisaient au bord de ses paupières, et bientôt deux grosses larmes se détachant des yeux roulèrent lentement sur ses joues. D'autres les suivirent plus rapides, coulant comme les gouttes d'eau qui filtrent d'une roche, et tombant régulièrement sur la courbe rebondie de sa poitrine. Elle restait droite, le regard fixe, la face rigide et pâle, espérant qu'on ne la verrait pas.

Mais la comtesse s'en aperçut et prévint son mari d'un signe. Il haussa les épaules comme pour dire : « Que voulez-vous, ce n'est pas ma faute. » Mme Loiseau eut un rire muet de triomphe et murmura : « Elle pleure sa honte. »

Les deux bonnes sœurs s'étaient remises à prier, après avoir roulé dans un papier le reste de leur saucisson.

Alors Cornudet, qui digérait ses œufs, étendit ses longues jambes sous la banquette d'en face, se renversa, croisa ses bras, sourit comme un homme qui vient de trouver une bonne farce, et se mit à siffloter *La Marseillaise*[1].

Toutes les figures se rembrunirent. Le chant populaire, assurément, ne plaisait point à ses voisins. Ils devinrent nerveux, agacés, et avaient l'air prêts à hurler comme des chiens qui entendent un orgue de barbarie.

Il s'en aperçut, ne s'arrêta plus. Parfois même il fredonnait les paroles :

> Amour sacré de la patrie,
> Conduis, soutiens, nos bras vengeurs,
> Liberté, liberté chérie,
> Combats avec tes défenseurs !

On fuyait plus vite, la neige étant plus dure ; et jusqu'à Dieppe, pendant les longues heures mornes du voyage, à travers les cahots du chemin, par la nuit tombante, puis dans l'obscurité profonde de la voiture, il continua, avec une obstination féroce, son sifflement vengeur et monotone, contraignant les esprits las et exaspérés à suivre le chant d'un bout à l'autre, à se rappeler chaque parole qu'ils appliquaient sur chaque mesure.

Et Boule de Suif pleurait toujours ; et parfois un sanglot qu'elle n'avait pu retenir passait, entre deux couplets, dans les ténèbres.

L'AMI PATIENCE[1]

« Sais-tu ce qu'est devenu Leremy ?
— Il est capitaine au 6e dragons.
— Et Pinson ?
— Sous-préfet.
— Et Racollet ?
— Mort. »

Nous cherchions d'autres noms qui nous rappelaient des figures jeunes coiffées du képi à galons d'or. Nous avions retrouvé plus tard quelques-uns de ces camarades barbus, chauves, mariés, pères de plusieurs enfants, et ces rencontres avec ces changements nous avaient donné des frissons désagréables, nous montrant comme la vie est courte, comme tout passe, comme tout change.

Mon ami demanda :
« Et Patience, le gros Patience ? »
Je poussai une sorte de hurlement :
« Oh ! quant à celui-là, écoute un peu. J'étais, voici quatre ou cinq ans, en tournée d'inspection à Limoges, attendant l'heure du dîner. Assis devant le grand café de la place du Théâtre, je m'ennuyais ferme. Les commerçants s'en venaient, à deux,

trois ou quatre, prendre l'absinthe ou le vermouth, parlaient tout haut de leurs affaires et de celles des autres, riaient violemment ou baissaient le ton pour se communiquer des choses importantes et délicates.

Je me disais : « Que vais-je faire après dîner ? » Et je songeais à la longue soirée dans cette ville de province, à la promenade lente et sinistre à travers les rues inconnues, à la tristesse accablante qui se dégage, pour le voyageur solitaire, de ces gens qui passent et qui vous sont étrangers en tout, par tout, par la forme du veston provincial, du chapeau et de la culotte, par les habitudes et l'accent local, tristesse pénétrante venue aussi des maisons, des boutiques, des voitures aux formes singulières, des bruits ordinaires auxquels on n'est point accoutumé, tristesse harcelante qui vous fait presser peu à peu le pas comme si on était perdu dans un pays dangereux, qui vous oppresse, vous fait désirer l'hôtel, le hideux hôtel dont la chambre a conservé mille odeurs suspectes, dont le lit fait hésiter, dont la cuvette garde un cheveu collé dans la poussière du fond.

« Je songeais à tout cela en regardant allumer le gaz, sentant ma détresse d'isolé accrue par la tombée des ombres. Que vais-je faire après dîner ? J'étais seul, tout seul, perdu lamentablement.

« Un gros homme vint s'asseoir à la table voisine, et il commanda d'une voix formidable :

« — Garçon, mon bitter ! »

« Le *mon* sonna dans la phrase comme un coup de canon. Je compris aussitôt que tout était à lui, bien à lui, dans l'existence, et pas à un autre, qu'il avait son caractère, nom d'un nom, son appétit, son pantalon, *son* n'importe quoi d'une façon propre, absolue, plus complète que n'importe qui. Puis, il

regarda autour de lui d'un air satisfait. On lui apporta son bitter, et il appela :

« — Mon journal ! »

« Je me demandais : « Quel peut bien être son « journal ? » Le titre, certes, allait me révéler son opinion, ses théories, ses principes, ses marottes, ses naïvetés.

« Le garçon apporta *Le Temps*. Je fus surpris. Pourquoi *Le Temps*, journal grave, gris, doctrinaire, pondéré ? Je pensai :

« C'est donc un homme sage, de mœurs sérieuses, « d'habitudes régulières, un bon bourgeois, enfin. »

« Il posa sur son nez des lunettes d'or, se renversa et avant de commencer à lire, il jeta de nouveau un regard circulaire. Il m'aperçut et se mit aussitôt à me considérer d'une façon insistante et gênante. J'allais même lui demander la raison de cette attention, quand il me cria de sa place :

« — Nom d'une pipe, c'est bien Gontran Lar-« dois. »

« Je répondis :

« — Oui, monsieur, vous ne vous trompez « pas. »

« Alors il se leva brusquement et s'en vint, les mains tendues :

« — Ah ! mon vieux, comment vas-tu ? »

« Je demeurais fort gêné, ne le reconnaissant pas du tout. Je balbutiai :

« — Mais... très bien... et... vous ? »

« Il se mit à rire :

« — Je parie que tu ne me reconnais pas ?

« — Non, pas tout à fait... Il me semble... cepen-« dant. »

« Il me tapa sur l'épaule :

« — Allons, pas de blague. Je suis Patience, « Robert Patience, ton copain, ton camarade. »

« Je le reconnus. Oui. Robert Patience, mon camarade de collège. C'était cela. Je serrai la main qu'il me tendait :

. « — Et toi, tu vas bien ?

« — Moi, comme un charme. »

« Son sourire chantait le triomphe.

« Il demanda :

« — Qu'est-ce que tu viens faire ici ? »

« J'expliquai que j'étais inspecteur des finances en tournée.

« Il reprit, montrant ma décoration :

« — Alors, tu as réussi ?

« Je répondis :

« — Oui, pas mal, et toi ?

« — Oh ! moi, très bien !

« — Qu'est-ce que tu fais ?

« — Je suis dans les affaires.

« Tu gagnes de l'argent ?

« — Beaucoup, je suis très riche. Mais, viens « donc me demander à déjeuner, demain matin, « midi, 17, rue du Coq-qui-chante ; tu verras mon « installation. »

« Il parut hésiter une seconde, puis reprit :

« Tu es toujours le bon zig d'autrefois ?

« — Mais... je l'espère !

« — Pas marié, n'est-ce pas ?

« — Non.

« — Tant mieux. Et tu aimes toujours la joie et « les pommes de terre ? »

« Je commençais à le trouver déplorablement commun. Je répondis néanmoins :

« — Mais oui.

« — Et les belles filles ?

« — Quant à ça, oui. »

« Il se mit à rire d'un bon rire satisfait :

« — Tant mieux, tant mieux. Te rappelles-tu

« notre première farce, à Bordeaux, quand nous
« avons été souper à l'estaminet Roupie. Hein,
« quelle noce ? »

« Je me rappelais, en effet, cette noce ; et ce sou-
venir m'égaya. D'autres faits me revinrent à la
mémoire, d'autres encore, nous disions :

« — Dis donc, et cette fois où nous avons en-
« fermé le pion dans la cave du père Latoque ? »

« Et il riait, tapait du poing sur la table, repre-
« nait :

« — Oui... oui... oui..., et te rappelles-tu la gueule
« du professeur de géographie, M. Marin, quand
« nous avons fait partir un pétard dans la mappe-
« monde au moment où il pérorait sur les princi-
« paux volcans du globe ? »
« Mais, brusquement, je lui demandai :

« — Et toi, es-tu marié ? »

« Il cria :

« — Depuis dix ans, mon cher, et j'ai quatre
« enfants, des mioches étonnants. Mais tu les verras
« avec la mère. »

« Nous parlions fort ; les voisins se retournaient
pour nous considérer avec étonnement.

« Tout à coup, mon ami regarda l'heure à sa
montre, un chronomètre gros comme une citrouil-
le, et il cria :

« — Tonnerre, c'est embêtant, mais il faut que je
« te quitte ; le soir, je ne suis pas libre. »

« Il se leva, me prit les deux mains, les secoua
comme s'il voulait m'arracher les bras, et pro-
nonça :

« — A demain, midi, c'est entendu ! »

« — C'est entendu. »

*
* *

70

« Je passai la matinée à travailler chez le trésorier-payeur général. Il voulait me retenir à déjeuner, mais j'annonçai que j'avais rendez-vous chez un ami. Devant sortir, il m'accompagna.

« Je lui demandai :

« — Savez-vous où est la rue du Coq-qui-« chante ? »

« Il répondit :

« — Oui, c'est à cinq minutes d'ici. Comme je « n'ai rien à faire, je vais vous conduire. »

« Et nous nous mîmes en route.

« J'atteignis bientôt la rue cherchée. Elle était grande, assez belle, sur la limite de la ville et des champs. Je regardais les maisons et j'aperçus le 17. C'était une sorte d'hôtel avec un jardin derrière. La façade ornée de fresques à la mode italienne me parut de mauvais goût. On voyait des déesses penchant des urnes, d'autres dont un nuage cachait les beautés secrètes. Deux amours de pierre tenaient le numéro.

« Je dis au trésorier-payeur général :

« — C'est ici que je vais. »

Et je tendis la main pour le quitter. Il fit un geste brusque et singulier, mais ne dit rien et serra la main que je lui présentais.

« Je sonnai. Une bonne apparut. Je demandai :

« — Monsieur Patience, s'il vous plaît ? »

« Elle répondit :

« — C'est ici, monsieur... C'est à lui-même que « vous désirez parler ?

« — Mais, oui. »

« Le vestibule était également orné de peintures dues au pinceau de quelque artiste du lieu. Des Paul et des Virginie s'embrassaient sous des palmiers noyés dans une lumière rose. Une lanterne orientale et hideuse pendait au plafond. Plusieurs

portes étaient masquées par des tentures éclatantes.

« Mais ce qui me frappait surtout, c'était l'odeur. Une odeur écœurante et parfumée, rappelant la poudre de riz et la moisissure des caves. Une odeur indéfinissable dans une atmosphère lourde, accablante comme celle des étuves où l'on pétrit des corps humains. Je montai, derrière la bonne, un escalier de marbre que couvrait un tapis de genre oriental, et on m'introduisit dans un somptueux salon.

« Resté seul, je regardai autour de moi.

« La pièce était richement meublée, mais avec une prétention de parvenu polisson. Des gravures du siècle dernier, assez belles, d'ailleurs, représentaient des femmes à haute coiffure poudrée, à moitié nues, surprises par des messieurs galants en des postures intéressantes. Une autre dame couchée en un grand lit ravagé batifolait du pied avec un petit chien noyé dans les draps ; une autre résistait avec complaisance à son amant, dont la main fuyait sous les jupes. Un dessin montrait quatre pieds dont les corps se devinaient cachés derrière un rideau. La vaste pièce, entourée de divans moelleux, était tout entière imprégnée de cette odeur énervante et fade qui m'avait déjà saisi. Quelque chose de suspect se dégageait des murs, des étoffes, du luxe exagéré, de tout.

« Je m'approchai de la fenêtre pour regarder le jardin dont j'apercevais les arbres. Il était fort grand, ombragé, superbe. Un large chemin contournait un gazon où s'égrenait dans l'air un jet d'eau, entrait sous des massifs, en ressortait plus loin. Et tout à coup, là-bas, tout au fond, entre deux taillis d'arbustes, trois femmes apparurent. Elles marchaient lentement, se tenant par le bras, vêtues de longs peignoirs blancs ennuagés de dentelles.

Deux étaient blondes, et l'autre brune. Elles rentrèrent aussitôt sous les arbres. Je demeurai saisi, ravi, devant cette courte et charmante apparition qui fit surgir en moi tout un monde poétique. Elles s'étaient montrées à peine, dans le jour qu'il fallait, dans ce cadre de feuilles, dans ce fond de parc secret et délicieux. J'avais revu, d'un seul coup, les belles dames de l'autre siècle errant sous les charmilles, ces belles dames dont les gravures galantes des murs rappelaient les légères amours. Et je pensais au temps heureux, fleuri, spirituel et tendre où les mœurs étaient si douces et les lèvres si faciles...

« Une grosse voix me fit bondir sur place. Patience était entré et, radieux, me tendit les mains.

« Il me regarda au fond des yeux de l'air sournois qu'on prend pour les confidences amoureuses, et, d'un geste large et circulaire, d'un geste de Napoléon, il me montra son salon somptueux, son parc, les trois femmes qui repassaient au fond, puis, d'une voix triomphante où chantait l'orgueil :

« — Et dire que j'ai commencé avec rien... ma « femme et ma belle-sœur. »

LA DOT[1]

Personne ne s'étonna du mariage de maître Simon Lebrument avec Mlle Jeanne Cordier. Maître Lebrument venait d'acheter l'étude de notaire de maître Papillon ; il fallait, bien entendu, de l'argent pour la payer ; et Mlle Jeanne Cordier avait trois cent mille francs liquides, en billets de banque et en titres au porteur.

Maître Lebrument était un beau garçon, qui avait du chic, un chic notaire, un chic province, mais enfin du chic, ce qui était rare à Boutigny-le-Rebours.

Mlle Cordier avait de la grâce et de la fraîcheur, de la grâce un peu gauche et de la fraîcheur un peu fagotée ; mais c'était, en somme, une belle fille désirable et fêtable.

La cérémonie d'épousailles mit tout Boutigny sens dessus dessous.

On admira fort les mariés, qui rentrèrent cacher leur bonheur au domicile conjugal, ayant résolu de faire tout simplement un petit voyage à Paris après quelques jours de tête-à-tête.

Il fut charmant, ce tête-à-tête, maître Lebrument ayant su apporter dans ses premiers rapports avec sa femme une adresse, une délicatesse et un à-propos remarquables. Il avait pris pour devise : « Tout vient à point à qui sait attendre. » Il sut être en même temps patient et énergique. Le succès fut rapide et complet.

Au bout de quatre jours, Mme Lebrument adorait son mari. Elle ne pouvait plus se passer de lui, il fallait qu'elle l'eût tout le jour près d'elle pour le caresser, l'embrasser, lui tripoter les mains, la barbe, le nez, etc. Elle s'asseyait sur ses genoux, et, le prenant par les oreilles, elle disait : « Ouvre la bouche et ferme les yeux. » Il ouvrait la bouche avec confiance, fermait les yeux à moitié, et il recevait un bon baiser bien tendre, bien long, qui lui faisait passer de grands frissons dans le dos. Et à son tour il n'avait pas assez de caresses, pas assez de lèvres, pas assez de mains, pas assez de toute sa personne pour fêter sa femme du matin au soir et du soir au matin.

Une fois la première semaine écoulée, il dit à sa jeune compagne :

« Si tu veux, nous partirons pour Paris mardi prochain. Nous ferons comme les amoureux qui ne sont pas mariés, nous irons dans les restaurants, au théâtre, dans les cafés-concerts, partout, partout. »

Elle sautait de joie.

« Oh ! oui, oh ! oui, allons-y le plus tôt possible. »

Il reprit :

« Et puis, comme il ne faut rien oublier, préviens

ton père de tenir ta dot toute prête ; je l'emporterai avec nous et je paierai par la même occasion maître Papillon. »

Elle prononça :

« Je le lui dirai demain matin. »

Et il la saisit dans ses bras pour recommencer le petit jeu de tendresse qu'elle aimait tant, depuis huit jours.

Le mardi suivant, le beau-père et la belle-mère accompagnèrent à la gare leur fille et leur gendre qui partaient pour la capitale.

Le beau-père disait :

« Je vous jure que c'est imprudent d'emporter tant d'argent dans votre portefeuille. » Et le jeune notaire souriait.

« Ne vous inquiétez de rien, beau-papa, j'ai l'habitude de ces choses-là. Vous comprenez que, dans ma profession, il m'arrive quelquefois d'avoir près d'un million sur moi. De cette façon, au moins, nous évitons un tas de formalités et un tas de retards. Ne vous inquiétez de rien. »

L'employé criait :

« Les voyageurs pour Paris en voiture. »

Ils se précipitèrent dans un wagon où se trouvaient deux vieilles dames.

Lebrument murmura à l'oreille de sa femme :

« C'est ennuyeux, je ne pourrai pas fumer. »

Elle répondit tout bas :

« Moi aussi, ça m'ennuie bien, mais ça n'est pas à cause de ton cigare. »

Le train siffla et partit. Le trajet dura une heure, pendant laquelle ils ne dirent pas grand-chose, car les deux vieilles dames ne dormaient point.

Dès qu'ils furent dans la cour de la gare Saint-Lazare, maître Lebrument dit à sa femme :

« Si tu veux, ma chérie, nous allons d'abord

déjeuner au boulevard : puis nous reviendrons tranquillement chercher notre malle pour la porter à l'hôtel. »

Elle y consentit tout de suite.

« Oh oui, allons déjeuner au restaurant. Est-ce loin ? »

Il reprit :

« Oui, un peu loin, mais nous allons prendre l'omnibus. »

Elle s'étonna :

« Pourquoi ne prenons-nous pas un fiacre ? »

Il se mit à la gronder en souriant :

« C'est comme ça que tu es économe, un fiacre pour cinq minutes de route, six sous par minute, tu ne te priverais de rien.

— C'est vrai », dit-elle, un peu confuse.

Un gros omnibus passait, au trot des trois chevaux. Lebrument cria :

« Conducteur ! eh ! conducteur ! »

La lourde voiture s'arrêta. Et le jeune notaire, poussant sa femme, lui dit, très vite :

« Monte dans l'intérieur, moi, je grimpe dessus pour fumer au moins une cigarette avant mon déjeuner. »

Elle n'eut pas le temps de répondre ; le conducteur, qui l'avait saisie par le bras pour l'aider à escalader le marchepied, la précipita dans sa voiture, et elle tomba, effarée, sur une banquette, regardant avec stupeur, par la vitre de derrière, les pieds de son mari qui grimpait sur l'impériale.

Et elle demeura immobile entre un gros monsieur qui sentait la pipe et une vieille femme qui sentait le chien.

Tous les autres voyageurs, alignés et muets — un garçon épicier, une ouvrière, un sergent d'infanterie, un monsieur à lunettes d'or coiffé d'un cha-

peau de soie aux bords énormes et relevés comme des gouttières, deux dames à l'air important et grincheux, qui semblaient dire par leur attidude : « Nous sommes ici, mais nous valons mieux que ça », deux bonnes sœurs, une fille en cheveux et un croque-mort, — avaient l'air d'une collection de caricatures, d'un musée des grotesques, d'une série de charges de la face humaine, semblables à ces rangées de pantins comiques qu'on abat, dans les foires, avec des balles.

Les cahots de la voiture ballottaient un peu leurs têtes, les secouaient, faisaient trembloter la peau flasque des joues ; et, la trépidation des roues les abrutissant, ils semblaient idiots et endormis.

La jeune femme demeurait inerte :

« Pourquoi n'est-il pas venu avec moi ? » se disait-elle. Une tristesse vague l'oppressait. Il aurait bien pu, vraiment, se priver de cette cigarette.

Les bonnes sœurs firent signe d'arrêter, puis elles sortirent l'une devant l'autre, répandant une odeur fade de vieille jupe.

On repartit, puis on s'arrêta de nouveau. Et une cuisinière monta, rouge, essoufflée. Elle s'assit et posa sur ses genoux son panier aux provisions. Une forte senteur d'eau de vaisselle se répandit dans l'omnibus.

« C'est plus loin que je n'aurais cru », pensait Jeanne.

Le croque-mort s'en alla et fut remplacé par un cocher qui fleurait l'écurie. La fille en cheveux eut pour successeur un commissionnaire dont les pieds exhalaient le parfum de ses courses.

La notairesse se sentait mal à l'aise, écœurée, prête à pleurer sans savoir pourquoi.

D'autres personnes descendirent, d'autres montèrent. L'omnibus allait toujours par les intermina-

bles rues, s'arrêtait aux stations, se remettait en route.

« Comme c'est loin ! se disait Jeanne. Pourvu qu'il n'ait pas eu une distraction, qu'il ne soit pas endormi ! Il s'est bien fatigué depuis quelques jours. »

Peu à peu tous les voyageurs s'en allaient. Elle resta seule, toute seule. Le conducteur cria :

« Vaugirard ! »

Comme elle ne bougeait point, il répéta :

« Vaugirard ! »

Elle le regarda, comprenant que ce mot s'adressait à elle, puisqu'elle n'avait plus de voisins. L'homme dit, pour la troisième fois :

« Vaugirard ! »

Alors elle demanda :

« Où sommes-nous ? »

Il répondit d'un ton bourru :

« Nous sommes à Vaugirard, parbleu, voilà vingt fois que je le crie.

— Est-ce loin du boulevard ? dit-elle.

— Quel boulevard ?

— Mais le boulevard des Italiens.

— Il y a beau temps qu'il est passé !

— Ah ! Voulez-vous bien prévenir mon mari ?

— Votre mari ? Où ça ?

— Mais sur l'impériale.

— Sur l'impériale ! v'là longtemps qu'il n'y a plus personne. »

Elle eut un geste de terreur.

« Comment ça ? Ce n'est pas possible. Il est monté avec moi. Regardez bien ; il doit y être ! »

Le conducteur devenait grossier :

« Allons, la p'tite, assez causé, un homme de perdu, dix de retrouvés. Décanillez, c'est fini. Vous en trouverez un autre dans la rue. »

Des larmes lui montaient aux yeux, elle insista :

« Mais, monsieur, vous vous trompez, je vous assure que vous vous trompez. Il avait un gros portefeuille sous le bras. »

L'employé se mit à rire :

« Un gros portefeuille. Ah ! oui, il est descendu à la Madeleine. C'est égal, il vous a bien lâchée, ah ! ah ! ah !... »

La voiture s'était arrêtée. Elle en sortit, et regarda, malgré elle, d'un mouvement instinctif de l'œil, sur le toit de l'omnibus. Il était totalement désert.

*
* *

Alors elle se mit à pleurer et tout haut, sans songer qu'on l'écoutait et qu'on la regardait, elle prononça :

« Qu'est-ce que je vais devenir ? »

L'inspecteur du bureau s'approcha :

« Qu'y a-t-il ? »

Le conducteur répondit d'un ton goguenard :

« C'est une dame que son époux a lâchée en route. »

L'autre reprit :

« Bon, ce n'est rien, occupez-vous de votre service. »

Et il tourna les talons.

Alors, elle se mit à marcher devant elle, trop effarée, trop affolée pour comprendre elle-même ce qui lui arrivait. Où allait-elle aller ? Qu'allait-elle faire ? Que lui était-il arrivé à lui ? D'où venaient une pareille erreur, un pareil oubli, une pareille méprise, une si incroyable distraction ?

Elle avait deux francs dans sa poche. A qui

s'adresser ? Et, tout d'un coup, le souvenir lui vint de son cousin Barral, sous-chef de bureau à la Marine.

Elle possédait juste de quoi payer la course du fiacre ; elle se fit conduire chez lui. Et elle le rencontra comme il partait pour son ministère. Il portait, ainsi que Lebrument, un gros portefeuille sous le bras.

Elle s'élança de sa voiture.

« Henry ! » cria-t-elle.

Il s'arrêta, stupéfait :

« Jeanne ?... ici ?... toute seule ?... Que faites-vous, d'où venez-vous ? »

Elle balbutia, les yeux pleins de larmes.

« Mon mari s'est perdu tout à l'heure.

— Perdu, où ça ?

— Sur un omnibus.

— Sur un omnibus ?... Oh !... »

Et elle lui conta en pleurant son aventure.

Il l'écoutait, réfléchissant. Il demanda :

« Ce matin, il avait la tête bien calme ?

— Oui.

— Bon. Avait-il beaucoup d'argent sur lui ?

— Oui, il portait ma dot.

— Votre dot ?... tout entière ?

— Tout entière... pour payer son étude tantôt.

— Eh bien, ma chère cousine, votre mari, à l'heure qu'il est, doit filer sur la Belgique. »

Elle ne comprenait pas encore. Elle bégayait.

« ... Mon mari... vous dites ?...

— Je dis qu'il a raflé votre... votre capital... et voilà tout. »

Elle restait debout, suffoquée, murmurant :

« Alors c'est... c'est... c'est un misérable !... »

Puis, défaillant d'émotion, elle tomba sur le gilet de son cousin, en sanglotant.

Comme on s'arrêtait pour les regarder, il la poussa, tout doucement, sous l'entrée de sa maison, et, la soutenant par la taille, il lui fit monter son escalier, et comme sa bonne interdite ouvrait la porte, il commanda :

« Sophie, courez au restaurant chercher un déjeuner pour deux personnes. Je n'irai pas au ministère aujourd'hui. »

LA MOUSTACHE[1]

Château de Solles, lundi 30 juillet 1883.

MA chère Lucie, rien de nouveau. Nous vivons dans le salon en regardant tomber la pluie. On ne peut guère sortir par ces temps affreux ; alors nous jouons la comédie. Qu'elles sont bêtes, ô ma chérie, les pièces de salon du répertoire actuel. Tout y est forcé, grossier, lourd. Les plaisanteries portent à la façon des boulets de canon, en cassant tout. Pas d'esprit, pas de naturel, pas de bonne humeur, aucune élégance. Ces hommes de lettres, vraiment, ne savent rien du monde. Ils ignorent tout à fait comment on pense et comment on parle chez nous. Je leur permettrais parfaitement de mépriser nos usages, nos conventions et nos manières, mais je ne leur permets point de ne les pas connaître. Pour être fins, ils font des jeux de mots qui seraient bons à dérider une caserne ; pour être gais, ils nous servent de l'esprit qu'ils ont dû cueillir sur les hauteurs du boulevard extérieur, dans ces brasseries dites d'artistes où on répète, depuis cinquante ans, les mêmes paradoxes d'étudiants.

Enfin nous jouons la comédie. Comme nous ne sommes que deux femmes, mon mari remplit les rôles de soubrette, et pour cela il s'est rasé. Tu ne te figures pas, ma chère Lucie, comme ça le change ! Je ne le reconnais plus... ni le jour ni la nuit. S'il ne laissait pas repousser immédiatement sa moustache je crois que je lui deviendrais infidèle, tant il me déplaît ainsi.

Vraiment, un homme sans moustache n'est plus un homme. Je n'aime pas beaucoup la barbe ; elle donne presque toujours l'air négligé, mais la moustache, ô la moustache ! est indispensable à une physionomie virile. Non, jamais tu ne pourrais imaginer comme cette petite brosse de poils sur la lèvre est utile à l'œil et... aux... relations entre époux. Il m'est venu sur cette matière un tas de réflexions que je n'ose guère t'écrire. Je te les dirai volontiers... tout bas. Mais les mots sont si difficiles à trouver pour exprimer certaines choses, et certains d'entre eux, qu'on ne peut guère remplacer, ont sur le papier une si vilaine figure, que je ne peux les tracer. Et puis, le sujet est si difficile, si délicat, si scabreux qu'il faudrait une science infinie pour l'aborder sans danger.

Enfin ! tant pis si tu ne me comprends pas. Et puis, ma chère, tâche un peu de lire entre les lignes.

Oui, quand mon mari m'est arrivé rasé, j'ai compris d'abord que je n'aurais jamais de faiblesse pour un cabotin, ni pour un prédicateur, fût-il le père Didon[1], le plus séduisant de tous ! Puis, quand je me suis trouvée, plus tard, seule avec lui (mon mari), ce fut bien pis. Oh ! ma chère Lucie, ne te laisse jamais embrasser par un homme sans moustache ; ses baisers n'ont aucun goût, aucun, aucun ! Cela n'a plus ce charme, ce moelleux et

ce... poivre, oui, ce poivre du vrai baiser. La moustache en est le piment.

Figure-toi qu'on t'applique sur la lèvre un parchemin sec... ou humide. Voilà la caresse de l'homme rasé. Elle n'en vaut plus la peine assurément.

D'où vient donc la séduction de la moustache, me diras-tu ? Le sais-je ? D'abord elle chatouille d'une façon délicieuse. On la sent avant la bouche et elle vous fait passer dans tout le corps, jusqu'au bout des pieds, un frisson charmant. C'est elle qui caresse, qui fait frémir et tressaillir la peau, qui donne aux nerfs cette vibration exquise qui fait pousser ce petit « ah ! » comme si on avait grand froid.

Et sur le cou ! Oui, as-tu jamais senti une moustache sur ton cou ? Cela vous grise et vous crispe, vous descend dans le dos, vous court au bout des doigts. On se tord, on secoue ses épaules, on renverse la tête ; on voudrait fuir et rester ; c'est adorable et irritant ! Mais que c'est bon !

Et puis encore... vraiment, je n'ose plus ? Un mari qui vous aime, mais là, tout à fait, sait trouver un tas de petits coins où cacher des baisers, des petits coins dont on ne s'aviserait guère toute seule. Eh bien, sans moustache, ces baisers-là perdent aussi beaucoup de leur goût, sans compter qu'ils deviennent presque inconvenants ! Explique cela comme tu pourras. Quant à moi, voici la raison que j'en ai trouvée. Une lèvre sans moustaches est nue comme un corps sans vêtements ; il faut toujours des vêtements, très peu si tu veux, mais il en faut !

Le créateur (je n'ose point écrire un autre mot en parlant de ces choses), le créateur a eu soin de voiler ainsi tous les abris de notre chair où devait se cacher l'amour. Une bouche rasée me paraît res-

sembler à un bois abattu autour de quelque fontaine où l'on allait boire et dormir.

Cela me rappelle une phrase (d'un homme politique) qui me trotte depuis trois mois dans la cervelle. Mon mari, qui suit les journaux, m'a lu, un soir, un bien singulier discours de notre ministre de l'Agriculture qui s'appelait alors M. Méline[1]. A-t-il été remplacé par quelque autre ? Je l'ignore.

Je n'écoutais pas, mais ce nom, Méline, m'a frappée. Il m'a rappelé, je ne sais trop pourquoi, les scènes de la vie de Bohème. J'ai cru qu'il s'agissait d'une grisette. Voilà comment quelques bribes de ce morceau me sont entrées dans la tête. Donc M. Méline faisait aux habitants d'Amiens, je crois, cette déclaration dont je cherchais jusqu'ici le sens : « Il n'y a pas de patriotisme sans agriculture ! » Eh bien, ce sens, je l'ai trouvé tout à l'heure ; et je te déclare à mon tour qu'il n'y a pas d'amour sans moustache ! Quand on le lit comme ça, ça semble drôle, n'est-ce pas ?

Il n'y a point d'amour sans moustache !

« Il n'y a point de patriotisme sans agriculture », affirmait M. Méline ; et il avait raison, ce ministre, je le pénètre à présent !.

A un tout autre point de vue, la moustache est essentielle. Elle détermine la physionomie. Elle vous donne l'air doux, tendre, violent, croquemitaine, bambocheur, entreprenant ! L'homme barbu, vraiment barbu, celui qui porte tout son poil (oh ! le vilain mot) sur les joues n'a jamais de finesse dans le visage, les traits étant cachés. Et la forme de la mâchoire et du menton dit bien des choses, à qui sait voir.

L'homme à moustaches garde son allure propre et sa finesse en même temps.

Et que d'aspects variés elles ont, ces moustaches !

Tantôt elles sont retournées, frisées, coquettes. Celles-là semblent aimer les femmes avant tout !

Tantôt elles sont pointues, aiguës comme des aiguilles, menaçantes. Celles-là préfèrent le vin, les chevaux et les batailles.

Tantôt elles sont énormes, tombantes, effroyables. Ces grosses-là dissimulent généralement un caractère excellent, une bonté qui touche à la faiblesse et une douceur qui confine à la timidité.

Et puis, ce que j'adore d'abord dans la moustache, c'est qu'elle est française, bien française. Elle nous vient de nos pères les Gaulois, et elle est demeurée le signe de notre caractère national enfin.

Elle est hâbleuse, galante et brave. Elle se mouille gentiment au vin et sait rire avec élégance, tandis que les larges mâchoires barbues sont lourdes en tout ce qu'elles font.

Tiens, je me rappelle une chose qui m'a fait pleurer toutes mes larmes, et qui m'a fait aussi, je m'en aperçois à présent, aimer les moustaches sur les lèvres des hommes.

C'était pendant la guerre, chez papa. J'étais jeune fille, alors. Un jour on se battit près du château. J'avais entendu depuis le matin le canon et la fusillade, et, le soir, un colonel allemand entra chez nous et s'y installa. Puis il partit le lendemain. On vint prévenir père qu'il y avait beaucoup de morts dans les champs. Il les fit ramasser et apporter chez nous pour les enterrer ensemble. On les couchait, tout le long de la grande avenue de sapins, des deux côtés, à mesure qu'on les apportait ; et comme ils commençaient à sentir mauvais, on leur jetait de la terre sur le corps en attendant qu'on eût creusé la grande fosse. De la sorte, on n'apercevait plus que leurs têtes qui semblaient sortir du sol, jaunes comme lui, avec leurs yeux fermés.

Je voulus les voir ; mais quand j'aperçus ces deux grandes lignes de figures affreuses, je crus que j'allais me trouver mal ; puis je me mis à les examiner, une à une, cherchant à deviner ce qu'avaient été ces hommes.

Les uniformes étaient ensevelis, cachés sous la terre, et pourtant tout à coup, oui, ma chérie, tout à coup je reconnus les Français, à leur moustache !

Quelques-uns s'étaient rasés le jour même du combat, comme s'ils eussent voulu être coquets jusqu'au dernier moment ! Leur barbe cependant avait un peu repoussé, car tu sais qu'elle pousse encore après la mort. D'autres semblaient l'avoir de huit jours ; mais tous enfin portaient la moustache française, bien distincte, la fière moustache, qui semblait dire : « Ne me confonds pas avec mon ami barbu, petite, je suis un frère. »

Et j'ai pleuré, oh ! j'ai pleuré bien plus que si je ne les avais pas reconnus ainsi, ces pauvres morts.

J'ai eu tort de te conter cela. Me voici triste maintenant et incapable de bavarder plus longtemps. Allons, adieu, ma chère Lucie, je t'embrasse de tout mon cœur. Vive la moustache !

JEANNE.

Pour copie conforme :

GUY DE MAUPASSANT.

LE LIT 29[1]

QUAND le capitaine Épivent passait dans la rue, tou-
tes les femmes se retournaient. Il présentait vrai-
ment le type du bel officier de hussards. Aussi para-
dait-il toujours et se pavanait-il sans cesse, fier et
préoccupé de sa cuisse, de sa taille et de sa mous-
tache. Il les avait superbes, d'ailleurs, la moustache,
la taille et la cuisse. La première était blonde, très
forte, tombant martialement sur la lèvre en un
beau bourrelet couleur de blé mûr, mais fin, soi
gneusement roulé, et qui descendait ensuite des
deux côtés de la bouche en deux puissants jets de
poils tout à fait crânes. La taille était mince comme
s'il eût porté un corset, tandis qu'une vigoureuse
poitrine de mâle, bombée et cambrée, s'élargissait
au-dessus. Sa cuisse était admirable, une cuisse de
gymnaste, de danseur, dont la chair musclée dessi-
nait tous ses mouvements sous le drap collant du
pantalon rouge.

Il marchait en tendant le jarret et en écartant les
pieds et les bras, de ce pas un peu balancé des
cavaliers, qui sied bien pour faire valoir les jambes
et le torse, qui semble vainqueur sous l'uniforme,
mais commun sous la redingote.

Comme beaucoup d'officiers, le capitaine Épivent portait mal le costume civil. Il n'avait plus l'air, une fois vêtu de drap gris ou noir, que d'un commis de magasin. Mais, en tenue, il triomphait. Il avait d'ailleurs une jolie tête, le nez mince et courbé, l'œil bleu, le front étroit. Il était chauve, par exemple, sans qu'il eût jamais compris pourquoi ses cheveux étaient tombés. Il se consolait en constatant qu'avec de grandes moustaches un crâne un peu nu ne va pas mal.

Il méprisait tout le monde en général avec beaucoup de degrés dans son mépris.

D'abord, pour lui, les bourgeois n'existaient point. Il les regardait, ainsi qu'on regarde les animaux, sans leur accorder plus d'attention qu'on n'en accorde aux moineaux ou aux poules. Seuls, les officiers comptaient dans le monde, mais il n'avait pas la même estime pour tous les officiers. Il ne respectait, en somme, que les beaux hommes, la vraie, l'unique qualité du militaire devant être la prestance. Un soldat, c'était un gaillard, que diable, un grand gaillard créé pour faire la guerre et l'amour, un homme à poigne, à crins et à reins, rien de plus. Il classait les généraux de l'armée française en raison de leur taille, de leur tenue et de l'aspect rébarbatif de leur visage. Bourbaki[1] lui apparaissait comme le plus grand homme de guerre des temps modernes.

Il riait beaucoup des officiers de la ligne, qui sont courts et gros et soufflent en marchant, mais il avait surtout une invincible mésestime qui frisait la répugnance pour les pauvres gringalets sortis de l'École Polytechnique, ces maigres petits hommes à lunettes, gauches et maladroits, qui semblent autant faits pour l'uniforme qu'un lapin pour dire la messe, affirmait-il. Il s'indignait qu'on tolérât

dans l'armée ces avortons aux jambes grêles qui marchent comme des crabes, qui ne boivent pas, qui mangent peu et qui semblent mieux aimer les équations que les belles filles.

Le capitaine Épivent avait des succès constants, des triomphes auprès du beau sexe.

Toutes les fois qu'il soupait en compagnie d'une femme, il se considérait comme certain de finir la nuit en tête-à-tête, sur le même sommier, et si des obstacles insurmontables empêchaient sa victoire le soir même, il était sûr au moins de la « suite à demain ». Les camarades n'aimaient pas lui faire rencontrer leurs maîtresses, et les commerçants en boutiques, qui avaient de jolies femmes au comptoir de leur magasin, le connaissaient, le craignaient et le haïssaient éperdument.

Quand il passait, la marchande échangeait, malgré elle, avec lui, un regard à travers les vitres de la devanture ; un de ces regards qui valent plus que les paroles tendres, qui contiennent un appel et une réponse, un désir et un aveu. Et le mari, qu'une sorte d'instinct avertissait, se retournant brusquement, jetait un coup d'œil furieux sur la silhouette fière et cambrée de l'officier. Et quand le capitaine était passé, souriant et content de son effet, le commerçant, bousculant d'une main nerveuse les objets étalés devant lui, déclarait : « En voilà un grand dindon. Quand est-ce qu'on finira de nourrir tous ces propres-à-rien qui traînent leur ferblanterie dans les rues ? Quant à moi, j'aime mieux un boucher qu'un soldat. S'il a du sang sur son tablier, c'est du sang de bête au moins ; et il est utile à quelque chose, celui-là ; et le couteau qu'il porte n'est pas destiné à tuer des hommes. Je ne comprends pas qu'on tolère sur les promenades que ces meurtriers publics promènent leurs instru-

ments de mort. Il en faut, je le sais bien, mais qu'on les cache au moins, et qu'on ne les habille pas en mascarade avec des culottes rouges et des vestes bleues. On n'habille pas le bourreau en général, n'est-ce pas ? »

La femme, sans répondre, haussait imperceptiblement les épaules, tandis que le mari, devinant le geste sans le voir, s'écriait :

« Faut-il être bête pour aller voir parader ces cocos-là ! »

La réputation de conquérant du capitaine Épivent était d'ailleurs établie dans toute l'armée française.

* * *

Or, en 1868, son régiment, le 102e hussards, vint tenir garnison à Rouen.

Il fut bientôt connu dans la ville. Il apparaissait tous les soirs, vers cinq heures, sur le cours Boieldieu[1], pour prendre l'absinthe au café de la Comédie, mais, avant d'entrer dans l'établissement, il avait soin de faire un tour sur la promenade pour montrer sa jambe, sa taille et sa moustache.

Les commerçants rouennais qui se promenaient aussi, les mains derrière le dos, préoccupés des affaires et parlant de la hausse et de la baisse, lui jetaient cependant un regard et murmuraient :

« Bigre, voilà un bel homme. »

Puis, quand ils le connurent :

« Tiens, le capitaine Épivent ! Quel gaillard tout de même ! »

Les femmes, à sa rencontre, avaient un petit mouvement de tête tout à fait drôle, une sorte de frisson de pudeur, comme si elles s'étaient senties faibles ou dévêtues devant lui. Elles baissaient un

peu la tête avec une ombre de sourire sur les lèvres, un désir d'être trouvées charmantes et d'avoir un regard de lui. Quand il se promenait avec un camarade, le camarade ne manquait jamais de murmurer avec une jalousie envieuse, chaque fois qu'il revoyait le même manège :

« Ce bougre d'Épivent, a-t-il de la chance ! »

Parmi les filles entretenues de la ville, c'était une lutte, une course à qui l'enlèverait. Elles venaient toutes, à cinq heures, l'heure des officiers, sur le cours Boieldieu, et elles traînaient leurs jupes, deux par deux, d'un bout à l'autre du cours, tandis que, deux par deux, lieutenants, capitaines et commandants traînaient leurs sabres sur le trottoir, avant d'entrer au café.

Or, un soir, la belle Irma, la maîtresse, disait-on, de M. Templier-Papon, le riche manufacturier, fit arrêter sa voiture en face de la Comédie, et, descendant, eut l'air d'aller acheter du papier ou commander des cartes de visite chez M. Paulard, le graveur, cela pour passer devant les tables d'officiers et jeter au capitaine Épivent un regard qui voulait dire : « Quand vous voudrez », si clairement que le colonel Prune, qui buvait la verte liqueur avec son lieutenant-colonel, ne put s'empêcher de grogner :

« Cré cochon ! A-t-il de la chance, ce bougre-là ! »

Le mot du colonel fut répété ; et le capitaine Épivent, ému de cette approbation supérieure, passa le lendemain, en grande tenue, et plusieurs fois de suite, sous les fenêtres de la belle.

Elle le vit, se montra, sourit.

Le soir même, il était son amant.

Ils s'affichèrent, se donnèrent en spectacle, se compromirent mutuellement, fiers tous deux d'une pareille aventure.

Il n'était bruit dans la ville que des amours de la belle Irma avec l'officier. Seul, M. Templier-Papon les ignorait.

Le capitaine rayonnait de gloire ; et, à tout instant, il répétait :

« Irma vient de me dire — Irma me disait cette nuit — hier, en dînant avec Irma... »

Pendant plus d'un an, il promena, étala, déploya dans Rouen cet amour, comme un drapeau pris à l'ennemi. Il se sentait grandi par cette conquête, envié, plus sûr de l'avenir, plus sûr de la croix tant désirée, car tout le monde avait les yeux sur lui, et il suffit de se trouver bien en vue pour n'être pas oublié.

* * *

Mais voilà que la guerre éclata et que le régiment du capitaine fut envoyé à la frontière un des premiers. Les adieux furent lamentables. Ils durèrent toute une nuit.

Sabre, culotte rouge, képi, dolman chavirés du dos d'une chaise, par terre ; les robes, les jupes, les bas de soie répandus, tombés aussi, mêlés à l'uniforme, en détresse sur le tapis, la chambre bouleversée comme après une bataille, Irma, folle, les cheveux dénoués, jetait ses bras désespérés autour du cou de l'officier, l'étreignant, puis, le lâchant, se roulait sur le sol, renversait les meubles, arrachait les franges des fauteuils, mordait leurs pieds, tandis que le capitaine, fort ému, mais inhabile aux consolations, répétait :

« Irma, ma petite Irma, pas à dire, il le faut. »

Et il essuyait parfois, du bout du doigt, une larme éclose au coin de l'œil.

Ils se séparèrent au jour levant. Elle suivit en

voiture son amant jusqu'à la première étape. Et elle l'embrassa presque en face du régiment à l'instant de la séparation. On trouva même ça très gentil, très digne, très bien, et les camarades serrèrent la main du capitaine en lui disant :

« Cré veinard, elle avait du cœur tout de même, cette petite. »

On voyait vraiment là-dedans quelque chose de patriotique.

*
* *

Le régiment fut fort éprouvé pendant la campagne. Le capitaine se conduisit héroïquement et reçut enfin la croix, puis, la guerre terminée, il revint à Rouen en garnison.

Aussitôt de retour, il demanda des nouvelles d'Irma, mais personne ne put lui en donner de précises.

D'après les uns, elle avait fait la noce avec l'état-major prussien.

D'après les autres, elle s'était retirée chez ses parents aux environs d'Yvetot.

Il envoya même son ordonnance à la mairie pour consulter le registre des décès. Le nom de sa maîtresse ne s'y trouva pas.

Et il eut un grand chagrin dont il faisait parade. Il mettait même au compte de l'ennemi son malheur, attribuait aux Prussiens qui avaient occupé Rouen la disparition de la jeune femme, et déclarait :

« A la prochaine guerre, ils me le paieront, les gredins. »

Or, un matin, comme il entrait au mess à l'heure du déjeuner, un commissionnaire, vieil homme en blouse, coiffé d'une casquette cirée, lui remit une enveloppe. Il l'ouvrit et lut :

Mon chéri,

Je suis à l'hôpital, bien malade, bien malade. Ne reviendras-tu pas me voir ? Ça me ferait tant plaisir !

<div align="right">IRMA.</div>

Le capitaine devint pâle, et, remué de pitié, il déclara :

« Nom de nom, la pauvre fille ! J'y vais aussitôt le déjeuner. »

Et pendant tout le temps, il raconta à la table des officiers qu'Irma était à l'hôpital ; mais qu'il l'en ferait sortir, cré mâtin. C'était encore la faute de ces sacré nom de Prussiens. Elle avait dû se trouver seule, sans le sou, crevant de misère, car on avait certainement pillé son mobilier.

« Ah ! les salopiauds ! »

Tout le monde était ému en l'écoutant.

A peine eut-il glissé sa serviette roulée dans son rond de bois, qu'il se leva ; et, ayant cueilli son sabre au portemanteau, bombant sa poitrine pour se faire mince, il agrafa son ceinturon, puis partit d'un pas accéléré pour se rendre à l'hôpital civil.

Mais l'entrée du bâtiment hospitalier, où il s'attendait à pénétrer immédiatement, lui fut sévèrement refusée et il dut même aller trouver son colonel à qui il expliqua son cas et dont il obtint un mot pour le directeur.

Celui-ci, après avoir fait poser quelque temps le beau capitaine dans son antichambre, lui délivra enfin une autorisation, avec un salut froid et désapprobateur.

Dès la porte il se sentit gêné dans cet asile de la misère, de la souffrance et de la mort. Un garçon de service le guida.

Il allait sur la pointe des pieds, pour ne pas faire de bruit, dans les longs corridors où flottait une odeur fade de moisi, de maladie et de médicaments. Un murmure de voix, par moments, troublait seul le grand silence de l'hôpital.

Parfois, par une porte ouverte, le capitaine apercevait un dortoir, une file de lits dont les draps étaient soulevés par la forme des corps. Des convalescentes, assises sur des chaises au pied de leurs couches, cousaient, vêtues d'une robe d'uniforme en toile grise, et coiffées d'un bonnet blanc.

Son guide soudain s'arrêta devant une de ces galeries pleines de malades. Sur la porte on lisait, en grosses lettres : « Syphilitiques. » Le capitaine tressaillit ; puis il se sentit rougir. Une infirmière préparait un médicament sur une petite table de bois à l'entrée.

« Je vais vous conduire, dit-elle, c'est au lit 29. »

Et elle se mit à marcher devant l'officier.

Puis elle indiqua une couchette :

« C'est là. »

On ne voyait rien qu'un renflement des couvertures. La tête elle-même était cachée sous le drap.

Partout des figures se dressaient au-dessus des couches, des figures pâles, étonnées, qui regardaient l'uniforme, des figures de femmes, de jeunes femmes et de vieilles femmes, mais qui semblaient toutes laides, vulgaires, sous l'humble caraco réglementaire.

Le capitaine, tout à fait troublé, qui soutenait son sabre d'une main et portait son képi de l'autre, murmura :

« Irma. »

Un grand mouvement se fit dans le lit, et le

visage de sa maîtresse apparut, mais si changé, si fatigué, si maigre, qu'il ne le reconnaissait pas.

Elle haletait, suffoquée par l'émotion, et elle prononça :

« Albert !... Albert !... C'est toi !... Oh !... c'est bien... c'est bien... »

Et des larmes coulèrent de ses yeux.

L'infirmière apportait une chaise :

« Asseyez-vous, monsieur. »

Il s'assit, et il regardait la face pâle, si misérable de cette fille qu'il avait quittée si belle et si fraîche.

Il dit :

« Qu'est-ce que tu as eu ? »

Elle répondit, tout en pleurant :

« Tu as bien vu, c'est écrit sur la porte. »

Et elle cacha ses yeux sous le bord de ses draps.

Il reprit, éperdu, honteux :

« Comment as-tu attrapé ça, ma pauvre fille ? »

Elle murmura :

« C'est ces salops de Prussiens. Ils m'ont prise presque de force et ils m'ont empoisonnée. »

Il ne trouvait plus rien à ajouter. Il la regardait et tournait son képi sur ses genoux.

Les autres malades le dévisageaient, et il croyait sentir une odeur de pourriture, une odeur de chair gâtée et d'infamie dans ce dortoir plein de filles atteintes du mal ignoble et terrible.

Elle murmurait :

« Je ne crois pas que j'en réchappe. Le médecin dit que c'est bien grave. »

Puis apercevant la croix sur la poitrine de l'officier, elle s'écria :

« Oh ! tu es décoré, que je suis contente ! Que je suis contente ! Oh ! si je pouvais t'embrasser ? »

98

Un frisson de peur et de dégoût courut sur la peau du capitaine, à la pensée de ce baiser.

Il avait envie de s'en aller, maintenant, d'être à l'air, de ne plus voir cette femme. Il restait cependant, ne sachant comment faire pour se lever, pour lui dire adieu. Il balbutia :

« Tu ne t'es donc pas soignée ? »

Une flamme passa dans les yeux d'Irma : « Non, j'ai voulu me venger, quand j'aurais dû en crever ! Et je les ai empoisonnés aussi, tous, tous, le plus que j'ai pu. Tant qu'ils ont été à Rouen je ne me suis pas soignée. »

Il déclara, d'un ton gêné, où perçait un peu de gaieté :

« Quant à ça, tu as bien fait. »

Elle dit, s'animant, les pommettes rouges :

« Oh ! oui, il en mourra plus d'un par ma faute, va. Je te réponds que je me suis vengée. »

Il prononça encore :

« Tant mieux. »

Puis, se levant :

« Allons, je vais te quitter parce qu'il faut que je sois chez le colonel à quatre heures. »

Elle eut une grosse émotion :

« Déjà ! tu me quittes déjà ! Oh ! tu viens à peine d'arriver !... »

Mais il voulait partir à tout prix. Il prononça :

« Tu vois bien que je suis venu tout de suite ; mais il faut absolument que je sois chez le colonel à quatre heures. »

Elle demanda :

« C'est toujours le colonel Prune ? »

— C'est toujours lui. Il a été blessé deux fois. »

Elle reprit :

« Et tes camarades, y en a-t-il eu de tués ? »

— Oui. Saint-Timon, Savagnat, Poli, Sapreval,

Robert, de Courson, Pasafil, Santal, Caravan et Poivrin sont morts. Sahel a eu le bras emporté et Courvoisin une jambe écrasée, Paquet a perdu l'œil droit. »

Elle écoutait, pleine d'intérêt. Puis, tout à coup, elle balbutia :

« Veux-tu m'embrasser, dis, avant de me quitter, Mme Langlois n'est pas là. »

Et, malgré le dégoût qui lui montait aux lèvres, il les posa sur ce front blême, tandis qu'elle, l'entourant de ses bras, jetait des baisers affolés sur le drap bleu de son dolman.

Elle reprit :

« Tu reviendras, dis, tu reviendras ? Promets-moi que tu reviendras.

— Oui, je te le promets.

— Quand ça ? Peux-tu jeudi ?

— Oui, jeudi.

— Jeudi, deux heures.

— Oui, jeudi deux heures.

— Tu me le promets ?

— Je te le promets.

— Adieu, mon chéri.

— Adieu. »

Et il s'en alla, confus, sous les regards du dortoir, pliant sa haute taille pour se faire petit ; et quand il fut dans la rue, il respira.

Le soir, ses camarades lui demandèrent :

« Eh bien ! Irma ? »

Il répondit d'un ton gêné :

« Elle a eu une fluxion de poitrine, elle est bien mal. »

Mais un petit lieutenant, flairant quelque chose à

son air, alla aux informations et, le lendemain, quand le capitaine entra au mess, il fut accueilli par une décharge de rires et de plaisanteries. On se vengeait, enfin.

On apprit, en outre, qu'Irma avait fait une noce enragée avec l'état-major prussien, qu'elle avait parcouru le pays à cheval avec un colonel de hussards bleus et avec bien d'autres encore, et que, dans Rouen, on ne l'appelait plus que la « femme aux Prussiens ».

Pendant huit jours, le capitaine fut la victime du régiment. Il recevait, par la poste, des notes révélatrices, des ordonnances, des indications de médecins spécialistes, même des médicaments dont la nature était inscrite sur le paquet.

Et le colonel, mis au courant, déclara d'un ton sévère :

« Eh bien, le capitaine avait là une jolie connaissance. Je lui en ferai mes compliments. »

Au bout d'une douzaine de jours, il fut appelé par une nouvelle lettre d'Irma. Il la déchira avec rage, et ne répondit pas.

Huit jours plus tard, elle lui écrivit de nouveau qu'elle était tout à fait mal, et qu'elle voulait lui dire adieu.

Il ne répondit pas.

Après quelques jours encore, il reçut la visite de l'aumônier de l'hôpital.

La fille Irma Pavolin, à son lit de mort, le suppliait de venir.

Il n'osa pas refuser de suivre l'aumônier, mais il entra dans l'hôpital le cœur gonflé de rancune méchante, de vanité blessée, d'orgueil humilié.

Il ne la trouva guère changée et pensa qu'elle s'était moquée de lui.

« Qu'est-ce que tu me veux ? dit-il.

— J'ai voulu te dire adieu. Il paraît que je suis tout à fait bas. »

Il ne la crut pas.

« Écoute, tu me rends la risée du régiment, et je ne veux pas que ça continue. »

Elle demanda :

« Qu'est-ce que je t'ai fait, moi ? »

Il s'irrita de n'avoir rien à répondre.

« Ne compte pas que je reviendrai ici pour me faire moquer de moi par tout le monde ! »

Elle le regarda de ses yeux éteints où s'allumait une colère, et elle répéta :

« Qu'est-ce que je t'ai fait, moi ? Je n'ai pas été gentille avec toi, peut-être ? Est-ce que je t'ai quelquefois demandé quelque chose ? Sans toi, je serais restée avec M. Templier-Papon et je ne me trouverais pas ici aujourd'hui. Non, vois-tu, si quelqu'un a des reproches à me faire, ça n'est pas toi. »

Il reprit, d'un ton vibrant :

« Je ne te fais pas de reproches, mais je ne peux pas continuer à venir te voir, parce que ta conduite avec les Prussiens a été la honte de toute la ville. »

Elle s'assit, d'une secousse, dans son lit :

« Ma conduite avec les Prussiens ? Mais quand je te dis qu'ils m'ont prise, et quand je te dis que, si je ne me suis pas soignée, c'est parce que j'ai voulu les empoisonner. Si j'avais voulu me guérir, ça n'était pas difficile, parbleu ! mais je voulais les tuer, moi, et j'en ai tué, va ! »

Il restait debout :

« Dans tous les cas, c'est honteux », dit-il.

Elle eut une sorte d'étouffement, puis reprit :

« Qu'est-ce qui est honteux, de m'être fait mourir pour les exterminer, dis ? Tu ne parlais pas comme ça quand tu venais chez moi, rue Jeanne-d'Arc ?

Ah ! c'est honteux ! Tu n'en aurais pas fait autant, toi, avec ta croix d'honneur ! Je l'ai plus méritée que toi, vois-tu, plus que toi, et j'en ai tué plus que toi, des Prussiens !... »

Il demeurait stupéfait devant elle, frémissant d'indignation.

« Ah ! tais-toi... tu sais... tais-toi... parce que... ces choses-là... je ne permets pas... qu'on y touche... »

Mais elle ne l'écoutait guère :

« Avec ça que vous leur avez fait bien du mal aux Prussiens ! Ça serait-il arrivé si vous les aviez empêchés de venir à Rouen, dis ? C'est vous qui deviez les arrêter, entends-tu. Et je leur ai fait plus de mal que toi, moi, oui, plus de mal, puisque je vais mourir, tandis que tu te balades, toi, et que tu fais le beau pour enjôler les femmes... »

Sur chaque lit une tête s'était dressée et tous les yeux regardaient cet homme en uniforme qui bégayait :

« Tais-toi... tu sais... tais-toi... »

Mais elle ne se taisait pas. Elle criait :

« Ah ! oui, tu es un joli poseur. Je te connais, va. Je te connais. Je te dis que je leur ai fait plus de mal que toi, moi, et que j'en ai tué plus que tout ton régiment réuni... va donc... capon ! »

Il s'en allait, en effet, il fuyait, allongeant ses grandes jambes, passant entre les deux rangs de lits où s'agitaient les syphilitiques. Et il entendait la voix haletante, sifflante, d'Irma, qui le poursuivait :

« Plus que toi, oui, j'en ai tué plus que toi, plus que toi... »

Il dégringola l'escalier quatre à quatre, et courut s'enfermer chez lui.

Le lendemain, il apprit qu'elle était morte.

LE PROTECTEUR[1]

Il n'aurait jamais rêvé une fortune si haute ! Fils d'un huissier de province, Jean Marin était venu, comme tant d'autres, faire son droit au quartier Latin. Dans les différentes brasseries qu'il avait successivement fréquentées, il était devenu l'ami de plusieurs étudiants bavards qui crachaient de la politique en buvant des bocks. Il s'éprit d'admiration pour eux et les suivit avec obstination, de café en café, payant même leurs consommations quand il avait de l'argent.

Puis il se fit avocat et plaida des causes qu'il perdit. Or, voilà qu'un matin, il apprit dans les feuilles qu'un de ses anciens camarades du quartier venait d'être nommé député.

Il fut de nouveau son chien fidèle, l'ami qui fait les corvées, les démarches, qu'on envoie chercher quand on a besoin de lui et avec qui on ne se gêne point. Mais il arriva par aventure parlementaire que le député devint ministre ; six mois après Jean Marin était nommé conseiller d'État.

*
* *

Il eut d'abord une crise d'orgueil à en perdre la tête. Il allait dans les rues pour le plaisir de se montrer comme si on eût pu deviner sa position rien qu'à le voir. Il trouvait le moyen de dire aux marchands chez qui il entrait, aux vendeurs de journaux, même aux cochers de fiacre, à propos des choses les plus insignifiantes :

« Moi qui suis conseiller d'État... »

Puis il éprouva, naturellement, comme par suite de sa dignité, par nécessité professionnelle, par devoir d'homme puissant et généreux, un impérieux besoin de protéger. Il offrait son appui à tout le monde, en toute occasion, avec une inépuisable générosité.

Quand il rencontrait sur les boulevards une figure de connaissance, il s'avançait d'un air ravi, prenait les mains, s'informait de la santé, puis, sans attendre les questions, déclarait :

« Vous savez, moi, je suis conseiller d'État et tout à votre service. Si je puis vous être utile à quelque chose, usez de moi sans vous gêner. Dans ma position, on a le bras long. »

Et alors il entrait dans les cafés avec l'ami rencontré pour demander une plume, de l'encre et une feuille de papier à lettre — « une seule, garçon, c'est pour écrire une lettre de recommandation ».

Et il en écrivait des lettres de recommandation, dix, vingt, cinquante par jour. Il en écrivait au café Américain, chez Bignon, chez Tortoni, à la Maison-Dorée, au café Riche, au Helder, au café Anglais, au Napolitain, partout, partout. Il en écrivait à tous les fonctionnaires de la République, depuis les juges de paix jusqu'aux ministres. Et il était heureux, tout à fait heureux.

*
* *

Un matin, comme il sortait de chez lui pour se rendre au conseil d'État, la pluie se mit à tomber. Il hésita à prendre un fiacre, mais il n'en prit pas, et s'en fut à pied, par les rues.

L'averse devenait terrible, noyait les trottoirs, inondait la chaussée. M. Marin fut contraint de se réfugier sous une porte. Un vieux prêtre était déjà là, un vieux prêtre à cheveux blancs. Avant d'être conseiller d'État, M. Marin n'aimait point le clergé. Maintenant il le traitait avec considération depuis qu'un cardinal l'avait consulté poliment sur une affaire difficile. La pluie tombait en inondation, forçant les deux hommes à fuir jusqu'à la loge du concierge pour éviter les éclaboussures. M. Marin, qui éprouvait toujours la démangeaison de parler pour se faire valoir, déclara :

« Voici un bien vilain temps, monsieur l'abbé. »

Le vieux prêtre s'inclina :

« Oh ! oui, monsieur, c'est bien désagréable lorsqu'on ne vient à Paris que pour quelques jours.

— Ah ! vous êtes de province ?

— Oui, monsieur, je ne suis ici qu'en passant.

— En effet, c'est très désagréable d'avoir de la pluie pour quelques jours passés dans la capitale. Nous autres, fonctionnaires, qui demeurons ici toute l'année, nous n'y songeons guère. »

L'abbé ne répondait pas. Il regardait la rue où l'averse tombait moins pressée. Et soudain, prenant une résolution, il releva sa soutane comme les femmes relèvent leurs robes, pour passer les ruisseaux.

M. Marin le voyant partir, s'écria :

« Vous allez vous faire tremper, monsieur l'abbé. Attendez encore quelques instants, ça va cesser. »

Le bonhomme, indécis, s'arrêta, puis il reprit :

« C'est que je suis très pressé. J'ai un rendez-vous urgent. »

M. Marin semblait désolé.

« Mais vous allez être positivement traversé. Peut-on vous demander dans quel quartier vous allez ? »

Le curé paraissait hésiter, puis il prononça :

« Je vais du côté du Palais-Royal.

— Dans ce cas, si vous le permettez, monsieur l'abbé, je vais vous offrir l'abri de mon parapluie. Moi, je vais au conseil d'État. Je suis conseiller d'État. »

Le vieux prêtre leva le nez et regarda son voisin, puis déclara :

« Je vous remercie beaucoup, monsieur, j'accepte avec plaisir. »

Alors M. Marin prit son bras et l'entraîna. Il le dirigeait, le surveillait, le conseillait :

« Prenez garde à ce ruisseau, monsieur l'abbé. Surtout méfiez-vous des roues des voitures ; elles vous éclaboussent quelquefois des pieds à la tête. Faites attention aux parapluies des gens qui passent. Il n'y a rien de plus dangereux pour les yeux que le bout des baleines. Les femmes surtout sont insupportables ; elles ne font attention à rien et vous plantent toujours en pleine figure les pointes de leurs ombrelles ou de leurs parapluies. Et jamais elles ne se dérangent pour personne. On dirait que la ville leur appartient. Elles règnent sur le trottoir et dans la rue. Je trouve, quant à moi, que leur éducation a été fort négligée. »

Et M. Marin se mit à rire.

Le curé ne répondait pas. Il allait, un peu voûté, choisissant avec soin les places où il posait le pied pour ne crotter ni sa chaussure, ni sa soutane.

M. Marin reprit :

« C'est pour vous distraire un peu que vous venez à Paris, sans doute ? »

Le bonhomme répondit :

« Non, j'ai une affaire.

— Ah ! Est-ce une affaire importante ? Oserais-je vous demander de quoi il s'agit ? Si je puis vous être utile, je me mets à votre disposition. »

Le curé paraissait embarrassé. Il murmura :

« Oh ! c'est une petite affaire personnelle. Une petite difficulté avec... avec mon évêque. Cela ne vous intéresserait pas. C'est une... une affaire d'ordre intérieur... de... de... matière ecclésiastique. »

M. Marin s'empressa.

« Mais c'est justement le conseil d'État qui règle ces choses-là. Dans ce cas, usez de moi.

— Oui, monsieur, c'est aussi au conseil d'État que je vais. Vous êtes mille fois trop bon. J'ai à voir M. Lerepère et M. Savon, et aussi peut-être M. Petitpas. »

M. Marin s'arrêta net.

« Mais ce sont mes amis, monsieur l'abbé, mes meilleurs amis, d'excellents collègues, des gens charmants. Je vais vous recommander à tous les trois, et chaudement. Comptez sur moi. »

Le curé remercia, se confondit en excuses, balbutia mille actions de grâces.

M. Marin était ravi.

« Ah ! vous pouvez vous vanter d'avoir une fière chance, monsieur l'abbé. Vous allez voir, vous allez voir que, grâce à moi, votre affaire ira comme sur des roulettes. »

Ils arrivaient au conseil d'État. M. Marin fit monter le prêtre dans son cabinet, lui offrit un siège, l'installa devant le feu, puis prit place lui-même devant la table, et se mit à écrire :

« Mon cher collègue, permettez-moi de vous recommander de la façon la plus chaude un vénérable ecclésiastique des plus dignes et des plus méritants, M. l'abbé... »

Il s'interrompit et demanda :

« Votre nom, s'il vous plaît ?

— L'abbé Ceinture. »

M. Marin se remit à écrire :

« M. l'abbé Ceinture, qui a besoin de vos bons offices pour une petite affaire dont il vous parlera.

« Je suis heureux de cette circonstance, qui me permet, mon cher collègue... »

Et il termina par les compliments d'usage.

Quand il eut écrit les trois lettres, il les remit à son protégé qui s'en alla après un nombre infini de protestations.

M. Marin accomplit sa besogne, rentra chez lui, passa la journée tranquillement, dormit en paix, se réveilla enchanté et se fit apporter les journaux.

Le premier qu'il ouvrit était une feuille radicale[1]. Il lut :

« Notre clergé et nos fonctionnaires.

« Nous n'en finirons pas d'enregistrer les méfaits du clergé. Un certain prêtre, nommé Ceinture, convaincu d'avoir conspiré contre le gouvernement existant, accusé d'actes indignes que nous n'indiquerons même pas, soupçonné en outre d'être un ancien jésuite métamorphosé en simple prêtre, cassé par un évêque pour des motifs qu'on affirme inavouables, et appelé à Paris pour fournir des explications sur sa conduite, a trouvé un ardent défenseur dans le nommé Marin, conseiller d'État,

qui n'a pas craint de donner à ce malfaiteur en soutane les lettres de recommandation les plus pressantes pour tous les fonctionnaires républicains ses collègues.

« Nous signalons l'attitude inqualifiable de ce conseiller d'État à l'attention du ministre... »

M. Marin se dressa d'un bond, s'habilla, courut chez son collègue Petitpas qui lui dit :

« Ah çà, vous êtes fou de me recommander ce vieux conspirateur ? »

Et M. Marin éperdu, bégaya :

« Mais non... voyez-vous... j'ai été trompé... Il avait l'air si brave homme... il m'a joué... il m'a indignement joué. Je vous en prie, faites-le condamner sévèrement, très sévèrement. Je vais écrire. Dites-moi à qui il faut écrire pour le faire condamner. Je vais trouver le procureur général et l'archevêque de Paris, oui, l'archevêque... »

Et s'asseyant brusquement devant le bureau de M. Petitpas, il écrivit :

« Monseigneur, j'ai l'honneur de porter à la connaissance de Votre Grandeur que je viens d'être victime des intrigues et des mensonges d'un certain abbé Ceinture, qui a surpris ma bonne foi.

« Trompé par les protestations de cet ecclésiastique, j'ai pu ..
...

Puis, quand il eut signé et cacheté sa lettre, il se tourna vers son collègue et déclara :

« Voyez-vous, mon cher ami, que cela vous soit un enseignement, ne recommandez jamais personne ».

LA CHEVELURE[1]

Les murs de la cellule étaient nus, peints à la chaux. Une fenêtre étroite et grillée, percée très haut de façon qu'on ne pût pas y atteindre, éclairait cette petite pièce claire et sinistre ; et le fou, assis sur une chaise de paille, nous regardait d'un œil fixe, vague et hanté. Il était fort maigre, avec des joues creuses et des cheveux presque blancs qu'on devinait blanchis en quelques mois. Ses vêtements semblaient trop larges pour ses membres secs, pour sa poitrine rétrécie, pour son ventre creux. On sentait cet homme ravagé, rongé par sa pensée, par une Pensée, comme un fruit par un ver. Sa Folie, son Idée était là, dans cette tête, obstinée, harcelante, dévorante. Elle mangeait le corps peu à peu. Elle, l'Invisible, l'Impalpable, l'Insaisissable, l'Immatérielle Idée minait la chair, buvait le sang, éteignait la vie.

Quel mystère que cet homme tué par un Songe ! Il faisait peine, peur et pitié, ce Possédé ! Quel rêve étrange, épouvantable et mortel habitait dans ce front, qu'il plissait de rides profondes, sans cesse remuantes ?

Le médecin me dit : « Il a de terribles accès de

fureur, c'est un des déments les plus singuliers que j'aie vus. Il est atteint de folie érotique et macabre. C'est une sorte de nécrophile. Il a d'ailleurs écrit son journal[1] qui nous montre le plus clairement du monde la maladie de son esprit. Sa folie y est pour ainsi dire palpable. Si cela vous intéresse vous pouvez parcourir ce document. » Je suivis le docteur dans son cabinet, et il me remit le journal de ce misérable homme. « Lisez, dit-il, et vous me direz votre avis. »

Voici ce que contenait ce cahier :

* * *

Jusqu'à l'âge de trente-deux ans, je vécus tranquille, sans amour. La vie m'apparaissait très simple, très bonne et très facile. J'étais riche. J'avais du goût pour tant de choses que je ne pouvais éprouver de passion pour rien. C'est bon de vivre ! Je me réveillais heureux, chaque jour, pour faire des choses qui me plaisaient, et je me couchais satisfait, avec l'espérance paisible du lendemain et de l'avenir sans souci.

J'avais eu quelques maîtresses sans avoir jamais senti mon cœur affolé par le désir ou mon âme meurtrie d'amour après la possession. C'est bon de vivre ainsi. C'est meilleur d'aimer, mais terrible. Encore, ceux qui aiment comme tout le monde doivent-ils éprouver un ardent bonheur, moindre que le mien peut-être, car l'amour est venu me trouver d'une incroyable manière.

Étant riche, je recherchais les meubles anciens et les vieux objets ; et souvent je pensais aux mains inconnues qui avaient palpé ces choses, aux yeux qui les avaient admirées, aux cœurs qui les avaient aimées, car on aime les choses ! Je restais souvent

pendant des heures, des heures et des heures, à regarder une petite montre du siècle dernier. Elle était si mignonne, si jolie, avec son émail et son or ciselé. Et elle marchait encore comme au jour où une femme l'avait achetée dans le ravissement de posséder ce fin bijou. Elle n'avait point cessé de palpiter, de vivre sa vie de mécanique, et elle continuait toujours son tic-tac régulier, depuis un siècle passé. Qui donc l'avait portée la première sur son sein dans la tiédeur des étoffes, le cœur de la montre battant contre le cœur de la femme ? Quelle main l'avait tenue au bout de ses doigts un peu chauds, l'avait tournée, retournée, puis avait essuyé les bergers de porcelaine ternis une seconde par la moiteur de la peau ? Quels yeux avaient épié sur ce cadran fleuri l'heure attendue, l'heure chérie, l'heure divine ?

Comme j'aurais voulu la connaître, la voir, la femme qui avait choisi cet objet exquis et rare ! Elle est morte ! Je suis possédé par le désir des femmes d'autrefois ; j'aime, de loin, toutes celles qui ont aimé ! — L'histoire des tendresses passées m'emplit le cœur de regrets. Oh ! la beauté, les sourires, les caresses jeunes, les espérances ! Tout cela ne devrait-il pas être éternel !

Comme j'ai pleuré, pendant des nuits entières, sur les pauvres femmes de jadis, si belles, si tendres, si douces, dont les bras se sont ouverts pour le baiser et qui sont mortes ! Le baiser est immortel, lui ! Il va de lèvre en lèvre, de siècle en siècle, d'âge en âge. — Les hommes le recueillent, le donnent et meurent.

Le passé m'attire, le présent m'effraie parce que l'avenir c'est la mort. Je regrette tout ce qui s'est fait, je pleure tous ceux qui ont vécu ; je voudrais arrêter le temps, arrêter l'heure. Mais elle va, elle

va, elle passe, elle me prend de seconde en seconde un peu de moi pour le néant de demain. Et je ne revivrai jamais.

Adieu celles d'hier. Je vous aime.

Mais je ne suis pas à plaindre. Je l'ai trouvée, moi, celle que j'attendais ; et j'ai goûté par elle d'incroyables plaisirs.

Je rôdais dans Paris par un matin de soleil, l'âme en fête, le pied joyeux, regardant les boutiques avec cet intérêt vague du flâneur. Tout à coup, j'aperçus chez un marchand d'antiquités un meuble italien du XVIIe siècle. Il était fort beau, fort rare. Je l'attribuai à un artiste vénitien du nom de Vitelli[1], qui fut célèbre à cette époque.

Puis je passai.

Pourquoi le souvenir de ce meuble me poursuivit-il avec tant de force que je revins sur mes pas ? Je m'arrêtai de nouveau devant le magasin pour le revoir, et je sentis qu'il me tentait.

Quelle singulière chose que la tentation ! On regarde un objet et, peu à peu, il vous séduit, vous trouble, vous envahit comme ferait un visage de femme. Son charme entre en vous, charme étrange qui vient de sa forme, de sa couleur, de sa physionomie de chose ; et on l'aime déjà, on le désire, on le veut. Un besoin de possession vous gagne, besoin doux d'abord, comme timide, mais qui s'accroît, devient violent, irrésistible.

Et les marchands semblent deviner à la flamme du regard l'envie secrète et grandissante.

J'achetai ce meuble et je le fis porter chez moi tout de suite. Je le plaçai dans ma chambre.

Oh ! je plains ceux qui ne connaissent pas cette lune de miel du collectionneur avec le bibelot qu'il vient d'acheter. On le caresse de l'œil et de la main comme s'il était de chair ; on revient à tout moment

près de lui, on y pense toujours, où qu'on aille, quoi qu'on fasse. Son souvenir aimé vous suit dans la rue, dans le monde, partout ; et quand on rentre chez soi, avant même d'avoir ôté ses gants et son chapeau, on va le contempler avec une tendresse d'amant.

Vraiment, pendant huit jours, j'adorai ce meuble. J'ouvrais à chaque instant ses portes, ses tiroirs ; je le maniais avec ravissement, goûtant toutes les joies intimes de la possession.

Or, un soir, je m'aperçus, en tâtant l'épaisseur d'un panneau, qu'il devait y avoir là une cachette. Mon cœur se mit à battre, et je passai la nuit à chercher le secret sans le pouvoir découvrir.

J'y parvins le lendemain en enfonçant une lame dans une fente de la boiserie. Une planche glissa et j'aperçus, étalée sur un fond de velours noir, une merveilleuse chevelure de femme !

Oui, une chevelure, une énorme natte de cheveux blonds, presque roux, qui avaient dû être coupés contre la peau, et liés par une corde d'or.

Je demeurai stupéfait, tremblant, troublé ! Un parfum presque insensible, si vieux qu'il semblait l'âme d'une odeur, s'envolait de ce tiroir mystérieux et de cette surprenante relique.

Je la pris, doucement, presque religieusement, et je la tirai de sa cachette. Aussitôt elle se déroula, répandant son flot doré qui tomba jusqu'à terre, épais et léger, souple et brillant comme la queue en feu d'une comète.

Une émotion étrange me saisit. Qu'était-ce que cela ? Quand ? comment ? pourquoi ces cheveux avaient-ils été enfermés dans ce meuble ? Quelle aventure, quel drame cachait ce souvenir ?

Qui les avait coupés ? un amant, un jour d'adieu ? un mari, un jour de vengeance ? ou bien celle qui

les avait portés sur son front, un jour de désespoir ?

Était-ce à l'heure d'entrer au cloître qu'on avait jeté là cette fortune d'amour, comme un gage laissé au monde des vivants ? Était-ce à l'heure de la clouer dans la tombe, la jeune et belle morte, que celui qui l'adorait avait gardé la parure de sa tête, la seule chose qu'il pût conserver d'elle, la seule partie vivante de sa chair qui ne dût point pourrir, la seule qu'il pouvait aimer encore et caresser, et baiser dans ses rages de douleur ?

N'était-ce point étrange que cette chevelure fût demeurée ainsi, alors qu'il ne restait plus une parcelle du corps dont elle était née ?

Elle me coulait sur les doigts, me chatouillait la peau d'une caresse singulière, d'une caresse de morte. Je me sentais attendri comme si j'allais pleurer.

Je la gardai longtemps, longtemps en mes mains, puis il me sembla qu'elle m'agitait, comme si quelque chose de l'âme fût resté caché dedans. Et je la remis sur le velours terni par le temps, et je repoussai le tiroir, et je refermai le meuble, et je m'en allai par les rues pour rêver.

*
* *

J'allais devant moi, plein de tristesse, et aussi plein de trouble, de ce trouble qui vous reste au cœur après un baiser d'amour. Il me semblait que j'avais vécu autrefois déjà, que j'avais dû connaître cette femme.

Et les vers de Villon me montèrent aux lèvres, ainsi qu'y monte un sanglot :

Dictes-moy où, ne en quel pays
Est Flora, la belle Romaine,
Archipiada, ne Thaïs,
Qui fut sa cousine germaine ?
Écho parlant quand bruyt on maine
Dessus rivière, ou sus estan ;
Qui beauté eut plus que humaine ?
Mais où sont les neiges d'antan ?

. .

La royne blanche comme un lys
Qui chantoit à voix de sereine,
Berthe au grand pied, Bietris, Allys,
Harembouges qui tint le Mayne,
Et Jehanne la bonne Lorraine
Que Anglais bruslèrent à Rouen ?
Où sont-ils, Vierge souveraine ?
Mais où sont les neiges d'antan ?

Quand je rentrai chez moi, j'éprouvai un irrésistible désir de revoir mon étrange trouvaille ; et je la repris, et je sentis, en la touchant, un long frisson qui me courut dans les membres.

Durant quelques jours, cependant, je demeurai dans mon état ordinaire, bien que la pensée vive de cette chevelure ne me quittât plus.

Dès que je rentrais, il fallait que je la visse et que je la maniasse. Je tournais la clef de l'armoire avec ce frémissement qu'on a en ouvrant la porte de la bien-aimée, car j'avais aux mains et au cœur un besoin confus, singulier, continu, sensuel de tremper mes doigts dans ce ruisseau charmant de cheveux morts.

Puis, quand j'avais fini de la caresser, quand j'avais refermé le meuble, je la sentais là toujours,

117

comme si elle eût été un être vivant, caché, prisonnier ; je la sentais et je la désirais encore ; j'avais de nouveau le besoin impérieux de la reprendre, de la palper, de m'énerver jusqu'au malaise par ce contact froid, glissant, irritant, affolant, délicieux.

Je vécus ainsi un mois ou deux, je ne sais plus. Elle m'obsédait, me hantait. J'étais heureux et torturé, comme dans une attente d'amour, comme après les aveux qui précèdent l'étreinte.

Je m'enfermais seul avec elle pour la sentir sur ma peau, pour enfoncer mes lèvres dedans, pour la baiser, la mordre. Je l'enroulais autour de mon visage, je la buvais, je noyais mes yeux dans son onde dorée afin de voir le jour blond, à travers.

Je l'aimais ! Oui, je l'aimais. Je ne pouvais plus me passer d'elle, ni rester une heure sans la revoir.

Et j'attendais... j'attendais... quoi ? Je ne le savais pas ? — Elle.

Une nuit je me réveillai brusquement avec la pensée que je ne me trouvais pas seul dans ma chambre.

J'étais seul pourtant. Mais je ne pus me rendormir ; et comme je m'agitais dans une fièvre d'insomnie, je me levai pour aller toucher la chevelure. Elle me parut plus douce que de coutume, plus animée. Les morts reviennent-ils ? Les baisers dont je la réchauffais me faisaient défaillir de bonheur ; et je l'emportai dans mon lit, et je me couchai, en la pressant sur mes lèvres, comme une maîtresse qu'on va posséder.

Les morts reviennent ! Elle est venue. Oui, je l'ai vue, je l'ai tenue, je l'ai eue, telle qu'elle était vivante autrefois, grande, blonde, grasse, les seins froids, la hanche en forme de lyre ; et j'ai parcouru de mes caresses cette ligne ondulante et divine qui

va de la gorge aux pieds en suivant toutes les courbes de la chair.

Oui, je l'ai eue, tous les jours, toutes les nuits. Elle est revenue, la Morte, la belle Morte, l'Adorable, la Mystérieuse, l'Inconnue, toutes les nuits.

Mon bonheur fut si grand, que je ne l'ai pu cacher. J'éprouvais près d'elle un ravissement surhumain, la joie profonde, inexplicable de posséder l'Insaisissable, l'Invisible, la Morte ! Nul amant ne goûta des jouissances plus ardentes, plus terribles !

Je n'ai point su cacher mon bonheur. Je l'aimais si fort que je n'ai plus voulu la quitter. Je l'ai emportée avec moi toujours, partout. Je l'ai promenée par la ville comme ma femme, et conduite au théâtre en des loges grillées, comme ma maîtresse... Mais on l'a vue... on a deviné... on me l'a prise... Et on m'a jeté dans une prison, comme un malfaiteur. On l'a prise... Oh ! misère !...

*
* *

Le manuscrit s'arrêtait là. Et soudain, comme je relevais sur le médecin des yeux effarés, un cri épouvantable, un hurlement de fureur impuissante et de désir exaspéré s'éleva dans l'asile.

« Écoutez-le, dit le docteur. Il faut doucher cinq fois par jour ce fou obscène. Il n'y a pas que le sergent Bertrand qui ait aimé les mortes. »

Je balbutiai, ému d'étonnement, d'horreur et de pitié :

« Mais... cette chevelure... existe-t-elle réellement ? »

Le médecin se leva, ouvrit une armoire pleine de fioles et d'instruments et il me jeta, à travers son

cabinet, une longue fusée de cheveux blonds qui vola vers moi comme un oiseau d'or.

Je frémis en sentant sur mes mains son toucher caressant et léger. Et je restai le cœur battant de dégoût et d'envie, de dégoût comme au contact des objets traînés dans les crimes, d'envie comme devant la tentation d'une chose infâme et mystérieuse.

Le médecin reprit en haussant les épaules :
« L'esprit de l'homme est capable de tout. »

LE CRIME AU PÈRE BONIFACE[1]

Ce jour-là le facteur Boniface, en sortant de la maison de poste, constata que sa tournée serait moins longue que de coutume, et il en ressentit une joie vive. Il était chargé de la campagne autour du bourg de Vireville, et, quand il revenait, le soir, de son long pas fatigué, il avait parfois plus de quarante kilomètres dans les jambes.

Donc la distribution serait vite faite ; il pourrait même flâner un peu en route et rentrer chez lui vers trois heures de relevée. Quelle chance !

Il sortit du bourg par le chemin de Sennemare et commença sa besogne. On était en juin, dans le mois vert et fleuri, le vrai mois des plaines.

L'homme, vêtu de sa blouse bleue et coiffé d'un képi noir à galon rouge, traversait, par des sentiers étroits, les champs de colza, d'avoine ou de blé, enseveli jusqu'aux épaules dans les récoltes ; et sa tête, passant au-dessus des épis, semblait flotter sur une mer calme et verdoyante qu'une brise légère faisait mollement onduler.

Il entrait dans les fermes par la barrière de bois

plantée dans les talus qu'ombrageaient deux rangées de hêtres, et saluant par son nom le paysan : « Bonjour, maît' Chicot », il lui tendait son journal, *Le Petit Normand*. Le fermier essuyait sa main à son fond de culotte, recevait la feuille de papier et la glissait dans sa poche pour la lire à son aise après le repas de midi. Le chien, logé dans un baril, au pied d'un pommier penchant, jappait avec fureur en tirant sur sa chaîne ; et le piéton, sans se retourner, repartait de son allure militaire, en allongeant ses grandes jambes, le bras gauche sur sa sacoche, et le droit manœuvrant sur sa canne qui marchait comme lui, d'une façon continue et pressée.

Il distribua ses imprimés et ses lettres dans le hameau de Sennemare, puis il se remit en route à travers champs pour porter le courrier du percepteur qui habitait une petite maison isolée à un kilomètre du bourg.

C'était un nouveau percepteur, M. Chapatis, arrivé la semaine dernière et marié depuis peu.

Il recevait un journal de Paris, et, parfois, le facteur Boniface, quand il avait le temps, jetait un coup d'œil sur l'imprimé, avant de le remettre au destinataire.

Donc, il ouvrit sa sacoche, prit la feuille, la fit glisser hors de sa bande, la déplia, et se mit à lire tout en marchant. La première page ne l'intéressait guère ; la politique le laissait froid ; il passait toujours la finance, mais les faits divers le passionnaient.

Ils étaient très nourris ce jour-là. Il s'émut même si vivement au récit d'un crime accompli dans le logis d'un garde-chasse, qu'il s'arrêta au milieu d'une pièce de trèfle, pour le relire lentement. Les détails étaient affreux. Un bûcheron, en passant au matin auprès de la maison forestière, avait remar-

qué un peu de sang sur le seuil, comme si on avait saigné du nez. « Le garde aura tué quelque lapin cette nuit », pensa-t-il ; mais en approchant il s'aperçut que la porte demeurait entrouverte et que la serrure avait été brisée.

Alors, saisi de peur, il courut au village prévenir le maire, celui-ci prit comme renfort le garde champêtre et l'instituteur : et les quatre hommes revinrent ensemble. Ils trouvèrent le forestier égorgé devant la cheminée, sa femme étranglée sous le lit, et leur petite fille, âgée de six ans, étouffée entre deux matelas.

Le facteur Boniface demeura tellement ému à la pensée de cet assassinat dont toutes les horribles circonstances lui apparaissaient coup sur coup, qu'il se sentit une faiblesse dans les jambes, et il prononça tout haut :

« Nom de nom, y a-t-il tout de même des gens qui sont canaille ! »

Puis il repassa le journal dans sa ceinture de papier et repartit, la tête pleine de la vision du crime. Il atteignit bientôt la demeure de M. Chapatis ; il ouvrit la barrière du petit jardin et s'approcha de la maison. C'était une construction basse, ne contenant qu'un rez-de-chaussée, coiffé d'un toit mansardé. Elle était éloignée de cinq cents mètres au moins de la maison la plus voisine.

Le facteur monta les deux marches du perron, posa la main sur la serrure, essaya d'ouvrir la porte et constata qu'elle était fermée. Alors, il s'aperçut que les volets n'avaient point été ouverts, et que personne encore n'était sorti ce jour-là.

Une inquiétude l'envahit, car M. Chapatis, depuis son arrivée, s'était levé assez tôt. Boniface tira sa montre. Il n'était encore que sept heures dix minutes du matin, il se trouvait donc en avance de près

d'une heure. N'importe, le percepteur aurait dû être debout.

Alors il fit le tour de la demeure en marchant avec précaution, comme s'il eût couru quelque danger. Il ne remarqua rien de suspect, que des pas d'homme dans une plate-bande de fraisiers.

Mais tout à coup, il demeura immobile, perclus d'angoisse, en passant devant une fenêtre. On gémissait dans la maison.

Il s'approcha, et enjambant une bordure de thym, colla son oreille contre l'auvent pour mieux écouter ; assurément on gémissait. Il entendait fort bien de longs soupirs douloureux, une sorte de râle, un bruit de lutte. Puis, les gémissements devinrent plus forts, plus répétés, s'accentuèrent encore, se changèrent en cris.

Alors Boniface, ne doutant plus qu'un crime s'accomplissait en ce moment-là même, chez le percepteur, partit à toutes jambes, retraversa le petit jardin, s'élança à travers la plaine, à travers les récoltes, courant à perdre haleine, secouant sa sacoche qui lui battait les reins, et il arriva, exténué, haletant, éperdu, à la porte de la gendarmerie.

Le brigadier Malautour raccommodait une chaise brisée, au moyen de pointes et d'un marteau. Le gendarme Rautier tenait entre ses jambes le meuble avarié et présentait un clou sur les bords de la cassure ; alors le brigadier, mâchant sa moustache, les yeux ronds et mouillés d'attention, tapait à tous coups sur les doigts de son subordonné.

Le facteur, dès qu'il les aperçut, s'écria :

« Venez vite, on assassine le percepteur, vite, vite ! »

Les deux hommes cessèrent leur travail et levè-

rent la tête, ces têtes étonnées de gens qu'on surprend et qu'on dérange.

Boniface, les voyant plus surpris que pressés, répéta :

« Vite, vite ! Les voleurs sont dans la maison, j'ai entendu les cris, il n'est que temps. »

Le brigadier, posant son marteau par terre, demanda :

« Qu'est-ce qui vous a donné connaissance de ce fait ? »

Le facteur reprit :

« J'allais porter le journal avec deux lettres quand je remarquai que la porte était fermée et que le percepteur n'était pas levé. Je fis le tour de la maison pour me rendre compte, et j'entendis qu'on gémissait comme si on eût étranglé quelqu'un ou qu'on lui eût coupé la gorge, alors je m'en suis parti au plus vite pour vous chercher. Il n'est que temps. »

Le brigadier se redressant, reprit :

« Et vous n'avez pas porté secours en personne ? »

Le facteur effaré répondit :

« Je craignais de n'être pas en nombre suffisant. »

Alors le gendarme, convaincu, annonça :

« Le temps de me vêtir et je vous suis. »

Et il entra dans la gendarmerie, suivi par son soldat qui rapportait la chaise.

Ils reparurent presque aussitôt, et tous trois se mirent en route, au pas gymnastique, pour le lieu du crime.

En arrivant près de la maison, ils ralentirent leur allure par précaution, et le brigadier tira son revolver, puis ils pénétrèrent tout doucement dans le jardin et s'approchèrent de la muraille. Aucune

trace nouvelle n'indiquait que les malfaiteurs fussent partis. La porte demeurait fermée, les fenêtres closes.

« Nous les tenons », murmura le brigadier.

Le père Boniface, palpitant d'émotion, le fit passer de l'autre côté, et, lui montrant un auvent :
« C'est là », dit-il.

Et le brigadier s'avança tout seul, et colla son oreille contre la planche. Les deux autres attendaient, prêts à tout, les yeux fixés sur lui.

Il demeura longtemps immobile, écoutant. Pour mieux approcher sa tête du volet de bois, il avait ôté son tricorne et le tenait de sa main droite.

Qu'entendait-il ? Sa figure impassible ne révélait rien, mais soudain sa moustache se retroussa, ses joues se plissèrent comme pour un rire silencieux, et enjambant de nouveau la bordure de buis, il revint vers les deux hommes, qui le regardaient avec stupeur.

Puis il leur fit signe de le suivre en marchant sur la pointe des pieds ; et, revenant devant l'entrée, il enjoignit à Boniface de glisser sous la porte le journal et les lettres.

Le facteur, interdit, obéit cependant avec docilité.

« Et maintenant, en route », dit le brigadier.

Mais dès qu'ils eurent passé la barrière, il se retourna vers le piéton, et, d'un air goguenard, la lèvre narquoise, l'œil retroussé et brillant de joie :

« Que vous êtes un malin, vous ? »

Le vieux demanda :

« De quoi ? j'ai entendu, j'vous jure que j'ai entendu. »

Mais le gendarme, n'y tenant plus, éclata de rire. Il riait comme on suffoque, les deux mains sur le

ventre, plié en deux, l'œil plein de larmes, avec d'affreuses grimaces autour du nez. Et les deux autres, affolés, le regardaient.

Mais comme il ne pouvait parler, ni cesser de rire, ni faire comprendre ce qu'il avait, il fit un geste, un geste populaire et polisson.

Comme on ne le comprenait toujours pas, il le répéta, plusieurs fois de suite, en désignant d'un signe de tête la maison toujours close.

Et son soldat, comprenant brusquement à son tour, éclata d'une gaieté formidable.

Le vieux demeurait stupide entre ces deux hommes qui se tordaient.

Le brigadier, à la fin, se calma et, lançant dans le ventre du vieux une grande tape d'homme qui rigole, il s'écria :

« Ah ! farceur, sacré farceur, je le retiendrai l'crime au père Boniface ! »

Le facteur ouvrait des yeux énormes et il répéta :

« J'vous jure que j'ai entendu. »

Le brigadier se remit à rire. Son gendarme s'était assis sur l'herbe du fossé pour se tordre tout à son aise.

« Ah ! t'as entendu. Et ta femme, c'est-il comme ça que tu l'assassines, hein, vieux farceur ?

— Ma femme ?... »

Et il se mit à réfléchir longuement, puis il reprit :

« Ma femme... Oui, all' gueule quand j'y fiche des coups... Mais all' gueule, que c'est gueuler, quoi. C'est-il donc que M. Chapatis battait la sienne ? »

Alors le brigadier, dans un délire de joie le fit tourner comme une poupée par les épaules, et il lui souffla dans l'oreille quelque chose dont l'autre demeura abruti d'étonnement.

Puis le vieux, pensif, murmura :

« Non... point comme ça..., point comme ça...,
point comme ça..., all' n' dit rien , la mienne...
J'aurais jamais cru... si c'est possible... on aurait
juré une martyre... »

Et, confus, désorienté, honteux, il reprit son chemin à travers les champs, tandis que le gendarme
et le brigadier, riant toujours et lui criant, de loin,
de grasses plaisanteries de caserne, regardaient
s'éloigner son képi noir, sur la mer tranquille des
récoltes.

ROSE[1]

Les deux jeunes femmes ont l'air ensevelies sous une couche de fleurs. Elles sont seules dans l'immense landau chargé de bouquets comme une corbeille géante. Sur la banquette du devant, deux bannettes de satin blanc sont pleines de violettes de Nice, et sur la peau d'ours qui couvre les genoux un amoncellement de roses, de mimosas, de giroflées, de marguerites, de tubéreuses et de fleurs d'oranger, noués avec des faveurs de soie, semble écraser les deux corps délicats, ne laissant sortir de ce lit éclatant et parfumé que les épaules, les bras et un peu des corsages dont l'un est bleu et l'autre lilas.

Le fouet du cocher porte un fourreau d'anémones, les traits des chevaux sont capitonnés avec des ravenelles, les rayons des roues sont vêtus de réséda ; et, à la place des lanternes, deux bouquets ronds, énormes, ont l'air des deux yeux étranges de cette bête roulante et fleurie.

Le landau parcourt au grand trot la route, la rue d'Antibes, précédé, suivi, accompagné par une foule d'autres voitures enguirlandées, pleines de

femmes disparues sous un flot de violettes. Car c'est la fête des fleurs à Cannes.

On arrive au boulevard de la Foncière, où la bataille a lieu. Tout le long de l'immense avenue, une double file d'équipages enguirlandés va et revient comme un ruban sans fin. De l'un à l'autre on se jette des fleurs. Elles passent dans l'air comme des balles, vont frapper les frais visages, voltigent et retombent dans la poussière où une armée de gamins les ramasse.

Une foule compacte, rangée sur les trottoirs, et maintenue par les gendarmes à cheval qui passent brutalement et repoussent les curieux à pied comme pour ne point permettre aux vilains de se mêler aux riches, regarde, bruyante et tranquille.

Dans les voitures, on s'appelle, on se reconnaît, on se mitraille avec des roses. Un char plein de jolies femmes, vêtues de rouge comme des diables, attire et séduit les yeux. Un monsieur qui ressemble aux portraits d'Henri IV lance avec une ardeur joyeuse un énorme bouquet retenu par un élastique. Sous la menace du choc, les femmes se cachent les yeux et les hommes baissent la tête, mais le projectile gracieux, rapide et docile, décrit une courbe et revient à son maître qui le jette aussitôt vers une figure nouvelle.

Les deux jeunes femmes vident à pleines mains leur arsenal et reçoivent une grêle de bouquets ; puis, après une heure de bataille, un peu lasses enfin, elles ordonnent au cocher de suivre la route du golfe Juan, qui longe la mer.

Le soleil disparaît derrière l'Esterel, dessinant en noir, sur un couchant de feu, la silhouette dentelée de la longue montagne. La mer calme s'étend, bleue et claire, jusqu'à l'horizon, où elle se mêle au ciel, et l'escadre, ancrée au milieu du golfe, a l'air

d'un troupeau de bêtes monstrueuses, immobiles sur l'eau, animaux apocalyptiques, cuirassés et bossus, coiffés de mâts frêles comme des plumes, et avec des yeux qui s'allument quand vient la nuit.

Les jeunes femmes, étendues sous la lourde fourrure, regardent languissamment. L'une dit enfin :

« Comme il y a des soirs délicieux, où tout semble bon. N'est-ce pas, Margot ? »

L'autre reprit :

« Oui, c'est bon. Mais il manque toujours quelque chose.

— Quoi donc ? Moi je me sens heureuse tout à fait. Je n'ai besoin de rien.

— Si. Tu n'y penses pas. Quel que soit le bien-être qui engourdit notre corps, nous désirons toujours quelque chose de plus... pour le cœur. »

Et l'autre, souriant :

« Un peu d'amour ?

— Oui. »

Elles se turent, regardant devant elles, puis celle qui s'appelait Marguerite murmura : « La vie ne me semble pas supportable sans cela. J'ai besoin d'être aimée, ne fût-ce que par un chien. Nous sommes toutes ainsi, d'ailleurs, quoi que tu en dises, Simone.

— Mais non, ma chère. J'aime mieux n'être pas aimée du tout que de l'être par n'importe qui. Crois-tu que cela me serait agréable, par exemple, d'être aimée par... par... »

Elle cherchait par qui elle pourrait bien être aimée, parcourant de l'œil le vaste paysage. Ses yeux, après avoir fait le tour de l'horizon, tombèrent sur les deux boutons de métal qui luisaient dans le dos du cocher, et elle reprit, en riant : « Par mon cocher. »

Mme Margot sourit à peine et prononça, à voix basse :

« Je t'assure que c'est très amusant d'être aimée par un domestique. Cela m'est arrivé deux ou trois fois. Ils roulent des yeux si drôles que c'est à mourir de rire. Naturellement, on se montre d'autant plus sévère qu'ils sont plus amoureux, puis on les met à la porte, un jour, sous le premier prétexte venu parce qu'on deviendrait ridicule si quelqu'un s'en apercevait. »

Mme Simone écoutait, le regard fixe devant elle, puis elle déclara :

« Non, décidément, le cœur de mon valet de pied ne me paraîtrait pas suffisant. Raconte-moi donc comment tu t'apercevais qu'ils t'aimaient.

— Je m'en apercevais comme avec les autres hommes, lorsqu'ils devenaient stupides.

— Les autres ne me paraissent pas si bêtes à moi, quand ils m'aiment.

— Idiots, ma chère, incapables de causer, de répondre, de comprendre quoi que ce soit.

— Mais toi, qu'est-ce que cela te faisait d'être aimée par un domestique ? Tu étais quoi... émue... flattée ?

— Émue ? non — flattée — oui, un peu. On est toujours flatté de l'amour d'un homme quel qu'il soit.

— Oh ! voyons, Margot !

— Si, ma chère. Tiens, je vais te dire une singulière aventure qui m'est arrivée. Tu verras comme c'est curieux et confus ce qui se passe en nous dans ces cas-là.

« Il y aura quatre ans à l'automne, je me trouvais sans femme de chambre. J'en avais essayé l'une après l'autre cinq ou six qui étaient ineptes, et je désespérais presque d'en trouver une, quand je lus,

132

dans les petites annonces d'un journal, qu'une jeune fille sachant coudre, broder, coiffer, cherchait une place et qu'elle fournirait les meilleurs renseignements. Elle parlait en outre l'anglais.

« J'écrivis à l'adresse indiquée, et, le lendemain, la personne en question se présenta. Elle était assez grande, mince, un peu pâle, avec l'air très timide. Elle avait de beaux yeux noirs, un teint charmant, elle me plut tout de suite. Je lui demandai ses certificats : elle m'en donna un en anglais, car elle sortait, disait-elle, de la maison de Lady Rymwell, où elle était restée dix ans.

« Le certificat attestait que la jeune fille était partie de son plein gré pour rentrer en France et qu'on n'avait eu à lui reprocher pendant son long service, qu'un peu de *coquetterie française*.

« La tournure pudibonde de la phrase anglaise me fit même un peu sourire et j'arrêtai sur-le-champ cette femme de chambre.

« Elle entra chez moi le jour même, elle se nommait Rose.

« Au bout d'un mois je l'adorais.

« C'était une trouvaille, une perle, un phénomène.

« Elle savait coiffer avec un goût infini ; elle chiffonnait les dentelles d'un chapeau mieux que les meilleures modistes et elle savait même faire les robes.

« J'étais stupéfaite de ses facultés. Jamais je ne m'étais trouvée servie ainsi.

« Elle m'habillait rapidement avec une légèreté de mains étonnante. Jamais je ne sentais ses doigts sur ma peau, et rien ne m'est désagréable comme le contact d'une main de bonne. Je pris bientôt des habitudes de paresse excessives, tant il m'était agréable de me laisser vêtir, des pieds à la tête,

et de la chemise aux gants, par cette grande fille timide, toujours un peu rougissante, et qui ne parlait jamais. Au sortir du bain, elle me frictionnait et me massait pendant que je sommeillais un peu sur mon divan ; je la considérais, ma foi, en amie de condition inférieure, plutôt qu'en simple domestique.

« Or, un matin, mon concierge demanda avec mystère à me parler. Je fus surprise et je le fis entrer. C'était un homme très sûr, un vieux soldat, ancien ordonnance de mon mari.

« Il paraissait gêné de ce qu'il avait à dire. Enfin, il prononça en bredouillant :

« — Madame, il y a en bas le commissaire de « police du quartier. »

« Je demandai brusquement :

« — Qu'est-ce qu'il veut ?

« — Il veut faire une perquisition dans l'hôtel. »

« Certes, la police est utile, mais je la déteste. Je trouve que ce n'est pas là un métier noble. Et je répondis, irritée autant que blessée :

« — Pourquoi cette perquisition ? A quel pro- « pos ? Il n'entrera pas. »

« Le concierge reprit :

« — Il prétend qu'il y a un malfaiteur caché. »

« Cette fois j'eus peur et j'ordonnai d'introduire le commissaire de police auprès de moi pour avoir des explications. C'était un homme assez bien élevé, décoré de la Légion d'honneur. Il s'excusa, demanda pardon, puis m'affirma que j'avais, parmi les gens de service, un forçat !

« Je fus révoltée ; je répondis que je garantissais tout le domestique de l'hôtel et je le passai en revue.

« — Le concierge Pierre Courtin, ancien soldat.

« — Ce n'est pas lui.

« — Le cocher François Pingau, un paysan cham-
« penois, fils d'un fermier de mon père.

« — Ce n'est pas lui.

« — Un valet d'écurie, pris en Champagne égale-
« ment, et toujours fils de paysans que je connais,
« plus un valet de pied que vous venez de voir.

« — Ce n'est pas lui.

« — Alors monsieur, vous voyez bien que vous
« vous trompez.

« — Pardon, madame, je suis sûr de ne pas me
« tromper. Comme il s'agit d'un criminel redou-
« table, voulez-vous avoir la gracieuseté de faire
« comparaître ici, devant vous et moi, tout votre
« monde. »

« Je résistai d'abord, puis je cédai, et je fis monter
tous mes gens, hommes et femmes.

« Le commissaire de police les examina d'un seul
coup d'œil, puis déclara :

« Ce n'est pas tout.

« — Pardon, monsieur, il n'y a plus que ma
« femme de chambre, une jeune fille que vous ne
« pouvez confondre avec un forçat. »

« Il demanda :

« — Puis-je la voir aussi ?

« — Certainement. »

« Je sonnai Rose qui parut aussitôt. A peine fut-
elle entrée que le commissaire fit un signe, et deux
hommes que je n'avais pas vus, cachés derrière la
porte, se jetèrent sur elle, lui saisirent les mains et
les lièrent avec des cordes.

« Je poussai un cri de fureur, et je voulus m'élan-
cer pour la défendre. Le commissaire m'arrêta :

« — Cette fille, madame, est un homme qui
« s'appelle Jean-Nicolas Lecapet, condamné à mort
« en 1879 pour assassinat précédé de viol. Sa peine
« fut commuée en prison perpétuelle. Il s'échappa

« voici quatre mois. Nous le cherchons depuis
« lors. »

« J'étais affolée, atterrée. Je ne croyais pas. Le
commissaire reprit en riant :

« — Je ne puis vous donner qu'une preuve. Il a
« le bras droit tatoué. » La manche fut relevée.
C'était vrai. L'homme de police ajouta avec un cer-
tain mauvais goût :

« — Fiez-vous-en à nous pour les autres consta-
« tations. »

« Et on emmena ma femme de chambre !

« Eh bien, le croirais-tu, ce qui dominait en moi
ce n'était pas la colère d'avoir été jouée ainsi, trom-
pée et ridiculisée ; ce n'était pas la honte d'avoir été
ainsi habillée, déshabillée, maniée et touchée par
cet homme... mais une... humiliation profonde...
une humiliation de femme. Comprends-tu ?

— Non, pas très bien ?

— Voyons... Réfléchis... Il avait été condamné...
pour viol, ce garçon... eh bien, je pensais... à celle
qu'il avait violée... et ça... ça m'humiliait... Voilà...
Comprends-tu, maintenant ? »

Et Mme Simone ne répondit pas. Elle regardait
droit devant elle, d'un œil fixe et singulier les deux
boutons luisants de la livrée, avec ce sourire de
sphinx qu'ont parfois les femmes.

L'AVEU[1]

Le soleil de midi tombe en large pluie sur les champs. Ils s'étendent, onduleux, entre les bouquets d'arbres des fermes, et les récoltes diverses, les seigles mûrs et les blés jaunissants, les avoines d'un vert clair, les trèfles d'un vert sombre, étalent un grand manteau rayé, remuant et doux sur le ventre nu de la terre.

Là-bas, au sommet d'une ondulation, en rangée comme des soldats, une interminable ligne de vaches, les unes couchées, les autres debout, clignant leurs gros yeux sous l'ardente lumière, ruminent et pâturent un trèfle aussi vaste qu'un lac.

Et deux femmes, la mère et la fille, vont, d'une allure balancée l'une devant l'autre, par un étroit sentier creusé dans les récoltes, vers ce régiment de bêtes.

Elles portent chacune deux seaux de zinc maintenus loin du corps par un cerceau de barrique ; et le métal, à chaque pas qu'elles font, jette une flamme éblouissante et blanche sous le soleil qui le frappe.

Elles ne parlent point. Elles vont traire les

vaches. Elles arrivent, posent à terre un seau, et s'approchent des deux premières bêtes, qu'elles font lever d'un coup de sabot dans les côtes. L'animal se dresse, lentement, d'abord sur ses jambes de devant, puis soulève avec plus de peine sa large croupe, qui semble alourdie par l'énorme mamelle de chair blonde et pendante.

Et les deux Malivoire, mère et fille, à genoux sous le ventre de la vache, tirent par un vif mouvement des mains sur le pis gonflé, qui jette, à chaque pression, un mince fil de lait dans le seau. La mousse un peu jaune monte aux bords et les femmes vont de bête en bête jusqu'au bout de la longue file.

Dès qu'elles ont fini d'en traire une, elles la déplacent, lui donnant à pâturer un bout de verdure intacte.

Puis elles repartent, plus lentement, alourdies par la charge du lait, la mère devant, la fille derrière.

Mais celle-ci brusquement s'arrête, pose son fardeau, s'assied et se met à pleurer.

La mère Malivoire, n'entendant plus marcher, se retourne et demeure stupéfaite.

« Qué qu't'..as ? » dit-elle.

Et la fille, Céleste, une grande rousse aux cheveux brûlés, aux joues brûlées, tachées de son comme si des gouttes de feu lui étaient tombées sur le visage, un jour qu'elle peinait au soleil, murmura en geignant doucement comme font les enfants battus :

« Je n'peux pu porter mon lait ! »

La mère la regardait d'un air soupçonneux. Elle répéta :

« Qué qu't'..as ? »

Céleste reprit, écroulée par terre entre ses deux seaux, et se cachant les yeux avec son tablier :

« Ça me tire trop. Je ne peux pas. »

La mère, pour la troisième fois, reprit :

« Qué que t'as donc ? »

Et la fille gémit :

« Je crois ben que me v'là grosse. »

Et elle sanglota.

La vieille à son tour posa son fardeau, tellement interdite qu'elle ne trouvait rien à dire. Enfin elle balbutia :

« Te... te... te v'là grosse, manante, c'est-il ben possible ? »

C'étaient de riches fermiers, les Malivoire, des gens cossus, posés, respectés, malins et puissants.

Céleste bégaya :

« J'crais ben que oui, tout de même. »

La mère effarée regardait sa fille abattue devant elle et larmoyant. Au bout de quelques secondes elle cria :

« Te v'là grosse ! Te v'là grosse ! Où qu't'as attrapé ça, roulure ? »

Et Céleste, toute secouée par l'émotion, murmura :

« J'crais ben que c'est dans la voiture à Polyte. »

La vieille cherchait à comprendre, cherchait à deviner, cherchait à savoir qui avait pu faire ce malheur à sa fille. Si c'était un gars bien riche et bien vu, on verrait à s'arranger. Il n'y aurait encore que demi-mal ; Céleste n'était pas la première à qui pareille chose arrivait ; mais ça la contrariait tout de même, vu les propos et leur position.

Elle reprit :

« Et qué que c'est qui t'a fait ça, salope ? »

Et Céleste, résolue à tout dire, balbutia :

« J'crais ben qu'c'est Polyte. »

Alors la mère Malivoire, affolée de colère, se rua

sur sa fille et se mit à la battre avec une telle fré-
nésie qu'elle en perdit son bonnet.

Elle tapait à grands coups de poing sur la tête,
sur le dos, partout ; et Céleste, tout à fait allongée
entre les deux seaux, qui la protégeaient un peu,
cachait seulement sa figure entre ses mains.

Toutes les vaches, surprises, avaient cessé de
pâturer, et, s'étant retournées, regardaient de leurs
gros yeux. La dernière meugla, le mufle tendu vers
les femmes.

Après avoir tapé jusqu'à perdre haleine, la mère
Malivoire, essoufflée, s'arrêta ; et, reprenant un peu
ses esprits, elle voulut se rendre tout à fait compte
de la situation :

« Polyte ! Si c'est Dieu possible ! Comment que
t'as pu, avec un cocher de diligence. T'avais ti
perdu les sens ? Faut qu'i t'ait jeté un sort, pour sûr,
un propre-à-rien ! »

Et Céleste, toujours allongée, murmura dans la
poussière :

« J'y payais point la voiture ! »

Et la vieille Normande comprit.

*
* *

Toutes les semaines, le mercredi et le samedi,
Céleste allait porter au bourg les produits de la
ferme, la volaille, la crème et les œufs.

Elle partait dès sept heures avec ses deux vastes
paniers aux bras, le laitage dans l'un, les poulets
dans l'autre ; et elle allait attendre sur la grand-
route la voiture de poste d'Yvetot.

Elle posait à terre ses marchandises et s'asseyait
dans le fossé, tandis que les poules au bec court et
pointu, et les canards au bec large et plat, passant

la tête à travers les barreaux d'osier, regardaient de leur œil rond, stupide et surpris.

Bientôt la guimbarde, sorte de coffre jaune coiffé d'une casquette de cuir noir, arrivait, secouant son cul au trot saccadé d'une rosse blanche.

Et Polyte le cocher, un gros garçon réjoui, ventru bien que jeune, et tellement cuit par le soleil, brûlé par le vent, trempé par les averses, et teinté par l'eau-de-vie qu'il avait la face et le cou couleur de brique, criait de loin en faisant claquer son fouet :

« Bonjour mam'zelle Céleste. La santé, ça va-t-il ? »

Elle lui tendait, l'un après l'autre, ses paniers qu'il casait sur l'impériale ; puis elle montait en levant haut la jambe pour atteindre le marchepied, en montrant un fort mollet vêtu d'un bas bleu.

Et chaque fois Polyte répétait la même plaisanterie : « Mazette, il n'a pas maigri. »

Et elle riait, trouvant ça drôle.

Puis il lançait un « Hue cocotte ! », qui remettait en route son maigre cheval. Alors Céleste, atteignant son porte-monnaie dans le fond de sa poche, en tirait lentement dix sous, six sous pour elle et quatre pour les paniers, et les passait à Polyte par-dessus l'épaule. Il les prenait en disant :

« C'est pas encore pour aujourd'hui, la rigolade ? »

Et il riait de tout son cœur en se retournant vers elle pour la regarder à son aise.

Il lui en coûtait beaucoup, à elle, de donner chaque fois ce demi-franc pour trois kilomètres de route. Et quand elle n'avait pas de sous, elle en souffrait davantage encore, ne pouvant se décider à allonger une pièce d'argent.

Et un jour, au moment de payer, elle demanda :

« Pour une bonne pratique comme mé, vous devriez bien ne prendre que six sous ? »

Il se mit à rire :

« Six sous, ma belle, vous valez mieux que ça, pour sûr. »

Elle insistait :

« Ça vous fait pas moins deux francs par mois. »

Il cria en tapant sur sa rosse :

« T'nez, j'suis coulant, j'vous passerai ça pour une rigolade. »

Elle demanda d'un air niais :

« Qué que c'est que vous dites ? »

Il s'amusait tellement qu'il toussait à force de rire.

« Une rigolade, c'est une rigolade, pardi, une rigolade fille et garçon, en avant deux sans musique. »

Elle comprit, rougit, et déclara :

« Je n'suis pas de ce jeu-là, m'sieu Polyte. »

Mais il ne s'intimida pas, et il répétait, s'amusant de plus en plus :

« Vous y viendrez, la belle, une rigolade fille et garçon ! »

Et, depuis lors, chaque fois qu'elle le payait, il avait pris l'usage de demander :

« C'est pas encore pour aujourd'hui, la rigolade ? »

Elle plaisantait aussi là-dessus, maintenant, et elle répondait :

« Pas pour aujourd'hui, m'sieu Polyte, mais c'est pour samedi, pour sûr alors ! »

Et il criait en riant toujours :

« Entendu pour samedi, ma belle. »

Mais elle calculait en dedans que, depuis deux ans que durait la chose, elle avait bien payé qua-

rante-huit francs à Polyte, et quarante-huit francs à la campagne ne se trouvent pas dans une ornière ; et elle calculait aussi que dans deux années encore elle aurait payé près de cent francs.

Si bien qu'un jour, un jour de printemps qu'ils étaient seuls, comme il demandait selon sa coutume :

« C'est pas encore pour aujourd'hui la rigolade ? »

Elle répondit :

« A vot'désir m'sieu Polyte. »

Il ne s'étonna pas du tout et enjamba la banquette de derrière en murmurant d'un air content :

« Et allons donc. J'savais ben qu'on y viendrait. »

Et le vieux cheval blanc se mit à trottiner d'un train si doux qu'il semblait danser sur place, sourd à la voix qui criait parfois du fond de la voiture : « Hue donc, Cocotte ! Hue donc, Cocotte ! »

Trois mois plus tard, Céleste s'aperçut qu'elle était grosse.

*
* *

Elle avait dit tout cela d'une voix larmoyante, à sa mère. Et la vieille, pâle de fureur, demanda :

« Combien que ça y a coûté, alors ? »

Céleste répondit :

« Quat' mois, ça fait huit francs, pour sûr. »

Alors la rage de la campagnarde se déchaîna éperdument, et retombant sur sa fille elle la rebattit jusqu'à perdre le souffle. Puis, s'étant relevée :

« Y as-tu dit, que t'étais grosse ?

— Mais non, pour sûr.

— Pourqué que tu y as point dit ?

— Parce qu'i m'aurait fait r'payer p'têtre ben ! »

Et la vieille songea, puis, reprenant ses seaux : « Allons, lève-té, et tâche à v'nir. »

Puis, après un silence, elle reprit :

« Et pis n'li dis rien tant qu'i n'verra point ; que j'y gagnions ben six ou huit mois ! »

Et Céleste, s'étant redressée, pleurant encore, décoiffée et bouffie, se remit en marche d'un pas lourd, en murmurant :

« Pour sûr que j'y dirai point. »

LA PARURE[1]

C'ÉTAIT une de ces jolies et charmantes filles, nées,
comme par une erreur du destin, dans une famille
d'employés. Elle n'avait pas de dot, pas d'espéran-
ces, aucun moyen d'être connue, comprise, aimée,
épousée par un homme riche et distingué ; et elle
se laissa marier avec un petit commis du ministère
de l'Instruction publique.

Elle fut simple, ne pouvant être parée, mais mal-
heureuse comme une déclassée ; car les femmes
n'ont point de caste ni de race, leur beauté, leur
grâce et leur charme leur servant de naissance et
de famille. Leur finesse native, leur instinct d'élé-
gance, leur souplesse d'esprit sont leur seule hié-
rarchie, et font des filles du peuple les égales des
plus grandes dames.

Elle souffrait sans cesse, se sentant née pour tou-
tes les délicatesses et tous les luxes. Elle souffrait
de la pauvreté de son logement, de la misère des
murs, de l'usure des sièges, de la laideur des étof-
fes. Toutes ces choses, dont une autre femme de sa
caste ne se serait même pas aperçue, la torturaient
et l'indignaient. La vue de la petite Bretonne qui

faisait son humble ménage éveillait en elle des regrets désolés et des rêves éperdus. Elle songeait aux antichambres muettes, capitonnées avec des tentures orientales, éclairées par de hautes torchères de bronze, et aux deux grands valets en culotte courte qui dorment dans les larges fauteuils, assoupis par la chaleur lourde du calorifère. Elle songeait aux grands salons vêtus de soie ancienne, aux meubles fins portant des bibelots inestimables, et aux petits salons coquets, parfumés, faits pour la causerie de cinq heures avec les amis les plus intimes, les hommes connus et recherchés dont toutes les femmes envient et désirent l'attention.

Quand elle s'asseyait, pour dîner, devant la table ronde couverte d'une nappe de trois jours, en face de son mari qui découvrait la soupière en déclarant d'un air enchanté : « Ah ! le bon pot-au-feu ! je ne sais rien de meilleur que cela... » elle songeait aux dîners fins, aux argenteries reluisantes, aux tapisseries peuplant les murailles de personnages anciens et d'oiseaux étranges au milieu d'une forêt de féerie ; elle songeait aux plats exquis servis en des vaisselles merveilleuses, aux galanteries chuchotées et écoutées avec un sourire de sphinx, tout en mangeant la chair rose d'une truite ou des ailes de gelinotte.

Elle n'avait pas de toilettes, pas de bijoux, rien. Et elle n'aimait que cela ; elle se sentait faite pour cela. Elle eût tant désiré plaire, être enviée, être séduisante et recherchée.

Elle avait une amie riche, une camarade de couvent qu'elle ne voulait plus aller voir, tant elle souffrait en revenant. Et elle pleurait pendant des jours entiers, de chagrin, de regret, de désespoir et de détresse.

*
* *

Or, un soir, son mari rentra, l'air glorieux et tenant à la main une large enveloppe.

« Tiens, dit-il, voici quelque chose pour toi. »

Elle déchira vivement le papier et en tira une carte imprimée qui portait ces mots :

« Le ministre de l'Instruction publique et Mme Georges Ramponneau prient M. et Mme Loisel de leur faire l'honneur de venir passer la soirée à l'hôtel du ministère, le lundi 18 janvier. »

Au lieu d'être ravie, comme l'espérait son mari, elle jeta avec dépit l'invitation sur la table, murmurant :

« Que veux-tu que je fasse de cela ?

— Mais, ma chérie, je pensais que tu serais contente. Tu ne sors jamais, et c'est une occasion, cela, une belle ! J'ai eu une peine infinie à l'obtenir. Tout le monde en veut ; c'est très recherché et on n'en donne pas beaucoup aux employés. Tu verras là tout le monde officiel. »

Elle le regardait d'un œil irrité, et elle déclara avec impatience :

« Que veux-tu que je me mette sur le dos pour aller là ? »

Il n'y avait pas songé ; il balbutia :

« Mais la robe avec laquelle tu vas au théâtre. Elle me semble très bien, à moi... »

Il se tut, stupéfait, éperdu, en voyant que sa femme pleurait. Deux grosses larmes descendaient lentement des coins des yeux vers les coins de la bouche ; il bégaya :

« Qu'as-tu ? qu'as-tu ? »

Mais, par un effort violent, elle avait dompté sa peine et elle répondit d'une voix calme en essuyant ses joues humides :

« Rien. Seulement je n'ai pas de toilette et par conséquent je ne peux aller à cette fête. Donne ta carte à quelque collègue dont la femme sera mieux nippée que moi. »

Il était désolé. Il reprit :

« Voyons, Mathilde. Combien cela coûterait-il une toilette convenable, qui pourrait te servir encore en d'autres occasions, quelque chose de très simple ? »

Elle réfléchit quelques secondes, établissant ses comptes et songeant aussi à la somme qu'elle pouvait demander sans s'attirer un refus immédiat et une exclamation effarée du commis économe.

Enfin, elle répondit en hésitant :

« Je ne sais pas au juste, mais il me semble qu'avec quatre cents francs je pourrais arriver. »

Il avait un peu pâli, car il réservait juste cette somme pour acheter un fusil et s'offrir des parties de chasse, l'été suivant, dans la plaine de Nanterre, avec quelques amis qui allaient tirer des alouettes, par là, le dimanche.

Il dit cependant :

« Soit. Je te donne quatre cents francs. Mais tâche d'avoir une belle robe. »

*
* *

Le jour de la fête approchait, et Mme Loisel semblait triste, inquiète, anxieuse. Sa toilette était prête cependant. Son mari lui dit un soir :

« Qu'as-tu ? Voyons, tu es toute drôle depuis trois jours. »

Et elle répondit :

« Cela m'ennuie de n'avoir pas un bijou, pas une pierre, rien à mettre sur moi. J'aurai l'air misère

comme tout. J'aimerais presque mieux ne pas aller à cette soirée. »

Il reprit :

« Tu mettras des fleurs naturelles. C'est très chic en cette saison-ci. Pour dix francs tu auras deux ou trois roses magnifiques. »

Elle n'était point convaincue.

« Non... il n'y a rien de plus humiliant que d'avoir l'air pauvre au milieu de femmes riches. »

Mais son mari s'écria :

« Que tu es bête ! Va trouver ton amie Mme Forestier et demande-lui de te prêter des bijoux. Tu es bien assez liée avec elle pour faire cela. »

Elle poussa un cri de joie.

« C'est vrai. Je n'y avais point pensé. »

Le lendemain, elle se rendit chez son amie et lui conta sa détresse.

Mme Forestier alla vers son armoire à glace, prit un large coffret, l'apporta, l'ouvrit, et dit à Mme Loisel :

« Choisis, ma chère. »

Elle vit d'abord des bracelets, puis un collier de perles, puis une croix vénitienne, or et pierreries, d'un admirable travail. Elle essayait les parures devant la glace, hésitait, ne pouvait se décider à les quitter, à les rendre. Elle demandait toujours :

« Tu n'as plus rien d'autre ?

— Mais si. Cherche. Je ne sais pas ce qui peut te plaire. »

Tout à coup elle découvrit, dans une boîte de satin noir, une superbe rivière de diamants ; et son cœur se mit à battre d'un désir immodéré. Ses mains tremblaient en la prenant. Elle l'attacha autour de sa gorge, sur sa robe montante, et demeura en extase devant elle-même.

Puis, elle demanda, hésitante, pleine d'angoisse :

« Peux-tu me prêter cela, rien que cela ?

— Mais oui, certainement. »

Elle sauta au cou de son amie, l'embrassa avec emportement, puis s'enfuit avec son trésor.

*
* *

Le jour de la fête arriva. Mme Loisel eut un succès. Elle était plus jolie que toutes, élégante, gracieuse, souriante et folle de joie. Tous les hommes la regardaient, demandaient son nom, cherchaient à être présentés. Tous les attachés du cabinet voulaient valser avec elle. Le ministre la remarqua.

Elle dansait avec ivresse, avec emportement, grisée par le plaisir, ne pensant plus à rien, dans le triomphe de sa beauté, dans la gloire de son succès, dans une sorte de nuage de bonheur fait de tous ces hommages, de toutes ces admirations, de tous ces désirs éveillés, de cette victoire si complète et si douce au cœur des femmes.

Elle partit vers quatre heures du matin. Son mari, depuis minuit, dormait dans un petit salon désert avec trois autres messieurs dont les femmes s'amusaient beaucoup.

Il lui jeta sur les épaules les vêtements qu'il avait apportés pour la sortie, modestes vêtements de la vie ordinaire, dont la pauvreté jurait avec l'élégance de la toilette de bal. Elle le sentit et voulut s'enfuir, pour ne pas être remarquée par les autres femmes qui s'enveloppaient de riches fourrures.

Loisel la retenait :

« Attends donc. Tu vas attraper froid dehors. Je vais appeler un fiacre. »

Mais elle ne l'écoutait point et descendait rapide-

ment l'escalier. Lorsqu'ils furent dans la rue, ils ne trouvèrent pas de voiture ; et ils se mirent à chercher, criant après les cochers qu'ils voyaient passer de loin.

Ils descendaient vers la Seine, désespérés, grelottants. Enfin ils trouvèrent sur le quai un de ces vieux coupés noctambules qu'on ne voit dans Paris que la nuit venue, comme s'ils eussent été honteux de leur misère pendant le jour.

Il les ramena jusqu'à leur porte, rue des Martyrs, et ils remontèrent tristement chez eux. C'était fini, pour elle. Et il songeait, lui, qu'il lui faudrait être au Ministère à dix heures.

Elle ôta les vêtements dont elle s'était enveloppé les épaules, devant la glace, afin de se voir encore une fois dans sa gloire. Mais soudain elle poussa un cri. Elle n'avait plus sa rivière autour du cou !

Son mari, à moitié dévêtu déjà, demanda :

« Qu'est-ce que tu as ? »

Elle se tourna vers lui, affolée :

« J'ai... j'ai... je n'ai plus la rivière de Mme Forestier. »

Il se dressa, éperdu :

« Quoi !... comment !... Ce n'est pas possible ! »

Et ils cherchèrent dans les plis de la robe, dans les plis du manteau, dans les poches, partout. Ils ne la trouvèrent point.

Il demandait :

« Tu es sûre que tu l'avais encore en quittant le bal ?

— Oui, je l'ai touchée dans le vestibule du Ministère.

— Mais, si tu l'avais perdue dans la rue, nous l'aurions entendue tomber. Elle doit être dans le fiacre.

— Oui. C'est probable. As-tu pris le numéro ?

— Non. Et toi, tu ne l'as pas regardé ?

— Non. »

Ils se contemplaient atterrés. Enfin Loisel se rhabilla.

« Je vais, dit-il, refaire tout le trajet que nous avons fait à pied, pour voir si je ne la retrouverai pas. »

Et il sortit. Elle demeura en toilette de soirée, sans force pour se coucher, abattue sur une chaise, sans feu, sans pensée.

Son mari rentra vers sept heures. Il n'avait rien trouvé.

Il se rendit à la Préfecture de police, aux journaux, pour faire promettre une récompense, aux compagnies de petites voitures, partout enfin où un soupçon d'espoir le poussait.

Elle attendit tout le jour, dans le même état d'effarement devant cet affreux désastre.

Loisel revint le soir, avec la figure creusée, pâlie ; il n'avait rien découvert.

« Il faut, dit-il, écrire à ton amie que tu as brisé la fermeture de sa rivière et que tu la fais réparer. Cela nous donnera le temps de nous retourner. »

Elle écrivit sous sa dictée.

*
* *

Au bout d'une semaine, ils avaient perdu toute espérance.

Et Loisel, vieilli de cinq ans, déclara :

« Il faut aviser à remplacer ce bijou. »

Ils prirent, le lendemain, la boîte qui l'avait renfermé, et se rendirent chez le joaillier, dont le nom se trouvait dedans. Il consulta ses livres.

« Ce n'est pas moi, madame, qui ai vendu cette rivière ; j'ai dû seulement fournir l'écrin. »

152

Alors ils allèrent de bijoutier en bijoutier, cherchant une parure pareille à l'autre, consultant leurs souvenirs, malades tous deux de chagrin et d'angoisse.

Ils trouvèrent, dans une boutique du Palais-Royal, un chapelet de diamants qui leur parut entièrement semblable à celui qu'ils cherchaient. Il valait quarante mille francs. On le leur laisserait à trente-six mille.

Ils prièrent donc le joaillier de ne pas le vendre avant trois jours. Et ils firent condition qu'on le reprendrait pour trente-quatre mille francs, si le premier était retrouvé avant la fin de février.

Loisel possédait dix-huit mille francs que lui avait laissés son père. Il emprunterait le reste.

Il emprunta, demandant mille francs à l'un, cinq cents à l'autre, cinq louis par-ci, trois louis par-là. Il fit des billets, prit des engagements ruineux, eut affaire aux usuriers, à toutes les races de prêteurs. Il compromit toute la fin de son existence, risqua sa signature sans savoir même s'il pourrait y faire honneur, et, épouvanté par les angoisses de l'avenir, par la noire misère qui allait s'abattre sur lui, par la perspective de toutes les privations physiques et de toutes les tortures morales, il alla chercher la rivière nouvelle, en déposant sur le comptoir du marchand trente-six mille francs.

Quand Mme Loisel reporta la parure à Mme Forestier, celle-ci lui dit, d'un air froissé :

« Tu aurais dû me la rendre plus tôt, car je pouvais en avoir besoin. »

Elle n'ouvrit pas l'écrin, ce que redoutait son amie. Si elle s'était aperçue de la substitution, qu'aurait-elle pensé ? qu'aurait-elle dit ? Ne l'aurait-elle pas prise pour une voleuse ?

Mme Loisel connut la vie horrible des nécessiteux. Elle prit son parti, d'ailleurs, tout d'un coup, héroïquement. Il fallait payer cette dette effroyable. Elle payerait. On renvoya la bonne ; on changea de logement ; on loua sous les toits une mansarde.

Elle connut les gros travaux du ménage, les odieuses besognes de la cuisine. Elle lava la vaisselle, usant ses ongles roses sur les poteries grasses et le fond des casseroles. Elle savonna le linge sale, les chemises et les torchons, qu'elle faisait sécher sur une corde ; elle descendit à la rue, chaque matin, les ordures, et monta l'eau, s'arrêtant à chaque étage pour souffler. Et, vêtue comme une femme du peuple, elle alla chez le fruitier, chez l'épicier, chez le boucher, le panier au bras, marchandant, injuriée, défendant sou à sou son misérable argent.

Il fallait chaque mois payer des billets, en renouveler d'autres, obtenir du temps.

Le mari travaillait, le soir, à mettre au net les comptes d'un commerçant, et la nuit, souvent, il faisait de la copie à cinq sous la page.

Et cette vie dura dix ans.

Au bout de dix ans, ils avaient tout restitué, tout, avec le taux de l'usure, et l'accumulation des intérêts superposés.

Mme Loisel semblait vieille, maintenant. Elle était devenue la femme forte, et dure, et rude, des ménages pauvres. Mal peignée, avec les jupes de travers et les mains rouges, elle parlait haut, lavait à grande eau les planchers. Mais parfois, lorsque son mari était au bureau, elle s'asseyait auprès de la fenêtre, et elle songeait à cette soirée d'autrefois, à ce bal, où elle avait été si belle et si fêtée.

Que serait-il arrivé si elle n'avait point perdu cette parure ? Qui sait ? qui sait ? Comme la vie est singulière, changeante ! Comme il faut peu de chose pour vous perdre ou vous sauver !

<p style="text-align:center">*
* *</p>

Or, un dimanche, comme elle était allée faire un tour aux Champs-Élysées pour se délasser des besognes de la semaine, elle aperçut tout à coup une femme qui promenait un enfant. C'était Mme Forestier, toujours jeune, toujours belle, toujours séduisante.

Mme Loisel se sentit émue. Allait-elle lui parler ? Oui, certes. Et maintenant qu'elle avait payé, elle lui dirait tout. Pourquoi pas ?

Elle s'approcha.

« Bonjour, Jeanne. »

L'autre ne la reconnaissait point, s'étonnant d'être appelée ainsi familièrement par cette bourgeoise. Elle balbutia :

« Mais... madame !... Je ne sais... Vous devez vous tromper.

— Non. Je suis Mathilde Loisel. »

Son amie poussa un cri :

« Oh !... ma pauvre Mathilde, comme tu es changée !...

— Oui, j'ai eu des jours bien durs, depuis que je ne t'ai vue ; et bien des misères... et cela à cause de toi !...

— De moi... Comment ça ?

— Tu te rappelles bien cette rivière de diamants que tu m'as prêtée pour aller à la fête du Ministère.

— Oui. Eh bien ?

— Eh bien, je l'ai perdue.

— Comment ! puisque tu me l'as rapportée.

— Je t'en ai rapporté une autre toute pareille. Et voilà dix ans que nous la payons. Tu comprends que ça n'a pas été aisé pour nous, qui n'avions rien... Enfin, c'est fini, et je suis rudement contente. »

Mme Forestier s'était arrêtée.

« Tu dis que tu as acheté une rivière de diamants pour remplacer la mienne ?

— Oui. Tu ne t'en étais pas aperçue, hein ? Elles étaient bien pareilles. »

Et elle souriait d'une joie orgueilleuse et naïve.

Mme Forestier, fort émue, lui prit les deux mains.

« Oh ! ma pauvre Mathilde ! Mais la mienne était fausse. Elle valait au plus cinq cents francs !... »

LE BONHEUR[1]

C'ÉTAIT l'heure du thé, avant l'entrée des lampes. La villa dominait la mer ; le soleil disparu avait laissé le ciel tout rose de son passage, frotté de poudre d'or ; et la Méditerranée, sans une ride, sans un frisson, lisse, luisante encore sous le jour mourant, semblait une plaque de métal polie et démesurée.

Au loin, sur la droite, les montagnes dentelées dessinaient leur profil noir sur la pourpre pâlie du couchant.

On parlait de l'amour, on discutait ce vieux sujet, on redisait des choses qu'on avait dites, déjà, bien souvent. La mélancolie douce du crépuscule alentissait les paroles, faisait flotter un attendrissement dans les âmes, et ce mot : « amour », qui revenait sans cesse, tantôt prononcé par une forte voix d'homme, tantôt dit par une voix de femme au timbre léger, paraissait emplir le petit salon, y voltiger comme un oiseau, y planer comme un esprit.

Peut-on aimer plusieurs années de suite ?

« Oui, prétendaient les uns.

— Non », affirmaient les autres.

On distinguait les cas, on établissait des démarcations, on citait des exemples ; et tous, hommes et femmes, pleins de souvenirs surgissants et troublants, qu'ils ne pouvaient citer et qui leur montaient aux lèvres, semblaient émus, parlaient de cette chose banale et souveraine, l'accord tendre et mystérieux de deux êtres, avec une émotion profonde et un intérêt ardent.

Mais tout à coup quelqu'un, ayant les yeux fixés au loin, s'écria :

« Oh ! voyez, là-bas, qu'est-ce que c'est ? »

Sur la mer, au fond de l'horizon, surgissait une masse grise, énorme et confuse.

Les femmes s'étaient levées et regardaient sans comprendre cette chose surprenante qu'elles n'avaient jamais vue.

Quelqu'un dit :

« C'est la Corse ! On l'aperçoit ainsi deux ou trois fois par an dans certaines conditions d'atmosphère exceptionnelles, quand l'air, d'une limpidité parfaite, ne la cache plus par ces brumes de vapeur d'eau qui voilent toujours les lointains. »

On distinguait vaguement les crêtes, on crut reconnaître la neige des sommets. Et tout le monde restait surpris, troublé, presque effrayé par cette brusque apparition d'un monde, par ce fantôme sorti de la mer. Peut-être eurent-ils de ces visions étranges, ceux qui partirent, comme Colomb, à travers les océans inexplorés.

Alors un vieux monsieur, qui n'avait pas encore parlé, prononça :

« Tenez, j'ai connu dans cette île, qui se dresse devant nous, comme pour répondre elle-même à ce que nous disions et me rappeler un singulier souvenir, j'ai connu un exemple admirable d'un amour

constant, d'un amour invraisemblablement heureux.

« Le voici :

« Je fis, voilà cinq ans, un voyage en Corse. Cette île sauvage est plus inconnue et plus loin de nous que l'Amérique, bien qu'on la voie quelquefois des côtes de France, comme aujourd'hui.

« Figurez-vous un monde encore en chaos, une tempête de montagnes que séparent des ravins étroits où roulent des torrents ; pas une plaine, mais d'immenses vagues de granit et de géantes ondulations de terre couvertes de maquis ou de hautes forêts de châtaigniers et de pins. C'est un sol vierge, inculte, désert, bien que parfois on aperçoive un village, pareil à un tas de rochers au sommet d'un mont. Point de culture, aucune industrie, aucun art. On ne rencontre jamais un morceau de bois travaillé, un bout de pierre sculptée, jamais le souvenir du goût enfantin ou raffiné des ancêtres pour les choses gracieuses et belles. C'est là même ce qui frappe le plus en ce superbe et dur pays : l'indifférence héréditaire pour cette recherche des formes séduisantes qu'on appelle l'art.

« L'Italie, où chaque palais, plein de chefs-d'œuvre, est un chef-d'œuvre lui-même, où le marbre, le bois, le bronze, le fer, les métaux et les pierres attestent le génie de l'homme, où les plus petits objets anciens qui traînent dans les vieilles maisons révèlent ce divin souci de la grâce, est pour nous tous la patrie sacrée que l'on aime parce qu'elle nous montre et nous prouve l'effort, la grandeur, la puissance et le triomphe de l'intelligence créatrice.

« Et, en face d'elle, la Corse sauvage est restée telle qu'en ses premiers jours. L'être y vit dans sa maison grossière, indifférent à tout ce qui ne touche point son existence même ou ses querelles de famille. Et il est resté avec les défauts et les qualités des races incultes, violent, haineux, sanguinaire avec inconscience, mais aussi hospitalier, généreux, dévoué, naïf, ouvrant sa porte aux passants et donnant son amitié fidèle pour la moindre marque de sympathie.

« Donc depuis un mois, j'errais à travers cette île magnifique, avec la sensation que j'étais au bout du monde. Point d'auberges, point de cabarets, point de routes. On gagne, par des sentiers à mulets, ces hameaux accrochés au flanc des montagnes, qui dominent des abîmes tortueux d'où l'on entend monter, le soir, le bruit continu, la voix sourde et profonde du torrent. On frappe aux portes des maisons. On demande un abri pour la nuit et de quoi vivre jusqu'au lendemain. Et on s'assoit à l'humble table, et on dort sous l'humble toit ; et on serre, au matin, la main tendue de l'hôte qui vous a conduit jusqu'aux limites du village.

« Or, un soir, après dix heures de marche, j'atteignis une petite demeure toute seule au fond d'un étroit vallon qui allait se jeter à la mer une lieue plus loin. Les deux pentes rapides de la montagne, couvertes de maquis, de rocs éboulés et de grands arbres, enfermaient comme deux sombres murailles ce ravin lamentablement triste.

« Autour de la chaumière, quelques vignes, un petit jardin, et plus loin, quelques grands châtaigniers, de quoi vivre enfin, une fortune pour ce pays pauvre.

« La femme qui me reçut était vieille, sévère et propre, par exception. L'homme, assis sur une

chaise de paille, se leva pour me saluer, puis se rassit sans dire un mot. Sa compagne me dit :

« — Excusez-le ; il est sourd maintenant. Il a « quatre-vingt-deux ans. »

« Elle parlait le français de France. Je fus surpris.

« Je lui demandai :

« — Vous n'êtes pas de Corse ? »

« Elle répondit :

« — Non ; nous sommes des continentaux. Mais « voilà cinquante ans que nous habitons ici. »

« Une sensation d'angoisse et de peur me saisit à la pensée de ces cinquante années écoulées dans ce trou sombre, si loin des villes où vivent les hommes. Un vieux berger rentra, et l'on se mit à manger le seul plat du dîner, une soupe épaisse où avaient cuit ensemble des pommes de terre, du lard et des choux.

« Lorsque le court repas fut fini, j'allai m'asseoir devant la porte, le cœur serré par la mélancolie du morne paysage, étreint par cette détresse qui prend parfois les voyageurs en certains soirs tristes, en certains lieux désolés. Il semble que tout soit près de finir, l'existence et l'univers. On perçoit brusquement l'affreuse misère de la vie, l'isolement de tous, le néant de tout et la noire solitude du cœur qui se berce et se trompe lui-même par des rêves jusqu'à la mort.

« La vieille femme me rejoignit et, torturée par cette curiosité qui vit toujours au fond des âmes les plus résignées :

« — Alors, vous venez de France ? dit-elle.

« — Oui, je voyage pour mon plaisir.

« — Vous êtes de Paris, peut-être ?

« — Non, je suis de Nancy. »

« Il me sembla qu'une émotion extraordinaire

l'agitait. Comment ai-je vu ou plutôt senti cela, je n'en sais rien.

« Elle répéta d'une voix lente :

« — Vous êtes de Nancy ? »

« L'homme parut dans la porte, impassible comme sont les sourds.

« Elle reprit :

« — Ça ne fait rien. Il n'entend pas. »

« Puis, au bout de quelques secondes :

« — Alors, vous connaissez du monde à Nancy ?

« — Mais oui, presque tout le monde.

« — La famille de Sainte-Allaize ?

« — Oui, très bien ; c'étaient des amis de mon « père.

« — Comment vous appelez-vous ? »

« Je dis mon nom. Elle me regarda fixement, puis prononça, de cette voix basse qu'éveillent les souvenirs :

« — Oui, oui, je me rappelle bien. Et les Brise-« mare, qu'est-ce qu'ils sont devenus ?

« — Tous sont morts.

« — Ah ! Et les Sirmont, vous les connaissiez ?

« — Oui, le dernier est général. »

« Alors elle dit, frémissante d'émotion, d'angoisse, de je ne sais quel sentiment confus, puissant et sacré, de je ne sais quel besoin d'avouer, de dire tout, de parler de ces choses qu'elle avait tenues jusque-là enfermées au fond de son cœur, et de ces gens dont le nom bouleversait son âme :

« — Oui, Henri de Sirmont. Je le sais bien. C'est « mon frère. »

« Et je levai les yeux vers elle, effaré de surprise. Et tout d'un coup le souvenir me revint.

« Cela avait fait, jadis, un gros scandale dans la noble Lorraine. Une jeune fille, belle et riche, Suzanne de Sirmont, avait été enlevée par un sous-

officier de hussards du régiment que commandait son père.

« C'était un beau garçon, fils de paysans, mais portant bien le dolman bleu, ce soldat qui avait séduit la fille de son colonel. Elle l'avait vu, remarqué, aimé en regardant défiler les escadrons, sans doute. Mais comment lui avait-elle parlé, comment avaient-ils pu se voir, s'entendre ? comment avait-elle osé lui faire comprendre qu'elle l'aimait ? Cela, on ne le sut jamais.

« On n'avait rien deviné, rien pressenti. Un soir, comme le soldat venait de finir son temps, il disparut avec elle. On les chercha, on ne les retrouva pas. On n'en eut jamais de nouvelles et on la considérait comme morte.

« Et je la retrouvais ainsi dans ce sinistre vallon.

« Alors je repris à mon tour :

« — Oui, je me rappelle bien. Vous êtes made-« moiselle Suzanne. »

« Elle fit « oui », de la tête. Des larmes tombaient de ses yeux. Alors, me montrant d'un regard le vieillard immobile sur le seuil de sa masure, elle me dit :

« — C'est lui. »

« Et je compris qu'elle l'aimait toujours, qu'elle le voyait encore avec ses yeux séduits.

« Je demandai :

« — Avez-vous été heureuse au moins ? »

« Elle répondit, avec une voix qui venait du cœur :

« — Oh ! oui, très heureuse. Il m'a rendue très « heureuse. Je n'ai jamais rien regretté. »

« Je la contemplais, triste, surpris, émerveillé par la puissance de l'amour ! Cette fille riche avait suivi cet homme, ce paysan. Elle était devenue elle-

même une paysanne. Elle s'était faite à sa vie sans charmes, sans luxe, sans délicatesse d'aucune sorte, elle s'était pliée à ses habitudes simples. Et elle l'aimait encore. Elle était devenue une femme de rustre, en bonnet, en jupe de toile. Elle mangeait dans un plat de terre sur une table de bois, assise sur une chaise de paille, une bouillie de choux et de pommes de terre au lard. Elle couchait sur une paillasse à son côté.

« Elle n'avait jamais pensé à rien, qu'à lui ! Elle n'avait regretté ni les parures, ni les étoffes, ni les élégances, ni la mollesse des sièges, ni la tiédeur parfumée des chambres enveloppées de tentures, ni la douceur des duvets où plongent les corps pour le repos. Elle n'avait eu jamais besoin que de lui ; pourvu qu'il fût là, elle ne désirait rien.

« Elle avait abandonné la vie, toute jeune, et le monde, et ceux qui l'avaient élevée, aimée. Elle était venue, seule avec lui, en ce sauvage ravin. Et il avait été tout pour elle, tout ce qu'on désire, tout ce qu'on rêve, tout ce qu'on attend sans cesse, tout ce qu'on espère sans fin. Il avait empli de bonheur son existence, d'un bout à l'autre.

« Elle n'aurait pas pu être plus heureuse.

« Et toute la nuit, en écoutant le souffle rauque du vieux soldat étendu sur son grabat, à côté de celle qui l'avait suivi si loin, je pensais à cette étrange et simple aventure, à ce bonheur si complet, fait de si peu.

« Et je partis au soleil levant, après avoir serré la main des deux vieux époux. »

Le conteur se tut. Une femme dit :
« C'est égal, elle avait un idéal trop facile, des

besoins trop primitifs et des exigences trop simples. Ce ne pouvait être qu'une sotte. »

Une autre prononça d'une voix lente :

« Qu'importe ! elle fut heureuse. »

Et là-bas, au fond de l'horizon, la Corse s'enfonçait dans la nuit, rentrait lentement dans la mer, effaçait sa grande ombre apparue comme pour raconter elle-même l'histoire des deux humbles amants qu'abritait son rivage.

UNE VENDETTA[1]

La veuve de Paolo Saverini habitait seule avec son fils une petite maison pauvre sur les remparts de Bonifacio. La ville, bâtie sur une avancée de la montagne, suspendue même par places au-dessus de la mer, regarde, par-dessus le détroit hérissé d'écueils, la côte plus basse de la Sardaigne. A ses pieds, de l'autre côté, la contournant presque entièrement, une coupure de la falaise, qui ressemble à un gigantesque corridor, lui sert de port, amène jusqu'aux premières maisons, après un long circuit entre deux murailles abruptes, les petits bateaux pêcheurs italiens ou sardes, et, chaque quinzaine, le vieux vapeur poussif qui fait le service d'Ajaccio.

Sur la montagne blanche, le tas de maisons pose une tache plus blanche encore. Elles ont l'air de nids d'oiseaux sauvages, accrochées ainsi sur ce roc, dominant ce passage terrible où ne s'aventurent guère les navires. Le vent, sans repos, fatigue la mer, fatigue la côte nue, rongée par lui, à peine vêtue d'herbe ; il s'engouffre dans le détroit, dont il ravage les deux bords. Les traînées d'écume pâle,

accrochées aux pointes noires des innombrables rocs qui percent partout les vagues, ont l'air de lambeaux de toiles flottant et palpitant à la surface de l'eau.

La maison de la veuve Saverini, soudée au bord même de la falaise, ouvrait ses trois fenêtres sur cet horizon sauvage et désolé.

Elle vivait là, seule, avec son fils Antoine et leur chienne « Sémillante », grande bête maigre, aux poils longs et rudes, de la race des gardeurs de troupeaux. Elle servait au jeune homme pour chasser.

Un soir, après une dispute, Antoine Saverini fut tué traîtreusement, d'un coup de couteau, par Nicolas Ravolati, qui, la nuit même, gagna la Sardaigne.

Quand la vieille mère reçut le corps de son enfant, que des passants lui rapportèrent, elle ne pleura pas, mais elle demeura longtemps immobile à le regarder ; puis, étendant sa main ridée sur le cadavre, elle lui promit la vendetta. Elle ne voulut point qu'on restât avec elle, et elle s'enferma auprès du corps avec la chienne, qui hurlait. Elle hurlait, cette bête, d'une façon continue, debout au pied du lit, la tête tendue vers son maître, et la queue serrée entre les pattes. Elle ne bougeait pas plus que la mère, qui, penchée maintenant sur le corps, l'œil fixe, pleurait de grosses larmes muettes en le contemplant.

Le jeune homme, sur le dos, vêtu de sa veste de gros drap trouée et déchirée à la poitrine, semblait dormir ; mais il avait du sang partout : sur la chemise arrachée pour les premiers soins ; sur son gilet, sur sa culotte, sur la face, sur les mains. Des caillots de sang s'étaient figés dans la barbe et dans les cheveux.

La vieille mère se mit à lui parler. Au bruit de cette voix, la chienne se tut.

« Va, va, tu seras vengé, mon petit, mon garçon, mon pauvre enfant. Dors, dors, tu seras vengé, entends-tu ? C'est la mère qui le promet ! Et elle tient toujours sa parole, la mère, tu le sais bien. »

Et lentement elle se pencha vers lui, collant ses lèvres froides sur les lèvres mortes.

Alors, Sémillante se remit à gémir. Elle poussait une longue plainte monotone, déchirante, horrible.

Elles restèrent là, toutes les deux, la femme et la bête, jusqu'au matin.

Antoine Saverini fut enterré le lendemain, et bientôt on ne parla plus de lui dans Bonifacio.

*
* *

Il n'avait laissé ni frère ni proches cousins. Aucun homme n'était là pour poursuivre la vendetta. Seule, la mère y pensait, la vieille.

De l'autre côté du détroit, elle voyait du matin au soir un point blanc sur la côte. C'est un petit village sarde, Longosardo, où se réfugient les bandits corses traqués de trop près. Ils peuplent presque seuls ce hameau, en face des côtes de leur patrie, et ils attendent là le moment de revenir, de retourner au maquis. C'est dans ce village, elle le savait, que s'était réfugié Nicolas Ravolati.

Toute seule, tout le long du jour, assise à sa fenêtre, elle regardait là-bas en songeant à la vengeance. Comment ferait-elle sans personne, infirme, si près de la mort ? Mais elle avait promis, elle avait juré sur le cadavre. Elle ne pouvait oublier, elle ne pouvait attendre. Que ferait-elle ? Elle ne dormait plus la nuit, elle n'avait plus ni repos ni

apaisement, elle cherchait, obstinée. La chienne, à ses pieds, sommeillait, et, parfois, levant la tête, hurlait au loin. Depuis que son maître n'était plus là, elle hurlait souvent ainsi, comme si elle l'eût appelé, comme si son âme de bête, inconsolable, eût aussi gardé le souvenir que rien n'efface.

Or, une nuit, comme Sémillante se remettait à gémir, la mère, tout à coup, eut une idée, une idée de sauvage vindicatif et féroce. Elle la médita jusqu'au matin ; puis, levée dès les approches du jour, elle se rendit à l'église. Elle pria, prosternée sur le pavé, abattue devant Dieu, le suppliant de l'aider, de la soutenir, de donner à son pauvre corps usé la force qu'il lui fallait pour venger le fils.

Puis elle rentra. Elle avait dans sa cour un ancien baril défoncé, qui recueillait l'eau des gouttières ; elle le renversa, le vida, l'assujettit contre le sol avec des pieux et des pierres ; puis elle enchaîna Sémillante à cette niche, et elle rentra.

Elle marchait maintenant, sans repos, dans sa chambre, l'œil fixé toujours sur la côte de Sardaigne. Il était là-bas, l'assassin.

La chienne, tout le jour et toute la nuit, hurla. La vieille, au matin, lui porta de l'eau dans une jatte ; mais rien de plus : pas de soupe, pas de pain.

La journée encore s'écoula. Sémillante, exténuée, dormait. Le lendemain, elle avait les yeux luisants, le poil hérissé, et elle tirait éperdument sur sa chaîne.

La vieille ne lui donna encore rien à manger. La bête, devenue furieuse, aboyait d'une voix rauque. La nuit encore se passa.

Alors, au jour levé, la mère Saverini alla chez le voisin, prier qu'on lui donnât deux bottes de paille. Elle prit de vieilles hardes qu'avait portées autrefois

son mari, et les bourra de fourrage, pour simuler un corps humain.

Ayant piqué un bâton dans le sol, devant la niche de Sémillante, elle noua dessus ce mannequin, qui semblait ainsi se tenir debout. Puis elle figura la tête au moyen d'un paquet de vieux linge.

La chienne, surprise, regardait cet homme de paille, et se taisait, bien que dévorée de faim.

Alors la vieille alla acheter chez le charcutier un long morceau de boudin noir. Rentrée chez elle, elle alluma un feu de bois dans sa cour, auprès de la niche, et fit griller son boudin. Sémillante, affolée, bondissait, écumait, les yeux fixés sur le gril, dont le fumet lui entrait au ventre.

Puis la mère fit de cette bouillie fumante une cravate à l'homme de paille. Elle la lui ficela longtemps autour du cou, comme pour la lui entrer dedans. Quand ce fut fini, elle déchaîna la chienne.

D'un saut formidable, la bête atteignit la gorge du mannequin, et, les pattes sur les épaules, se mit à la déchirer. Elle retombait, un morceau de sa proie à la gueule, puis s'élançait de nouveau, enfonçait ses crocs dans les cordes, arrachait quelques parcelles de nourriture, retombait encore, et rebondissait, acharnée. Elle enlevait le visage par grands coups de dents, mettait en lambeaux le col entier.

La vieille, immobile et muette, regardait, l'œil allumé. Puis elle renchaîna sa bête, la fit encore jeûner deux jours, et recommença cet étrange exercice.

Pendant trois mois, elle l'habitua à cette sorte de lutte, à ce repas conquis à coups de crocs. Elle ne l'enchaînait plus maintenant, mais elle la lançait d'un geste sur le mannequin.

Elle lui avait appris à le déchirer, à le dévorer,

sans même qu'aucune nourriture fût cachée en sa gorge. Elle lui donnait ensuite, comme récompense, le boudin grillé pour elle.

Dès qu'elle apercevait l'homme, Sémillante frémissait, puis tournait les yeux vers sa maîtresse, qui lui criait : « Va ! » d'une voix sifflante, en levant le doigt.

<center>*
* *</center>

Quand elle jugea le temps venu, la mère Saverini alla se confesser et communia un dimanche matin, avec une ferveur extatique ; puis, ayant revêtu des habits de mâle, semblable à un vieux pauvre déguenillé, elle fit marché avec un pêcheur sarde, qui la conduisit, accompagnée de sa chienne, de l'autre côté du détroit.

Elle avait, dans un sac de toile, un grand morceau de boudin. Sémillante jeûnait depuis deux jours. La vieille femme, à tout moment, lui faisait sentir la nourriture odorante, et l'excitait.

Elles entrèrent dans Longosardo. La Corse allait en boitillant. Elle se présenta chez un boulanger et demanda la demeure de Nicolas Ravolati. Il avait repris son ancien métier, celui de menuisier. Il travaillait seul au fond de sa boutique.

La vieille poussa la porte et l'appela :

« Hé ! Nicolas ! »

Il se tourna ; alors, lâchant sa chienne, elle cria :

« Va, va, dévore, dévore ! »

L'animal, affolé, s'élança, saisit la gorge. L'homme étendit les bras, l'étreignit, roula par terre. Pendant quelques secondes, il se tordit, battant le sol de ses pieds ; puis il demeura immobile,

pendant que Sémillante lui fouillait le cou, qu'elle arrachait par lambeaux.

Deux voisins, assis sur leur porte, se rappelèrent parfaitement avoir vu sortir un vieux pauvre avec un chien noir efflanqué qui mangeait, tout en marchant, quelque chose de brun que lui donnait son maître.

La vieille, le soir, était rentrée chez elle. Elle dormit bien, cette nuit-là.

COCO[1]

Dans tout le pays environnant on appelait la ferme
des Lucas « La Métairie ». On n'aurait su dire pour-
quoi. Les paysans, sans doute, attachaient à ce mot
« métairie » une idée de richesse et de grandeur,
car cette ferme était assurément la plus vaste, la
plus opulente et la plus ordonnée de la contrée.

La cour, immense, entourée de cinq rangs
d'arbres magnifiques pour abriter contre le vent
violent de la plaine les pommiers trapus et délicats,
enfermait de longs bâtiments couverts en tuiles
pour conserver les fourrages et les grains, de belles
étables bâties en silex, des écuries pour trente che-
vaux, et une maison d'habitation en brique rouge,
qui ressemblait à un petit château.

Les fumiers étaient bien tenus ; les chiens de
garde habitaient en des niches, un peuple de volail-
les circulait dans l'herbe haute.

Chaque midi, quinze personnes, maîtres, valets et
servantes, prenaient place autour de la longue table
de cuisine où fumait la soupe dans un grand vase
de faïence à fleurs bleues.

Les bêtes, chevaux, vaches, porcs et moutons, étaient grasses, soignées et propres ; et maître Lucas, un grand homme qui prenait du ventre, faisait sa ronde trois fois par jour, veillant sur tout et pensant à tout.

On conservait, par charité, dans le fond de l'écurie, un très vieux cheval blanc que la maîtresse voulait nourrir jusqu'à sa mort naturelle, parce qu'elle l'avait élevé, gardé toujours, et qu'il lui rappelait des souvenirs.

Un goujat de quinze ans, nommé Isidore Duval, et appelé plus simplement Zidore, prenait soin de cet invalide, lui donnait, pendant l'hiver, sa mesure d'avoine et son fourrage, et devait aller, quatre fois par jour, en été, le déplacer dans la côte où on l'attachait, afin qu'il eût en abondance de l'herbe fraîche.

L'animal, presque perclus, levait avec peine ses jambes lourdes, grosses des genoux et enflées au-dessus des sabots. Ses poils, qu'on n'étrillait plus jamais, avaient l'air de cheveux blancs, et des cils très longs donnaient à ses yeux un air triste.

Quand Zidore le menait à l'herbe, il lui fallait tirer sur la corde, tant la bête allait lentement ; et le gars, courbé, haletant, jurait contre elle, s'exaspérant d'avoir à soigner cette vieille rosse.

Les gens de la ferme, voyant cette colère du goujat contre Coco, s'en amusaient, parlaient sans cesse du cheval à Zidore, pour exaspérer le gamin. Ses camarades le plaisantaient. On l'appelait dans le village Coco-Zidore.

Le gars rageait, sentant naître en lui le désir de se venger du cheval. C'était un maigre enfant haut sur jambes, très sale, coiffé de cheveux roux, épais, durs et hérissés. Il semblait stupide, parlait en bégayant, avec une peine infinie, comme si les

174

idées n'eussent pu se former dans son âme épaisse de brute.

Depuis longtemps déjà, il s'étonnait qu'on gardât Coco, s'indignant de voir perdre du bien pour cette bête inutile. Du moment qu'elle ne travaillait plus, il lui semblait injuste de la nourrir, il lui semblait révoltant de gaspiller de l'avoine, de l'avoine qui coûtait si cher, pour ce bidet paralysé. Et souvent même, malgré les ordres de maître Lucas, il économisait sur la nourriture du cheval, ne lui versant qu'une demi-mesure, ménageant sa litière et son foin. Et une haine grandissait en son esprit confus d'enfant, une haine de paysan rapace, de paysan sournois, féroce, brutal et lâche.

* * *

Lorsque revint l'été, il lui fallut aller *remuer* la bête dans sa côte. C'était loin. Le goujat, plus furieux chaque matin, partait de son pas lourd à travers les blés. Les hommes qui travaillaient dans les terres lui criaient, par plaisanterie :

« Hé Zidore, tu f'ras mes compliments à Coco. »

Il ne répondait point ; mais il cassait, en passant, une baguette dans une haie et, dès qu'il avait déplacé l'attache du vieux cheval, il le laissait se remettre à brouter ; puis, approchant traîtreusement, il lui cinglait les jarrets. L'animal essayait de fuir, de ruer, d'échapper aux coups, et il tournait au bout de sa corde comme s'il eût été enfermé dans une piste. Et le gars le frappait avec rage, courant derrière, acharné, les dents serrées par la colère.

Puis il s'en allait lentement, sans se retourner, tandis que le cheval le regardait partir de son œil de vieux, les côtes saillantes, essoufflé d'avoir

trotté. Et il ne rebaissait vers l'herbe sa tête osseuse et blanche qu'après avoir vu disparaître au loin la blouse bleue du jeune paysan.

Comme les nuits étaient chaudes, on laissait maintenant Coco coucher dehors, là-bas, au bord de la ravine, derrière le bois. Zidore seul allait le voir.

L'enfant s'amusait encore à lui jeter des pierres. Il s'asseyait à dix pas de lui, sur un talus, et il restait là une demi-heure, lançant de temps en temps un caillou tranchant au bidet, qui demeurait debout, enchaîné devant son ennemi, et le regardant sans cesse, sans oser paître avant qu'il fût reparti.

Mais toujours cette pensée restait plantée dans l'esprit du goujat : « Pourquoi nourrir ce cheval qui ne faisait plus rien ? » Il lui semblait que cette misérable rosse volait le manger des autres, volait l'avoir des hommes, le bien du Bon Dieu, le volait même aussi, lui, Zidore, qui travaillait.

Alors, peu à peu, chaque jour, le gars diminua la bande de pâturage qu'il lui donnait en avançant le piquet de bois où était fixée la corde.

La bête jeûnait, maigrissait, dépérissait. Trop faible pour casser son attache, elle tendait la tête vers la grande herbe verte et luisante, si proche, et dont l'odeur lui venait sans qu'elle y pût toucher.

Mais, un matin, Zidore eut une idée : c'était de ne plus remuer Coco. Il en avait assez d'aller si loin pour cette carcasse.

Il vint cependant, pour savourer sa vengeance. La bête inquiète le regardait. Il ne la battit pas ce jour-là. Il tournait autour, les mains dans les poches. Même il fit mine de la changer de place, mais il renfonça le piquet juste dans le même trou, et il s'en alla, enchanté de son invention.

Le cheval, le voyant partir, hennit pour le rappe-

ler ; mais le goujat se mit à courir, le laissant seul, tout seul dans son vallon, bien attaché, et sans un brin d'herbe à portée de la mâchoire.

Affamé, il essaya d'atteindre la grasse verdure qu'il touchait du bout de ses naseaux. Il se mit sur les genoux, tendant le cou, allongeant ses grandes lèvres baveuses. Ce fut en vain. Tout le jour, elle s'épuisa, la vieille bête, en efforts inutiles, en efforts terribles. La faim la dévorait, rendue plus affreuse par la vue de toute la verte nourriture qui s'étendait par l'horizon.

Le goujat ne revint point ce jour-là. Il vagabonda par les bois pour chercher des nids.

Il reparut le lendemain. Coco, exténué, s'était couché. Il se leva en apercevant l'enfant, attendant, enfin, d'être changé de place.

Mais le petit paysan ne toucha même pas au maillet jeté dans l'herbe. Il s'approcha, regarda l'animal, lui lança dans le nez une motte de terre qui s'écrasa sur le poil blanc, et il repartit en sifflant.

Le cheval resta debout tant qu'il put l'apercevoir encore ; puis, sentant bien que ses tentatives pour atteindre l'herbe voisine seraient inutiles, il s'étendit de nouveau sur le flanc et ferma les yeux.

Le lendemain, Zidore ne vint pas.

Quand il approcha, le jour suivant, de Coco toujours étendu, il s'aperçut qu'il était mort.

Alors il demeura debout, le regardant, content de son œuvre, étonné en même temps que ce fût déjà fini. Il le toucha du pied, leva une de ses jambes, puis la laissa retomber, s'assit dessus, et resta là, les yeux fixés dans l'herbe et sans penser à rien.

Il revint à la ferme, mais il ne dit pas l'accident, car il voulait vagabonder encore aux heures où, d'ordinaire, il allait changer de place le cheval.

Il alla le voir le lendemain. Des corbeaux s'envo-

lèrent à son approche. Des mouches innombrables se promenaient sur le cadavre et bourdonnaient à l'entour.

En rentrant il annonça la chose. La bête était si vieille que personne ne s'étonna. Le maître dit à deux valets :

« Prenez vos pelles, vous f'rez un trou là oùsqu'il est. »

Et les hommes enfouirent le cheval juste à la place où il était mort de faim.

Et l'herbe poussa drue, verdoyante, vigoureuse, nourrie par le pauvre corps.

AUPRÈS D'UN MORT[1]

Il s'en allait mourant, comme meurent les poitrinaires. Je le voyais chaque jour s'asseoir, vers deux heures, sous les fenêtres de l'hôtel, en face de la mer tranquille, sur un banc de la promenade. Il restait quelque temps immobile dans la chaleur du soleil, contemplant d'un œil morne la Méditerranée. Parfois il jetait un regard sur la haute montagne aux sommets vaporeux, qui enferme Menton ; puis il croisait d'un mouvement très lent ses longues jambes si maigres qu'elles semblaient deux os, autour desquels flottait le drap du pantalon, et il ouvrait un livre, toujours le même.

Alors il ne remuait plus, il lisait, il lisait de l'œil et de la pensée ; tout son pauvre corps expirant semblait lire, toute son âme s'enfonçait, se perdait, disparaissait dans ce livre jusqu'à l'heure où l'air rafraîchi le faisait un peu tousser. Alors il se levait et rentrait.

C'était un grand Allemand à barbe blonde, qui déjeunait et dînait dans sa chambre, et ne parlait à personne.

Une vague curiosité m'attira vers lui. Je m'assis

179

un jour à son côté, ayant pris aussi, pour me donner une contenance, un volume des poésies de Musset.

Et je me mis à parcourir *Rolla*.

Mon voisin me dit tout à coup, en bon français :

« Savez-vous l'allemand, monsieur ?

— Nullement, monsieur.

— Je le regrette. Puisque le hasard nous met côte à côte, je vous aurais prêté, je vous aurais fait voir une chose inestimable : ce livre que je tiens là.

— Qu'est-ce donc ?

— C'est un exemplaire de mon maître Schopenhauer, annoté de sa main. Toutes les marges, comme vous le voyez, sont couvertes de son écriture. »

Je pris le livre avec respect et je contemplai ces formes incompréhensibles pour moi, mais qui révélaient l'immortelle pensée du plus grand saccageur de rêves qui ait passé sur la terre.

Et les vers de Musset éclatèrent dans ma mémoire :

Dors-tu content, Voltaire, et ton hideux sourire
Voltige-t-il encor sur tes os décharnés ?

Et je comparais involontairement le sarcasme enfantin, le sarcasme religieux de Voltaire à l'irrésistible ironie du philosophe allemand dont l'influence est désormais ineffaçable.

Qu'on proteste et qu'on se fâche, qu'on s'indigne ou qu'on s'exalte, Schopenhauer a marqué l'humanité du sceau de son dédain et de son désenchantement.

Jouisseur désabusé, il a renversé les croyances, les espoirs, les poésies, les chimères, détruit les

aspirations, ravagé la confiance des âmes, tué l'amour, abattu le culte idéal de la femme, crevé les illusions des cœurs, accompli la plus gigantesque besogne de sceptique qui ait jamais été faite. Il a tout traversé de sa moquerie, et tout vidé. Et aujourd'hui même, ceux qui l'exècrent semblent porter, malgré eux, en leurs esprits, des parcelles de sa pensée.

« Vous avez donc connu particulièrement Schopenhauer ! » dis-je à l'Allemand.

Il sourit tristement.

« Jusqu'à sa mort, monsieur. »

Et il me parla de lui, il me raconta l'impression presque surnaturelle que faisait cet être étrange à tous ceux qui l'approchaient.

Il me dit l'entrevue du vieux démolisseur avec un politicien français, républicain doctrinaire, qui voulut voir cet homme et le trouva dans une brasserie tumultueuse, assis au milieu de disciples, sec, ridé, riant d'un inoubliable rire, mordant et déchirant les idées et les croyances d'une seule parole, comme un chien d'un coup de dent déchire les tissus avec lesquels il joue.

Il me répéta le mot de ce Français[1], s'en allant effaré, épouvanté et s'écriant :

« J'ai cru passer une heure avec le diable. »

Puis il ajouta :

« Il avait, en effet, monsieur, un effrayant sourire qui nous fit peur, même après sa mort. C'est une anecdote presque inconnue que je peux vous conter si elle vous intéresse. »

Et il commença, d'une voix fatiguée, que des quintes de toux interrompaient par moments :

« Schopenhauer venait de mourir, et il fut décidé que nous le veillerions tour à tour, deux par deux, jusqu'au matin.

« Il était couché dans une grande chambre très simple, vaste et sombre. Deux bougies brûlaient sur la table de nuit.

« C'est à minuit que je pris la garde, avec un de nos camarades. Les deux amis que nous remplacions sortirent, et nous vînmes nous asseoir au pied du lit.

« La figure n'était point changée. Elle riait. Ce pli que nous connaissions si bien se creusait au coin des lèvres, et il nous semblait qu'il allait ouvrir les yeux, remuer, parler. Sa pensée ou plutôt ses pensées nous enveloppaient ; nous nous sentions plus que jamais dans l'atmosphère de son génie, envahis, possédés par lui. Sa domination nous semblait même plus souveraine maintenant qu'il était mort. Un mystère se mêlait à la puissance de cet incomparable esprit.

« Le corps de ces hommes-là disparaît, mais ils restent, eux ; et, dans la nuit qui suit l'arrêt de leur cœur, je vous assure, monsieur, qu'ils sont effrayants.

« Et tout bas, nous parlions de lui, nous rappelant des paroles, des formules, ces surprenantes maximes qui semblent des lumières jetées, par quelques mots, dans les ténèbres de la Vie inconnue.

« — Il me semble qu'il va parler », dit mon camarade. Et nous regardions, avec une inquiétude touchant à la peur, le visage immobile et riant toujours.

« Peu à peu nous nous sentions mal à l'aise, oppressés, défaillants. Je balbutiai :

« — Je ne sais pas ce que j'ai, mais je t'assure « que je suis malade. »

« Et nous nous aperçûmes alors que le cadavre sentait mauvais.

« Alors mon compagnon me proposa de passer

dans la chambre voisine, en laissant la porte ouverte ; et j'acceptai.

« Je pris une des bougies qui brûlaient sur la table de nuit et je laissai la seconde, et nous allâmes nous asseoir à l'autre bout de l'autre pièce, de façon à voir de notre place le lit et le mort, en pleine lumière.

« Mais il nous obsédait toujours ; on eût dit que son être immatériel, dégagé, libre, tout-puissant et dominateur, rôdait autour de nous. Et parfois aussi l'odeur infâme du corps décomposé nous arrivait, nous pénétrait, écœurante et vague.

« Tout à coup, un frisson nous passa dans les os : un bruit, un petit bruit était venu de la chambre du mort. Nos regards furent aussitôt sur lui, et nous vîmes, oui, monsieur, nous vîmes parfaitement, l'un et l'autre, quelque chose de blanc courir sur le lit, tomber à terre sur le tapis, et disparaître sous un fauteuil.

« Nous fûmes debout avant d'avoir eu le temps de penser à rien, fous d'une terreur stupide, prêts à fuir. Puis nous nous sommes regardés. Nous étions horriblement pâles. Nos cœurs battaient à soulever le drap de nos habits. Je parlai le premier.

« — Tu as vu ?...

« — Oui, j'ai vu.

« — Est-ce qu'il n'est pas mort ?

« — Mais puisqu'il entre en putréfaction ?

« — Qu'allons-nous faire ? »

« Mon compagnon prononça en hésitant :

« — Il faut aller voir. »

« Je pris notre bougie, et j'entrai le premier, fouillant de l'œil toute la grande pièce aux coins noirs. Rien ne remuait plus ; et je m'approchai du lit. Mais je demeurai saisi de stupeur et d'épouvante : Schopenhauer ne riait plus ! Il grimaçait d'une hor-

rible façon, la bouche serrée, les joues creusées profondément. Je balbutiai :

« — Il n'est pas mort ! »

« Mais l'odeur épouvantable me montait au nez, me suffoquait. Et je ne remuais plus, le regardant fixement, effaré comme devant une apparition.

« Alors mon compagnon, ayant pris l'autre bougie, se pencha. Puis il me toucha le bras sans dire un mot. Je suivis son regard, et j'aperçus à terre, sous le fauteuil à côté du lit, tout blanc sur le sombre tapis, ouvert comme pour mordre, le râtelier de Schopenhauer.

« Le travail de la décomposition, desserrant les mâchoires, l'avait fait jaillir de la bouche.

« J'ai eu vraiment peur ce jour-là, monsieur. »

Et, comme le soleil s'approchait de la mer étincelante, l'Allemand phtisique se leva, me salua, et regagna l'hôtel.

LA SERRE[1]

M. ET MME LEREBOUR avaient le même âge. Mais
monsieur paraissait plus jeune, bien qu'il fût le plus
affaibli des deux. Ils vivaient près de Nantes dans
une jolie campagne qu'ils avaient créée après for-
tune faite en vendant des rouenneries.

La maison était entourée d'un beau jardin conte-
nant basse-cour, kiosque chinois et une petite
serre tout au bout de la propriété. M. Lerebour
était court, rond et jovial, d'une jovialité de bouti-
quier bon vivant. Sa femme, maigre, volontaire et
toujours mécontente, n'était point parvenue à vain-
cre la bonne humeur de son mari. Elle se teignait
les cheveux, lisait parfois des romans qui lui fai-
saient passer des rêves dans l'âme, bien qu'elle
affectât de mépriser ces sortes d'écrits. On la décla-
rait passionnée, sans qu'elle eût jamais rien fait
pour autoriser cette opinion. Mais son époux disait
parfois : « Ma femme, c'est une gaillarde ! » avec un
certain air entendu qui éveillait des suppositions.

Depuis quelques années cependant elle se mon-
trait agressive avec M. Lerebour, toujours irritée et
dure, comme si un chagrin secret et inavouable

l'eût torturée. Une sorte de mésintelligence en résulta. Ils ne se parlaient plus qu'à peine, et madame, qui s'appelait Palmyre, accablait sans cesse monsieur, qui s'appelait Gustave, de compliments désobligeants, d'allusions blessantes, de paroles acerbes, sans raison apparente.

Il courbait le dos, ennuyé mais gai quand même, doué d'un tel fonds de contentement qu'il prenait son parti de ces tracasseries intimes. Il se demandait cependant quelle cause inconnue pouvait aigrir ainsi de plus en plus sa compagne, car il sentait bien que son irritation avait une raison cachée, mais si difficile à pénétrer qu'il y perdait ses efforts.

Il lui demandait souvent : « Voyons, ma bonne, dis-moi ce que tu as contre moi ? Je sens que tu me dissimules quelque chose. »

Elle répondait invariablement : « Mais je n'ai rien, absolument rien. D'ailleurs si j'avais quelque sujet de mécontentement, ce serait à toi de le deviner. Je n'aime pas les hommes qui ne comprennent rien, qui sont tellement mous et incapables qu'il faut venir à leur aide pour qu'ils saisissent la moindre des choses. »

Il murmurait, découragé : « Je vois bien que tu ne veux rien dire. »

Et il s'éloignait en cherchant le mystère.

Les nuits surtout devenaient très pénibles pour lui ; car ils partageaient toujours le même lit, comme on fait dans les bons et simples ménages. Il n'était point alors de vexations dont elle n'usât à son égard. Elle choisissait le moment où ils étaient étendus côte à côte pour l'accabler de ses railleries les plus vives. Elle lui reprochait principalement d'engraisser : « Tu tiens toute la place, tant tu deviens gros. Et tu me sues dans le dos comme du

lard fondu. Si tu crois que cela m'est agréable ! »

Elle le forçait à se relever sous le moindre pré-
texte, l'envoyant chercher en bas un journal qu'elle
avait oublié, ou la bouteille d'eau de fleurs d'oran-
ger qu'il ne trouvait pas, car elle l'avait cachée. Et
elle s'écriait d'un ton furieux et sarcastique : « Tu
devrais pourtant savoir où on trouve ça, grand
nigaud ! » Lorsqu'il avait erré pendant une heure
dans la maison endormie et qu'il remontait les
mains vides, elle lui disait pour tout remercie-
ment : « Allons, recouche-toi, ça te fera maigrir de
te promener un peu, tu deviens flasque comme une
éponge. »

Elle le réveillait à tout moment en affirmant
qu'elle souffrait de crampes d'estomac et exigeait
qu'il lui frictionnât le ventre avec de la flanelle
imbibée d'eau de Cologne. Il s'efforçait de la gué-
rir, désolé de la voir malade, et il proposait d'aller
réveiller Céleste, leur bonne. Alors, elle se fâchait
tout à fait, criant : « Faut-il qu'il soit bête, ce din-
don-là. Allons ! c'est fini, je n'ai plus mal, rendors-
toi grande chiffe. »

Il demandait : « C'est bien sûr que tu ne souffres
plus ? »

Elle lui jetait durement dans la figure : « Oui,
tais-toi, laisse-moi dormir. Ne m'embête pas davan-
tage. Tu es incapable de rien faire, même de fric-
tionner une femme. »

Il se désespérait : « Mais... ma chérie... »

Elle s'exaspérait : « Pas de mais... Assez, n'est-ce
pas. Fiche-moi la paix, maintenant... »

Et elle se tournait vers le mur.

Or une nuit, elle le secoua si brusquement, qu'il
fit un bond de peur et se trouva sur son séant avec
une rapidité qui ne lui était pas habituelle.

Il balbutia : « Quoi ?... Qu'y a-t-il ?... »

Elle le tenait par le bras et le pinçait à le faire crier. Elle lui souffla dans l'oreille : « J'ai entendu du bruit dans la maison. »

Accoutumé aux fréquentes alertes de Mme Lerebour, il ne s'inquiéta pas outre mesure, et demanda tranquillement : « Quel bruit, ma chérie ? »

Elle tremblait, comme affolée, et répondit : « Du bruit... mais du bruit... des bruits de pas... Il y a quelqu'un. »

Il demeurait incrédule : « Quelqu'un ? Tu crois ? Mais non ; tu dois te tromper. Qui veux-tu que ce soit, d'ailleurs ? »

Elle frémissait : « Qui ?... qui ?... Mais des voleurs, imbécile ! »

Il se renfonça doucement dans ses draps : « Mais non, ma chérie, il n'y a personne, tu as rêvé, sans doute. »

Alors, elle rejeta la couverture et, sautant du lit, exaspérée : « Mais tu es donc aussi lâche qu'incapable ! Dans tous les cas, je ne me laisserai pas massacrer grâce à ta pusillanimité. »

Et saisissant les pinces de la cheminée, elle se porta debout, devant la porte verrouillée, dans une attitude de combat.

Ému par cet exemple de vaillance, honteux peut-être, il se leva à son tour en rechignant, et sans quitter son bonnet de coton, il prit la pelle et se plaça vis-à-vis de sa moitié.

Ils attendirent vingt minutes dans le plus grand silence. Aucun bruit nouveau ne troubla le repos de la maison. Alors, madame, furieuse, regagna son lit en déclarant : « Je suis sûre pourtant qu'il y avait quelqu'un. »

Pour éviter quelque querelle, il ne fit aucune allusion pendant le jour à cette panique.

Mais, la nuit suivante, Mme Lerebour réveilla

son mari avec plus de violence encore que la veille et, haletante, elle bégayait : « Gustave, Gustave, on vient d'ouvrir la porte du jardin. »

Étonné de cette persistance, il crut sa femme atteinte de somnambulisme et il allait s'efforcer de secouer ce sommeil dangereux quand il lui sembla entendre, en effet, un bruit léger sous les murs de la maison.

Il se leva, courut à la fenêtre, et il vit, oui, il vit une ombre blanche qui traversait vivement une allée.

Il murmura, défaillant : « Il y a quelqu'un ! » Puis il reprit ses sens, s'affermit, et, soulevé tout à coup par une formidable colère de propriétaire dont on a violé la clôture, il prononça : « Attendez, attendez, vous allez voir. »

Il s'élança vers le secrétaire, l'ouvrit, prit son revolver, et se précipita dans l'escalier.

Sa femme éperdue le suivait en criant : « Gustave, Gustave, ne m'abandonne pas, ne me laisse pas seule. Gustave ! Gustave ! »

Mais il ne l'écoutait guère ; il tenait déjà la porte du jardin.

Alors elle remonta bien vite se barricader dans la chambre conjugale.

Elle attendit cinq minutes, dix minutes, un quart d'heure. Une terreur folle l'envahissait. Ils l'avaient tué sans doute, saisi, garrotté, étranglé. Elle eût mieux aimé entendre retentir les six coups de revolver, savoir qu'il se battait, qu'il se défendait. Mais ce grand silence, ce silence effrayant de la campagne la bouleversait.

Elle sonna Céleste. Céleste ne vint pas, ne répondit point. Elle sonna de nouveau, défaillante, prête à perdre connaissance. La maison entière demeura muette.

Elle colla contre la vitre son front brûlant, cherchant à pénétrer les ténèbres du dehors. Elle ne distinguait rien que les ombres plus noires des massifs à côté des traces grises des chemins.

La demie de minuit sonna. Son mari était absent depuis quarante-cinq minutes. Elle ne le reverrait plus ! Non ! certainement elle ne le reverrait plus ! Et elle tomba à genoux en sanglotant.

Deux coups légers contre la porte de la chambre la firent se redresser d'un bond. M. Lerebour l'appelait : « Ouvre donc, Palmyre, c'est moi. » Elle s'élança, ouvrit, et debout devant lui, les poings sur les hanches, les yeux encore pleins de larmes : « D'où viens-tu, sale bête ! Ah ! tu me laisses comme ça à crever de peur toute seule, ah ! tu ne t'inquiètes pas plus de moi que si je n'existais pas... »

Il avait refermé la porte ; et il riait, il riait comme un fou, les deux joues fendues par sa bouche, les mains sur son ventre, les yeux humides.

Mme Lerebour, stupéfaite, se tut.

Il bégayait : « C'était... c'était... Céleste qui avait un... un... un rendez-vous dans la serre... Si tu savais ce que... ce que... ce que j'ai vu... »

Elle était devenue blême, étouffant d'indignation. « Hein ?... tu dis ?... Céleste ?... chez moi ?... dans ma... ma... ma maison... dans ma...ma... dans ma serre. Et tu n'as pas tué l'homme, un complice ! Tu avais un revolver et tu ne l'as pas tué... Chez moi... chez moi... »

Elle s'assit, n'en pouvant plus.

Il battit un entrechat, fit les castagnettes avec ses doigts, claqua de la langue, et, riant toujours : « Si tu savais... si tu savais... »

Brusquement, il l'embrassa.

Elle se débarrassa de lui. Et, la voix coupée par la

colère : « Je ne veux pas que cette fille reste un jour de plus chez moi, tu entends ? Pas un jour... pas une heure. Quand elle va rentrer, nous allons la jeter dehors... »

M. Lerebour avait saisi sa femme par la taille et il lui plantait des rangs de baisers dans le cou, des baisers à bruits, comme jadis. Elle se tut de nouveau, percluse d'étonnement. Mais lui, la tenant à pleins bras, l'entraînait doucement vers le lit...

Vers neuf heures et demie du matin, Céleste, étonnée de ne pas voir encore ses maîtres qui se levaient toujours de bonne heure, vint frapper doucement à leur porte.

Ils étaient couchés, et ils causaient gaiement côte à côte. Elle demeura saisie, et demanda : « Madame, c'est le café au lait. »

Mme Lerebour prononça d'une voix très douce : « Apporte-le ici, ma fille, nous sommes un peu fatigués, nous avons très mal dormi. »

A peine la bonne fut-elle sortie que M. Lerebour se remit à rire en chatouillant sa femme et répétant : « Si tu savais ! Oh ! si tu savais ! » Mais elle lui prit les mains : « Voyons, reste tranquille, mon chéri, si tu ris tant que ça, tu vas te faire du mal. »

Et elle l'embrassa, doucement, sur les yeux.

Mme Lerebour n'a plus d'aigreurs. Par les nuits claires, quelquefois, les deux époux vont, à pas furtifs, le long des massifs et des plates-bandes jusqu'à la petite serre au bout du jardin. Et ils restent là blottis l'un près de l'autre contre le vitrage comme s'ils regardaient au-dedans une chose étrange et pleine d'intérêt.

Ils ont augmenté les gages de Céleste.

M. Lerebour a maigri.

UN DUEL[1]

La guerre était finie ; les Allemands occupaient la France ; le pays palpitait comme un lutteur vaincu tombé sous le genou du vainqueur.

De Paris affolé, affamé, désespéré, les premiers trains sortaient, allant aux frontières nouvelles, traversant avec lenteur les campagnes et les villages. Les premiers voyageurs regardaient par les portières les plaines ruinées et les hameaux incendiés. Devant les portes des maisons restées debout, des soldats prussiens, coiffés du casque noir à la pointe de cuivre, fumaient leur pipe, à cheval sur des chaises. D'autres travaillaient ou causaient comme s'ils eussent fait partie des familles. Quand on passait les villes, on voyait des régiments entiers manœuvrant sur les places, et, malgré le bruit des roues, les commandements rauques arrivaient par instants.

M. Dubuis, qui avait fait partie de la garde nationale de Paris pendant toute la durée du siège, allait rejoindre en Suisse sa femme et sa fille, envoyées par prudence à l'étranger, avant l'invasion.

La famine et les fatigues n'avaient point diminué

son gros ventre de marchand riche et pacifique. Il avait subi les événements terribles avec une résignation désolée et des phrases amères sur la sauvagerie des hommes. Maintenant qu'il gagnait la frontière, la guerre finie, il voyait pour la première fois des Prussiens, bien qu'il eût fait son devoir sur les remparts et monté bien des gardes par les nuits froides.

Il regardait avec une terreur irritée ces hommes armés et barbus installés comme chez eux sur la terre de France, et il se sentait à l'âme une sorte de fièvre de patriotisme impuissant en même temps que ce grand besoin, que cet instinct nouveau de prudence qui ne nous a plus quittés.

Dans son compartiment, deux Anglais, venus pour voir, regardaient de leurs yeux tranquilles et curieux. Ils étaient gros aussi tous deux et causaient en leur langue, parcourant parfois leur guide, qu'ils lisaient à haute voix en cherchant à bien reconnaître les lieux indiqués.

Tout à coup, le train s'étant arrêté à la gare d'une petite ville, un officier prussien monta avec son grand bruit de sabre sur le double marchepied du wagon. Il était grand, serré dans son uniforme et barbu jusqu'aux yeux. Son poil roux semblait flamber, et ses longues moustaches, plus pâles, s'élançaient des deux côtés du visage qu'elles coupaient en travers.

Les Anglais aussitôt se mirent à le contempler avec des sourires de curiosité satisfaite, tandis que M. Dubuis faisait semblant de lire un journal. Il se tenait blotti dans son coin, comme un voleur en face d'un gendarme.

Le train se remit en marche. Les Anglais continuaient à causer, à chercher les lieux précis des batailles ; et soudain, comme l'un d'eux tendait le

bras vers l'horizon en indiquant un village, l'officier prussien prononça en français, en étendant ses longues jambes et se renversant sur le dos :

« Ché tué touze Français tans ce fillage. Ché bris plus te cent brisonniers. »

Les Anglais, tout à fait intéressés, demandèrent aussitôt :

« Aoh ! comment s'appelé, cette village ? »

Le Prussien répondit : « Pharsbourg. »

Il reprit :

« Ché bris ces bolissons de Français bar les oreilles. »

Et il regardait M. Dubuis en riant orgueilleusement dans son poil.

Le train roulait, traversant toujours des hameaux occupés. On voyait les soldats allemands le long des routes, au bord des champs, debout au coin des barrières, ou causant devant les cafés. Ils couvraient la terre comme les sauterelles d'Afrique.

L'officier tendit la main :

« Si ch'afrais le gommandement, ch'aurais bris Paris, et brûlé tout, et tué tout le monde. Blus de France ! »

Les Anglais, par politesse, répondirent simplement :

« Aoh ! yes. »

Il continua :

« Tans vingt ans, toute l'Europe, toute, abartiendra à nous. La Brusse blus forte que tous. »

Les Anglais, inquiets, ne répondaient plus. Leurs faces, devenues impassibles, semblaient de cire entre leurs longs favoris. Alors l'officier prussien se mit à rire. Et, toujours renversé sur le dos, il blagua. Il blaguait la France écrasée, insultait les ennemis à terre ; il blaguait l'Autriche vaincue naguère ;

il blaguait la défense acharnée et impuissante des départements ; il blaguait les mobiles, l'artillerie inutile. Il annonça que Bismarck allait bâtir une ville de fer avec les canons capturés. Et soudain il mit ses bottes contre la cuisse de M. Dubuis, qui détournait les yeux, rouge jusqu'aux oreilles.

Les Anglais semblaient devenus indifférents à tout, comme s'ils s'étaient trouvés brusquement renfermés dans leur île, loin des bruits du monde.

L'officier tira sa pipe et, regardant fixement le Français :

« Vous n'auriez bas de tabac ? »

M. Dubuis répondit :

« Non, monsieur ! »

L'Allemand reprit :

« Je fous brie t'aller en acheter gand le gonvoi s'arrêtera. »

Et il se mit à rire de nouveau :

« Je vous tonnerai un bourboire. »

Le train siffla, ralentissant sa marche. On passait devant les bâtiments incendiés d'une gare ; puis on s'arrêta tout à fait.

L'Allemand ouvrit la portière et, prenant par le bras M. Dubuis :

« Allez faire ma gommission, fite, fite ! »

Un détachement prussien occupait la station. D'autres soldats regardaient, debout le long des grilles de bois. La machine déjà sifflait pour repartir. Alors, brusquement, M. Dubuis s'élança sur le quai et, malgré les gestes du chef de gare, il se précipita dans le compartiment voisin.

Il était seul ! Il ouvrit son gilet, tant son cœur battait, et il s'essuya le front, haletant.

Le train s'arrêta de nouveau dans une station. Et tout à coup l'officier parut à la portière et monta,

suivi bientôt des deux Anglais que la curiosité poussait. L'Allemand s'assit en face du Français et, riant toujours :

« Fous n'afez pas foulu faire ma gommission. »

M. Dubuis répondit :

« Non, monsieur ! »

Le train venait de repartir.

L'officier dit :

« Che fais gouper fotre moustache pour bourrer ma pipe. »

Et il avança la main vers la figure de son voisin.

Les Anglais, toujours impassibles, regardaient de leurs yeux fixes.

Déjà, l'Allemand avait pris une pincée de poils et tirait dessus, quand M. Dubuis d'un revers de main lui releva le bras et, le saisissant au collet, le rejeta sur la banquette. Puis, fou de colère, les tempes gonflées, les yeux pleins de sang, l'étranglant toujours d'une main, il se mit avec l'autre, fermée, à lui taper furieusement des coups de poing par la figure. Le Prussien se débattait, tâchait de tirer son sabre, d'étreindre son adversaire couché sur lui. Mais M. Dubuis l'écrasait du poids énorme de son ventre, et tapait, tapait sans repos, sans prendre haleine, sans savoir où tombaient ses coups. Le sang coulait ; l'Allemand, étranglé, râlait, crachait ses dents, essayait, mais en vain, de rejeter ce gros homme exaspéré, qui l'assommait.

Les Anglais s'étaient levés et rapprochés pour mieux voir. Ils se tenaient debout, pleins de joie et de curiosité, prêts à parier pour ou contre chacun des combattants.

Et soudain M. Dubuis, épuisé par un pareil effort, se releva et se rassit sans dire un mot.

Le Prussien ne se jeta pas sur lui, tant il demeu-

rait effaré, stupide d'étonnement et de douleur. Quand il eut repris haleine, il prononça :

« Si fous ne foulez pas me rentre raison avec le bistolet, che vous tuerai. »

M. Dubuis répondit :

« Quand vous voudrez. Je veux bien. »

L'Allemand reprit :

« Foici la fille de Strasbourg, che brendrai deux officiers bour témoins, ché le temps avant que le train rebarte. »

M. Dubuis, qui soufflait autant que la machine, dit aux Anglais :

« Voulez-vous être mes témoins ? »

Tous deux répondirent ensemble :

« Aoh yes ! »

Et le train s'arrêta.

En une minute, le Prussien avait trouvé deux camarades qui apportèrent des pistolets, et on gagna les remparts.

Les Anglais sans cesse tiraient leur montre, pressant le pas, hâtant les préparatifs, inquiets de l'heure pour ne point manquer le départ.

M. Dubuis n'avait jamais tenu un pistolet. On le plaça à vingt pas de son ennemi. On lui demanda :

« Êtes-vous prêt ? »

En répondant « oui, monsieur », il s'aperçut qu'un des Anglais avait ouvert son parapluie pour se garantir du soleil.

Une voix commanda :

« Feu ! »

M. Dubuis tira, au hasard, sans attendre, et il aperçut avec stupeur le Prussien debout en face de lui qui chancelait, levait les bras et tombait raide sur le nez. Il l'avait tué.

Un Anglais cria un « Aoh » vibrant de joie, de

curiosité satisfaite et d'impatience heureuse.
L'autre, qui tenait toujours sa montre à la main,
saisit M. Dubuis par le bras, et l'entraîna, au pas
gymnastique, vers la gare.

Le premier Anglais marquait le pas, tout en cou-
rant, les poings fermés, les coudes au corps.

« Une, deux ! une, deux ! »

Et tous trois de front trottaient, malgré leurs ven-
tres, comme trois grotesques d'un journal pour
rire.

Le train partait. Ils sautèrent dans leur voiture.
Alors, les Anglais, ôtant leurs toques de voyage, les
levèrent en les agitant, puis, trois fois de suite, ils
crièrent :

« Hip, hip, hip, hurrah ! »

Puis, ils tendirent gravement, l'un après l'autre,
la main droite à M. Dubuis, et ils retournèrent
s'asseoir côte à côte dans leur coin.

UNE SOIRÉE[1]

Maître Saval, notaire à Vernon, aimait passionné-
ment la musique. Jeune encore, chauve déjà, rasé
toujours avec soin, un peu gros, comme il sied,
portant un pince-nez d'or au lieu des antiques lu-
nettes, actif, galant et joyeux, il passait dans Vernon
pour un artiste. Il touchait du piano et jouait du
violon, donnait des soirées musicales où l'on inter-
prétait les opéras nouveaux.

Il avait même ce qu'on appelle un filet de voix,
rien qu'un filet, un tout petit filet ; mais il le con-
duisait avec tant de goût que les « Bravo ! Exquis !
Surprenant ! Adorable ! » jaillissaient de toutes les
bouches, dès qu'il avait murmuré la dernière note.

Il était abonné chez un éditeur de musique de
Paris, qui lui adressait les nouveautés, et il envoyait
de temps en temps à la haute société de la ville des
petits billets ainsi tournés :

« Vous êtes prié d'assister, lundi soir, chez maître
Saval, notaire, à la première audition, à Vernon, du
Saïs. »

Quelques officiers, doués de jolies voix, faisaient
les chœurs. Deux ou trois dames du cru chantaient
aussi. Le notaire remplissait le rôle de chef d'or-

chestre avec tant de sûreté, que le chef de musique du 190e de ligne avait dit de lui, un jour, au café de l'Europe :

« Oh ! maître Saval, c'est un maître. Il est bien malheureux qu'il n'ait pas embrassé la carrière des arts. »

Quand on citait son nom dans un salon, il se trouvait toujours quelqu'un pour déclarer :

« Ce n'est pas un amateur, c'est un artiste, un véritable artiste. »

Et deux ou trois personnes répétaient, avec une conviction profonde :

« Oh ! oui, un véritable artiste » ; en appuyant beaucoup sur « véritable ».

Chaque fois qu'une œuvre nouvelle était interprétée sur une grande scène de Paris, maître Saval faisait le voyage.

Or, l'an dernier, il voulut, selon sa coutume, aller entendre *Henri VIII*. Il prit donc l'express qui arrive à Paris à quatre heures et trente minutes, étant résolu à repartir par le train de minuit trente-cinq, pour ne point coucher à l'hôtel. Il avait endossé chez lui la tenue de soirée, habit noir et cravate blanche, qu'il dissimulait sous son pardessus au col relevé.

Dès qu'il eut mis le pied rue d'Amsterdam, il se sentit tout joyeux. Il se disait :

« Décidément l'air de Paris ne ressemble à aucun air. Il a un je ne sais quoi de montant, d'excitant, de grisant, qui vous donne une drôle d'envie de gambader et de faire bien autre chose encore. Dès que je débarque ici, il me semble, tout d'un coup, que je viens de boire une bouteille de champagne. Quelle vie on pourrait mener dans cette ville, au milieu des artistes ! Heureux les élus, les grands hommes qui jouissent de la renommée dans

une pareille ville ! Quelle existence est la leur ! »

Et il faisait des projets ; il aurait voulu connaître quelques-uns de ces hommes célèbres, pour parler d'eux à Vernon et passer de temps en temps une soirée chez eux lorsqu'il venait à Paris.

Mais tout à coup une idée le frappa. Il avait entendu citer de petits cafés du boulevard extérieur, où se réunissaient des peintres déjà connus, des hommes de lettres, même des musiciens, et il se mit à monter vers Montmartre d'un pas lent.

Il avait deux heures devant lui. Il voulait voir. Il passa devant les brasseries fréquentées par les derniers bohèmes, regardant les têtes, cherchant à deviner les artistes. Enfin il entra au Rat-Mort, alléché par le titre.

Cinq ou six femmes accoudées sur les tables de marbre parlaient bas de leurs affaires d'amour, des querelles de Lucie avec Hortense, de la gredinerie d'Octave. Elles étaient mûres, trop grasses ou trop maigres, fatiguées, usées. On les devinait presque chauves ; et elles buvaient des bocks, comme des hommes.

Maître Saval s'assit loin d'elles, et attendit, car l'heure de l'absinthe approchait.

Un grand jeune homme vint bientôt se placer près de lui. La patronne l'appela « M. Romantin ». Le notaire tressaillit. Est-ce ce Romantin qui venait d'avoir une première médaille au dernier Salon ?

Le jeune homme, d'un geste, fit venir le garçon :

« Tu vas me donner à dîner tout de suite, et puis tu porteras à mon nouvel atelier, 15, boulevard de Clichy, trente bouteilles de bière et le jambon que j'ai commandé ce matin. Nous allons pendre la crémaillère. »

Maître Saval, aussitôt, se fit servir à dîner. Puis il ôta son pardessus, montrant un habit et sa cravate blanche.

Son voisin ne paraissait point le remarquer. Il avait pris un journal et lisait. Maître Saval le regardait de côté, brûlant du désir de lui parler.

Deux jeunes hommes entrèrent, vêtus de vestes de velours rouge, et portant des barbes en pointe à la Henri III. Ils s'assirent en face de Romantin.

Le premier dit :

« C'est pour ce soir ? »

Romantin lui serra la main :

« Je te crois, mon vieux, et tout le monde y sera. J'ai Bonnat, Guillemet, Gervex, Béraud, Hébert, Duez, Clairin, Jean-Paul Laurens ; ce sera une fête épatante. Et des femmes, tu verras ! Toutes les actrices sans exception, toutes celles qui n'ont rien à faire ce soir, bien entendu. »

Le patron de l'établissement s'était approché.

« Vous la pendez souvent, cette crémaillère ? »

Le peintre répondit :

« Je vous crois, tous les trois mois, à chaque terme. »

Maître Saval n'y tint plus et d'une voix hésitante :

« Je vous demande pardon de vous déranger, monsieur, mais j'ai entendu prononcer votre nom et je serais fort désireux de savoir si vous êtes bien M. Romantin dont j'ai tant admiré l'œuvre au dernier Salon. »

L'artiste répondit :

« Lui-même, en personne, monsieur. »

Le notaire alors fit un compliment bien tourné, prouvant qu'il avait des lettres.

Le peintre, séduit, répondit par des politesses. On causa.

Romantin en revint à sa crémaillère, détaillant les magnificences de la fête.

Maître Saval l'interrogea sur tous les hommes qu'il allait recevoir, ajoutant :

« Ce serait pour un étranger une extraordinaire bonne fortune que de rencontrer, d'un seul coup, tant de célébrités réunies chez un artiste de votre valeur. »

Romantin, conquis, répondit :

« Si ça peut vous être agréable, venez. »

Maître Saval accepta avec enthousiasme, pensant :

« J'aurai toujours le temps de voir *Henri VIII*. »

Tous deux avaient achevé leur repas. Le notaire s'acharna à payer les deux notes, voulant répondre aux gracieusetés de son voisin. Il paya aussi les consommations des jeunes gens en velours rouge ; puis il sortit avec son peintre.

Ils s'arrêtèrent devant une maison très longue et peu élevée, dont tout le premier étage avait l'air d'une serre interminable. Six ateliers s'alignaient à la file, en façade sur le boulevard.

Romantin entra le premier, monta l'escalier, ouvrit une porte, alluma une allumette, puis une bougie.

Ils se trouvaient dans une pièce démesurée dont le mobilier consistait en trois chaises, deux chevalets, et quelques esquisses posées par terre, le long des murs. Maître Saval, stupéfait, restait immobile sur la porte.

Le peintre prononça :

« Voilà, nous avons la place ; mais tout est à faire. »

Puis, examinant le haut appartement nu dont le plafond se perdait dans l'ombre, il déclara :

« On pourrait tirer un grand parti de cet atelier. »

Il en fit le tour en le contemplant avec la plus grande attention, puis reprit :

« J'ai bien une maîtresse qui aurait pu nous aider. Pour draper des étoffes, les femmes sont incomparables ; mais je l'ai envoyée à la campagne pour aujourd'hui, afin de m'en débarrasser ce soir. Ce n'est pas qu'elle m'ennuie, mais elle manque par trop d'usage : cela m'aurait gêné pour mes invités. »

Il réfléchit quelques secondes, puis ajouta :

« C'est une bonne fille, mais pas commode. Si elle savait que je reçois du monde, elle m'arracherait les yeux. »

Maître Saval n'avait point fait un mouvement ; il ne comprenait pas.

L'artiste s'approcha de lui.

« Puisque je vous ai invité, vous allez m'aider à quelque chose. »

Le notaire déclara :

« Usez de moi comme vous voudrez. Je suis à votre disposition. »

Romantin ôta sa jaquette.

« Eh bien, citoyen, à l'ouvrage. Nous allons d'abord nettoyer. »

Il alla derrière le chevalet qui portait une toile représentant un chat, et prit un balai très usé.

« Tenez, balayez pendant que je vais me préoccuper de l'éclairage. »

Maître Saval prit le balai, le considéra, et se mit à frotter maladroitement le parquet en soulevant un ouragan de poussière.

Romantin, indigné, l'arrêta :

« Vous ne savez donc pas balayer, sacrebleu ! Tenez, regardez-moi. »

Et il commença à rouler devant lui des tas d'ordure grise, comme s'il n'eût fait que cela

toute sa vie ; puis il rendit le balai au notaire, qui l'imita.

En cinq minutes, une telle fumée de poussière emplissait l'atelier que Romantin demanda :

« Où êtes-vous ? Je ne vous vois plus. »

Maître Saval, qui toussait, se rapprocha. Le peintre lui dit :

« Comment vous y prendriez-vous pour faire un lustre ? »

L'autre, abasourdi, demanda :

« Quel lustre ? »

— Mais un lustre pour éclairer, un lustre avec des bougies. »

Le notaire ne comprenait point. Il répondit :

« Je ne sais pas. »

Le peintre se mit à gambader en jouant des castagnettes avec ses doigts.

« Eh bien ! moi, j'ai trouvé, monseigneur. »

Puis il reprit avec plus de calme :

« Vous avez bien cinq francs sur vous ? »

Maître Saval répondit :

« Mais oui. »

L'artiste reprit :

« Eh bien, vous allez m'acheter pour cinq francs de bougies pendant que je vais aller chez le tonnelier. »

Et il poussa dehors le notaire en habit. Au bout de cinq minutes, ils étaient revenus rapportant, l'un des bougies, l'autre un cercle de futaille. Puis Romantin plongea dans un placard et en tira une vingtaine de bouteilles vides, qu'il attacha en couronne autour du cercle. Il descendit ensuite emprunter une échelle à la concierge, après avoir expliqué qu'il avait obtenu les faveurs de la vieille femme en faisant le portrait de son chat exposé sur le chevalet.

Lorsqu'il fut remonté avec un escabeau, il demanda à Maître Saval :

« Êtes-vous souple ? »

L'autre, sans comprendre, répondit :

« Mais oui.

— Eh bien, vous allez grimper là-dessus et m'attacher ce lustre-là à l'anneau du plafond. Puis vous mettrez une bougie dans chaque bouteille, et vous allumerez. Je vous dis que j'ai le génie de l'éclairage. Mais retirez votre habit, sacrebleu ! vous avez l'air d'un larbin. »

La porte s'ouvrit brutalement ; une femme parut, les yeux brillants, et demeura debout sur le seuil.

Romantin la considérait avec une épouvante dans le regard.

Elle attendit quelques secondes, croisa les bras sur sa poitrine ; puis, d'une voix aiguë, vibrante, exaspérée :

« Ah ! sale mufle, c'est comme ça que tu me lâches ? »

Romantin ne répondit pas. Elle reprit :

« Ah ! gredin. Tu faisais le gentil encore en m'envoyant à la campagne. Tu vas voir un peu comme je vais l'arranger ta fête. Oui, c'est moi qui vas les recevoir, tes amis... »

Elle s'animait :

« Je vas leur en flanquer par la figure des bouteilles et des bougies... »

Romantin prononça d'une voix douce :

« Mathilde... »

Mais elle ne l'écoutait pas. Elle continuait :

« Attends un peu, mon gaillard, attends un peu ! »

Romantin s'approcha, essayant de lui prendre les mains :

« Mathilde... »

Mais elle était lancée, maintenant ; elle allait, vidant sa hotte aux gros mots et son sac aux reproches. Cela coulait de sa bouche comme un ruisseau qui roule des ordures. Les paroles précipitées semblaient se battre pour sortir. Elle bredouillait, bégayait, bafouillait, retrouvant soudain de la voix pour jeter une injure, un juron.

Il lui avait saisi les mains sans qu'elle s'en aperçût ; elle ne semblait même pas le voir, tout occupée à parler, à soulager son cœur. Et soudain elle pleura. Les larmes lui coulaient des yeux sans qu'elle arrêtât le flux de ses plaintes. Mais les mots avaient pris des intonations criardes et fausses, des notes mouillées. Puis des sanglots l'interrompirent. Elle reprit encore deux ou trois fois, arrêtée soudain par un étranglement, et enfin se tut, dans un débordement de larmes.

Alors il la serra dans ses bras, lui baisant les cheveux, attendri lui-même.

« Mathilde, ma petite Mathilde, écoute. Tu vas être bien raisonnable. Tu sais, si je donne une fête, c'est pour remercier ces messieurs pour ma médaille du Salon. Je ne peux pas recevoir de femmes. Tu devrais comprendre ça. Avec les artistes, ça n'est pas comme avec tout le monde. »

Elle balbutia dans ses pleurs :

« Pourquoi ne me l'as-tu pas dit ? »

Il reprit :

« C'était pour ne point te fâcher, ne point te faire de peine. Écoute, je vais te reconduire chez toi. Tu seras bien sage, bien gentille, tu resteras tranquillement à m'attendre dans le dodo et je reviendrai sitôt que ce sera fini. »

Elle murmura :

« Oui, mais tu ne recommenceras pas ?

— Non, je te le jure. »

Il se tourna vers maître Saval, qui venait d'accrocher enfin le lustre :

« Mon cher ami, je reviens dans cinq minutes. Si quelqu'un arrivait en mon absence, faites les honneurs pour moi, n'est-ce pas ? »

Et il entraîna Mathilde, qui s'essuyait les yeux et se mouchait coup sur coup.

Resté seul, maître Saval acheva de mettre de l'ordre autour de lui. Puis il alluma les bougies et attendit.

Il attendit un quart d'heure, une demi-heure, une heure. Romantin ne revenait pas. Puis, tout à coup, ce fut dans l'escalier un bruit effroyable, une chanson hurlée en chœur par vingt bouches, et un pas rythmé comme celui d'un régiment prussien. Les secousses régulières des pieds ébranlaient la maison tout entière. La porte s'ouvrit, une foule parut. Hommes et femmes à la file, se tenant par les bras, deux par deux, et tapant du talon en cadence, s'avancèrent dans l'atelier, comme un serpent qui se déroule. Ils hurlaient :

> Entrez dans mon établissement,
> Bonnes d'enfants et soldats[1] !...

Maître Saval, éperdu, en grande tenue, restait debout sous le lustre. La procession l'aperçut et poussa un hurlement : « Un larbin ! un larbin ! » et se mit à tourner autour de lui, l'enfermant dans un cercle de vociférations. Puis on se prit par la main et on dansa une ronde affolée.

Il essayait de s'expliquer :

« Messieurs... messieurs... mesdames... »

Mais on ne l'écoutait pas. On tournait, on sautait, on braillait.

A la fin la danse s'arrêta.

208

Maître Saval prononça :

« Messieurs... »

Un grand garçon blond et barbu jusqu'au nez lui coupa la parole :

« Comment vous appelez-vous, mon ami ? »

Le notaire, effaré, prononça :

« Je suis maître Saval. »

Une voix cria :

« Tu veux dire Baptiste. »

Une femme dit :

« Laissez-le donc tranquille, ce garçon ; il va se fâcher à la fin. Il est payé pour nous servir et pas pour se faire moquer de lui. »

Alors maître Saval s'aperçut que chaque invité apportait ses provisions. L'un tenait une bouteille et l'autre un pâté. Celui-ci un pain, celui-là un jambon.

Le grand garçon blond lui mit dans les bras un saucisson démesuré et commanda :

« Tiens, va dresser le buffet dans le coin, là-bas. Tu mettras les bouteilles à gauche et les provisions à droite. »

Saval, perdant la tête, s'écria :

« Mais, messieurs, je suis un notaire ! »

Il y eut un instant de silence, puis un rire fou. Un monsieur soupçonneux demanda :

« Comment êtes-vous ici ? »

Il s'expliqua, raconta son projet d'écouter l'Opéra, son départ de Vernon, son arrivée à Paris, toute sa soirée.

On s'était assis autour de lui pour l'écouter ; on lui lançait des mots ; on l'appelait Schéhérazade.

Romantin ne revenait pas. D'autres invités arrivaient. On leur présentait maître Saval pour qu'il recommençât son histoire. Il refusait, on le forçait à raconter ; on l'attacha sur une des trois chaises,

entre deux femmes qui lui versaient sans cesse à boire. Il buvait, il riait, il parlait, il chantait aussi. Il voulut danser avec sa chaise, il tomba.

A partir de ce moment, il oublia tout. Il lui sembla pourtant qu'on le déshabillait, qu'on le couchait, et qu'il avait mal au cœur.

Il faisait grand jour quand il s'éveilla, étendu, au fond d'un placard, dans un lit qu'il ne connaissait pas.

Une vieille femme, un balai à la main, le regardait d'un air furieux. A la fin, elle prononça :

« Salop, va ! Salop ! Si c'est permis de se soûler comme ça ! »

Il s'assit sur son séant, il se sentait mal à son aise. Il demanda :

« Où suis-je ?

— Où vous êtes, salop ? Vous êtes gris. Allez-vous bientôt décaniller, et plus vite que ça ! »

Il voulut se lever. Il était nu dans ce lit. Ses habits avaient disparu. Il prononça :

« Madame, je... ! »

Puis il se souvint... Que faire ? Il demanda :

« M. Romantin n'est pas rentré ? »

La concierge vociféra :

« Voulez-vous bien décaniller, qu'il ne vous trouve pas ici au moins ! »

Maître Saval confus déclara :

« Je n'ai plus mes habits. On me les a pris. »

Il dut attendre, expliquer son cas, prévenir des amis, emprunter de l'argent pour se vêtir. Il ne repartit que le soir.

Et quand on parle musique chez lui, dans son beau salon de Vernon, il déclare avec autorité que la peinture est un art fort inférieur.

LE VENGEUR[1]

Quand M. Antoine Leuillet épousa Mme veuve Mathilde Souris, il était amoureux d'elle depuis bientôt dix ans.

M. Souris avait été son ami, son vieux camarade de collège. Leuillet l'aimait beaucoup, mais le trouvait un peu godiche. Il disait souvent : « Ce pauvre Souris n'a pas inventé la poudre. »

Quand Souris épousa Mlle Mathilde Duval, Leuillet fut surpris et un peu vexé, car il avait pour elle un léger béguin. C'était la fille d'une voisine, ancienne mercière retirée avec une toute petite fortune. Elle était jolie, fine, intelligente. Elle prit Souris pour son argent.

Alors Leuillet eut d'autres espoirs. Il fit la cour à la femme de son ami. Il était bien de sa personne, pas bête, riche aussi. Il se croyait sûr du succès ; il échoua. Alors il devint amoureux tout à fait, un amoureux que son intimité avec le mari rendait discret, timide, embarrassé. Mme Souris crut qu'il ne pensait plus à elle avec des idées entreprenantes et devint franchement son amie. Cela dura neuf ans.

Or, un matin, un commissionnaire apporta à Leuillet un mot éperdu de la pauvre femme. Souris

211

venait de mourir subitement de la rupture d'un anévrisme.

Il eut une secousse épouvantable, car ils étaient du même âge, mais presque aussitôt une sensation de joie profonde, de soulagement infini, de délivrance lui pénétra le corps et l'âme. Mme Souris était libre.

Il sut montrer cependant l'air affligé qu'il fallait, il attendit le temps voulu, observa toutes les convenances. Au bout de quinze mois, il épousa la veuve.

On jugea cet acte naturel et même généreux. C'était le fait d'un bon ami et d'un honnête homme.

Il fut heureux, enfin, tout à fait heureux.

Ils vécurent dans la plus cordiale intimité, s'étant compris et appréciés du premier coup. Ils n'avaient rien de secret l'un pour l'autre et se racontaient leurs plus intimes pensées. Leuillet aimait sa femme maintenant d'un amour tranquille et confiant, il l'aimait comme une compagne tendre et dévouée qui est une égale et une confidente. Mais il lui restait à l'âme une singulière et inexplicable rancune contre feu Souris qui avait possédé cette femme le premier, qui avait eu la fleur de sa jeunesse et de son âme, qui l'avait même un peu dépoétisée. Le souvenir du mari mort gâtait la félicité du mari vivant; et cette jalousie posthume harcelait maintenant jour et nuit le cœur de Leuillet.

Il en arrivait à parler sans cesse de Souris, à demander sur lui mille détails intimes et secrets, à vouloir tout connaître de ses habitudes et de sa personne. Et il le poursuivait de railleries jusqu'au fond de son tombeau, rappelant avec complaisance

ses travers, insistant sur ses ridicules, appuyant sur ses défauts.

A tout moment il appelait sa femme, d'un bout à l'autre de la maison :

« Hé ! Mathilde ?

— Voilà, mon ami.

— Viens me dire un mot. »

Elle arrivait toujours souriante, sachant bien qu'on allait parler de Souris et flattant cette manie inoffensive de son nouvel époux.

« Dis donc, te rappelles-tu un jour où Souris a voulu me démontrer comme quoi les petits hommes sont toujours plus aimés que les grands ? »

Et il se lançait en des réflexions désagréables pour le défunt qui était petit, et discrètement avantageuses pour lui, Leuillet, qui était grand.

Et Mme Leuillet lui laissait entendre qu'il avait bien raison, bien raison ; et elle riait de tout son cœur, se moquant doucement de l'ancien époux pour le plus grand plaisir du nouveau qui finissait toujours par ajouter :

« C'est égal, ce Souris, quel godiche. »

Ils étaient heureux, tout à fait heureux. Et Leuillet ne cessait de prouver à sa femme son amour inapaisé par toutes les manifestations d'usage.

Or, une nuit, comme ils ne parvenaient point à s'endormir, émus tous deux par un regain de jeunesse, Leuillet qui tenait sa femme étroitement serrée en ses bras et qui l'embrassait à pleines lèvres, lui demanda tout à coup :

« Dis donc, chérie.

— Hein ?

— Souris... c'est difficile ce que je vais te demander... Souris était-il bien... bien amoureux ? »

Elle lui rendit un gros baiser, et murmura : « Pas tant que toi, mon chat. »

Il fut flatté dans son amour-propre d'homme et reprit : « Il devait être... godiche... dis ? »

Elle ne répondit pas. Elle eut seulement un petit rire de malice en cachant sa figure dans le cou de son mari.

Il demanda : « Il devait être très godiche, et pas... pas... comment dirais-je... pas habile ? »

Elle fit de la tête un léger mouvement qui signifiait : « Non... pas habile du tout. »

Il reprit : « Il devait bien t'ennuyer, la nuit, hein ? »

Elle eut, cette fois, un accès de franchise en répondant : « Oh ! oui ! »

Il l'embrassa de nouveau pour cette parole et murmura : « Quelle brute c'était ! Tu n'étais pas heureuse avec lui ? »

Elle répondit : « Non. Ça n'était pas gai tous les jours. »

Leuillet se sentit enchanté, établissant en son esprit une comparaison toute à son avantage entre l'ancienne situation de sa femme et la nouvelle.

Il demeura quelque temps sans parler, puis il eut une secousse de gaieté et demanda :

« Dis donc ?

— Quoi ?

— Veux-tu être bien franche, bien franche avec moi ?

— Mais oui, mon ami.

— Eh bien, là, vrai, est-ce que tu n'as jamais eu la tentation de le... de le... de le tromper, cet imbécile de Souris ? »

Mme Leuillet fit un petit « Oh ! » de pudeur et se cacha encore plus étroitement dans la poitrine de son mari. Mais il s'aperçut qu'elle riait.

Il insista : « Là, vraiment, avoue-le ? Il avait si bien une tête de cocu, cet animal-là ! Ce serait si drôle,

si drôle ! Ce bon Souris. Voyons, voyons, ma chérie, tu peux bien me dire ça, à moi, à moi, surtout. »

Il insistait sur « à moi », pensant bien que si elle avait eu quelque goût pour tromper Souris, c'est avec lui, Leuillet, qu'elle l'aurait fait ; et il frémissait de plaisir dans l'attente de cet aveu, sûr que, si elle n'avait pas été la femme vertueuse qu'elle était, il l'aurait obtenue alors.

Mais elle ne répondait pas, riant toujours comme au souvenir d'une chose infiniment comique.

Leuillet, à son tour, se mit à rire à cette pensée qu'il aurait pu faire Souris cocu ! Quel bon tour ! Quelle belle farce ! Ah ! oui, la bonne farce, vraiment !

Il balbutiait, tout secoué par sa joie : « Ce pauvre Souris, ce pauvre Souris, ah oui, il en avait la tête ; ah ! oui, ah ! oui. »

Mme Leuillet maintenant se tordait sous les draps, riant à pleurer, poussant presque des cris.

Et Leuillet répétait : « Allons, avoue-le, avoue-le. Sois franche. Tu comprends bien que ça ne peut pas m'être désagréable, à moi. »

Alors elle balbutia, en étouffant : « Oui, oui. »

Son mari insistait : « Oui, quoi ? voyons, dis tout. »

Elle ne rit plus que d'une façon discrète et, haussant la bouche jusqu'aux oreilles de Leuillet qui s'attendait à une agréable confidence, elle murmura : « Oui... je l'ai trompé. »

Il sentit un frisson de glace qui lui courut jusque dans les os, et bredouilla, éperdu : « Tu... tu... l'as... trompé... tout à fait ? »

Elle crut encore qu'il trouvait la chose infiniment plaisante et répondit : « Oui... tout à fait... tout à fait. »

Il fut obligé de s'asseoir dans le lit tant il se sen-

tit saisi, la respiration coupée, bouleversé comme s'il venait d'apprendre qu'il était lui-même cocu.

Il ne dit rien d'abord ; puis, au bout de quelques secondes, il prononça simplement : « Ah ! »

Elle avait aussi cessé de rire, comprenant trop tard sa faute.

Leuillet, enfin, demanda : « Et avec qui ? »

Elle demeura muette, cherchant une argumentation.

Il reprit : « Avec qui ? »

Elle dit enfin : « Avec un jeune homme. »

Il se tourna vers elle brusquement, et, d'une voix sèche : « Je pense bien que ce n'est pas avec une cuisinière. Je te demande quel jeune homme, entends-tu ? »

Elle ne répondit rien. Il saisit le drap dont elle se couvrait la tête et le rejeta au milieu du lit, répétant :

« Je veux savoir avec quel jeune homme, entends-tu ? »

Alors elle prononça péniblement : « Je voulais rire. »

Mais il frémissait de colère : « Quoi ? Comment ? Tu voulais rire ? Tu te moquais de moi, alors ? Mais je ne me paye pas de ces défaites-là, entends-tu ? Je te demande le nom du jeune homme ? »

Elle ne répondit pas, demeurant sur le dos, immobile.

Il lui prit le bras qu'il serra vivement : « M'entends-tu, à la fin ? Je prétends que tu me répondes quand je te parle. »

Alors elle prononça nerveusement : « Je crois que tu deviens fou, laisse-moi tranquille ! »

Il tremblait de fureur, ne sachant plus que dire, exaspéré, et il la secouait de toute sa force, répétant : « M'entends-tu ? m'entends-tu ? »

Elle fit pour se dégager un geste brusque, et du bout des doigts atteignit le nez de son mari. Il eut une rage, se croyant frappé, et d'un élan il se rua sur elle.

Il la tenait maintenant sous lui, la giflant de toute sa force et criant : « Tiens, tiens, tiens, voilà, voilà, gueuse, catin ! catin ! »

Puis quand il fut essoufflé, à bout d'énergie, il se leva, et se dirigea vers la commode pour se préparer un verre d'eau sucrée à la fleur d'oranger, car il se sentait brisé à défaillir.

Et elle pleurait au fond du lit, poussant de gros sanglots, sentant tout son bonheur fini, par sa faute.

Alors, au milieu des larmes, elle balbutia : « Écoute, Antoine, viens ici, je t'ai menti, tu vas comprendre, écoute. »

Et, prête à la défense maintenant, armée de raisons et de ruses, elle souleva un peu sa tête ébouriffée dans son bonnet chaviré.

Et lui, se tournant vers elle, s'approcha, honteux d'avoir frappé, mais sentant vivre au fond de son cœur de mari une haine inépuisable contre cette femme qui avait trompé l'autre, Souris.

L'ATTENTE[1]

On causait, entre hommes, après dîner, dans le fumoir. On parlait de successions inattendues, d'héritages bizarres. Alors maître Le Brument, qu'on appelait tantôt l'illustre maître, tantôt l'illustre avocat, vint s'adosser à la cheminée.

« J'ai, dit-il, à rechercher en ce moment un héritier disparu dans des circonstances particulièrement terribles. C'est là un de ces drames simples et féroces de la vie commune ; une histoire qui peut arriver tous les jours, et qui est cependant une des plus épouvantables que je connaisse. La voici :

« Je fus appelé, voici à peu près six mois, auprès d'une mourante. Elle me dit :

« — Monsieur, je voudrais vous charger de la « mission la plus délicate, la plus difficile et la plus « longue qui soit. Prenez, s'il vous plaît, connais- « sance de mon testament, là, sur cette table. Une « somme de cinq mille francs vous est léguée, « comme honoraires, si vous ne réussissez pas, et « de cent mille francs si vous réussissez. Il faut « retrouver mon fils après ma mort. »

« Elle me pria de l'aider à s'asseoir dans son lit,

pour parler plus facilement, car sa voix saccadée, essoufflée, sifflait dans sa gorge.

« Je me trouvais dans une maison fort riche. La chambre luxueuse, d'un luxe simple, était capitonnée avec des étoffes épaisses comme des murs, si douces à l'œil qu'elles donnaient une sensation de caresse, si muettes que les paroles semblaient y entrer, y disparaître, y mourir.

« L'agonisante reprit :

« — Vous êtes le premier être à qui je vais dire
« mon horrible histoire. Je tâcherai d'avoir la force
« d'aller jusqu'au bout. Il faut que vous n'ignoriez
« rien pour avoir, vous que je sais être un homme
« de cœur en même temps qu'un homme du
« monde, le désir sincère de m'aider de tout votre
« pouvoir.

« Écoutez-moi.

« Avant mon mariage, j'avais aimé un jeune homme dont ma famille repoussa la demande, parce qu'il n'était pas assez riche. J'épousai, peu de temps après, un homme fort riche. Je l'épousai par ignorance, par crainte, par obéissance, par nonchalance, comme épousent les jeunes filles.

« J'en eus un enfant, un garçon. Mon mari mourut au bout de quelques années.

« Celui que j'avais aimé s'était marié à son tour. Quand il me vit veuve, il éprouva une horrible douleur de n'être plus libre. Il me vint voir, il pleura et sanglota devant moi à me briser le cœur. Il devint mon ami. J'aurais dû, peut-être, ne le pas recevoir. Que voulez-vous ? j'étais seule, si triste, si seule, si désespérée ! Et je l'aimais encore. Comme on souffre, parfois !

« Je n'avais que lui au monde, mes parents étant morts aussi. Il venait souvent ; il passait des soirs entiers auprès de moi. Je n'aurais pas dû le laisser

venir si souvent, puisqu'il était marié. Mais je n'avais pas la force de l'en empêcher.

« Que vous dirai-je ?... il devint mon amant ! Comment cela s'est-il fait ? Est-ce que je le sais ? Est-ce qu'on sait ! Croyez-vous qu'il puisse en être autrement quand deux créatures humaines sont poussées l'une vers l'autre par cette force irrésistible de l'amour partagé ? Croyez-vous, monsieur, qu'on puisse toujours résister, toujours lutter, toujours refuser ce que demande avec des prières, des supplications, des larmes, des paroles affolantes, des agenouillements, des emportements de passion, l'homme qu'on adore, qu'on voudrait voir heureux en ses moindres désirs, qu'on voudrait accabler de toutes les joies possibles et qu'on désespère, pour obéir à l'honneur du monde ? Quelle force il faudrait, quel renoncement au bonheur, quelle abnégation, et même quel égoïsme d'honnêteté, n'est-il pas vrai ?

« Enfin, monsieur, je fus sa maîtresse ; et je fus heureuse. Pendant douze ans, je fus heureuse. J'étais devenue, et c'est là ma plus grande faiblesse et ma grande lâcheté, j'étais devenue l'amie de sa femme.

« Nous élevions mon fils ensemble, nous en faisions un homme, un homme véritable, intelligent, plein de sens et de volonté, d'idées généreuses et larges. L'enfant atteignit dix-sept ans.

« Lui, le jeune homme, aimait mon... mon amant presque autant que je l'aimais moi-même, car il avait été également chéri et soigné par nous deux. Il l'appelait : « Bon ami » et le respectait infiniment, n'ayant jamais reçu de lui que des enseignements sages et des exemples de droiture, d'honneur et de probité. Il le considérait comme un vieux, loyal et dévoué camarade de sa mère, comme une

sorte de père moral, de tuteur, de protecteur, que sais-je ?

« Peut-être ne s'était-il jamais rien demandé, accoutumé dès son plus jeune âge à voir cet homme dans la maison, près de moi, près de lui, occupé de nous sans cesse.

« Un soir, nous devions dîner tous les trois ensemble (c'étaient là mes plus grandes fêtes), et je les attendais tous les deux, me demandant lequel arriverait le premier. La porte s'ouvrit ; c'était mon vieil ami. J'allai vers lui, les bras tendus ; et il me mit sur les lèvres un long baiser de bonheur.

« Tout à coup un bruit, un frôlement, presque rien, cette sensation mystérieuse qui indique la présence d'une personne, nous fit tressaillir et nous retourner d'une secousse. Jean, mon fils, était là, debout, livide, nous regardant.

« Ce fut une seconde atroce d'affolement. Je reculai, tendant les mains vers mon enfant comme pour une prière. Je ne le vis plus. Il était parti.

« Nous sommes demeurés face à face, atterrés, incapables de parler. Je m'affaissai sur un fauteuil, et j'avais envie, une envie confuse et puissante de fuir, de m'en aller dans la nuit, de disparaître pour toujours. Puis des sanglots convulsifs m'emplirent la gorge, et je pleurai, secouée de spasmes, l'âme déchirée, tous les nerfs tordus par cette horrible sensation d'un irrémédiable malheur, et par cette honte épouvantable qui tombe sur le cœur d'une mère en ces moments-là.

« Lui... restait effaré devant moi, n'osant ni m'approcher, ni me parler, ni me toucher, de peur que l'enfant ne revînt. Il dit enfin :

« — Je vais le chercher... lui dire... lui faire com-
« prendre... Enfin il faut que je le voie... qu'il
« sache... »

« Et il sortit.

« J'attendis... j'attendis éperdue, tressaillant aux moindres bruits, soulevée de peur, et je ne sais de quelle émotion indicible et intolérable à chacun des petits craquements du feu dans la cheminée.

« J'attendis une heure, deux heures, sentant grandir en mon cœur une épouvante inconnue, une angoisse telle, que je ne souhaiterais point au plus criminel des hommes dix minutes de ces moments-là. Où était mon enfant ? Que faisait-il ?

« Vers minuit, un commissionnaire m'apporta un billet de mon amant. Je le sais encore par cœur.

« Votre fils est-il rentré ? Je ne l'ai pas trouvé. « Je suis en bas. Je ne peux pas monter à cette « heure. »

« J'écrivis au crayon, sur le même papier :

« Jean n'est pas revenu ; il faut que vous le « retrouviez. »

« Et je passai toute la nuit sur mon fauteuil, attendant.

« Je devenais folle. J'avais envie de hurler, de courir, de me rouler par terre. Et je ne faisais pas un mouvement, attendant toujours. Qu'allait-il arriver ? Je cherchais à le savoir, à le deviner. Mais je ne le prévoyais point, malgré mes efforts, malgré les tortures de mon âme !

« J'avais peur maintenant qu'ils ne se rencontrassent. Que feraient-ils ? Que ferait l'enfant ? Des doutes effrayants me déchiraient, des suppositions affreuses.

« Vous comprenez bien cela, n'est-ce pas, monsieur ?

« Ma femme de chambre, qui ne savait rien, qui ne comprenait rien, venait sans cesse, me croyant

folle sans doute. Je la renvoyais d'une parole ou d'un geste. Elle alla chercher le médecin, qui me trouva tordue dans une crise de nerfs.

« On me mit au lit. J'eus une fièvre cérébrale.

« Quand je repris connaissance après une longue maladie, j'aperçus près de mon lit mon... amant... seul. Je criai : « Mon fils ?... où est mon fils ? » Il ne répondit pas. Je balbutiai :

« — Mort... mort... Il s'est tué ? »

« Il répondit :

« — Non, non, je vous le jure. Mais nous ne « l'avons pas pu rejoindre, malgré mes efforts. »

« Alors, je prononçai, exaspérée soudain, indignée même, car on a de ces colères inexplicables et déraisonnables :

« — Je vous défends de revenir, de me revoir, si « vous ne le retrouvez pas ; allez-vous-en. »

« Il sortit.

« Je ne les ai jamais revus ni l'un ni l'autre, monsieur, et je vis ainsi depuis vingt ans.

« Vous figurez-vous cela ? Comprenez-vous ce supplice monstrueux, ce lent et constant déchirement de mon cœur de mère, de mon cœur de femme, cette attente abominable et sans fin... sans fin !... « Non... elle va finir... car je meurs. Je meurs sans les avoir revus... ni l'un... ni l'autre !

« Lui, mon ami, m'a écrit chaque jour depuis vingt ans ; et, moi, je n'ai jamais voulu le recevoir, même une seconde ; car il me semble que, s'il revenait ici, c'est juste à ce moment-là que je verrais reparaître mon fils ! — Mon fils ! — Mon fils ! — Est-il mort ? Est-il vivant ? Où se cache-t-il ? Là-bas, peut-être, derrière les grandes mers, dans un pays si lointain que je n'en sais même pas le nom ! Pense-t-il à moi ?... Oh ! s'il savait ! Que les enfants sont cruels ! A-t-il compris à quelle épouvantable souf-

france il me condamnait ; dans quel désespoir, dans quelle torture il me jetait vivante, et jeune encore, pour jusqu'à mes derniers jours, moi sa mère, qui l'aimais de toute la violence de l'amour maternel. Que c'est cruel, dites ?

« Vous lui direz tout cela, monsieur. Vous lui répéterez mes dernières paroles :

« — Mon enfant, mon cher, cher enfant, sois « moins dur pour les pauvres créatures. La vie est « déjà assez brutale et féroce ! Mon cher enfant, « songe à ce qu'a été l'existence de ta mère, de ta « pauvre mère, à partir du jour où tu l'as quittée. « Mon cher enfant, pardonne-lui, et aime-la, main- « tenant qu'elle est morte, car elle a subi la plus « affreuse des pénitences. »

Elle haletait, frémissante, comme si elle eût parlé à son fils, debout devant elle. Puis elle ajouta :

« Vous lui direz encore, monsieur, que je n'ai jamais revu... l'autre. »

Elle se tut encore, puis reprit d'une voix brisée :

« Laissez-moi maintenant, je vous prie. Je voudrais mourir seule, puisqu'ils ne sont point auprès de moi. »

Maître Le Brument ajouta :

« Et je suis sorti, messieurs, en pleurant comme une bête, si fort que mon cocher se retournait pour me regarder.

« Et dire que, tous les jours, il se passe autour de nous un tas de drames comme celui-là !

« Je n'ai pas retrouvé le fils... ce fils... Pensez-en ce que vous voudrez ; moi je dis : ce fils... criminel. »

PRÉMIÈRE NEIGE[1]

La longue promenade de la Croisette s'arrondit au bord de l'eau bleue. Là-bas, à droite, l'Esterel s'avance au loin dans la mer. Il barre la vue, fermant l'horizon par le joli décor méridional de ses sommets pointus, nombreux et bizarres.

A gauche, les îles Sainte-Marguerite et Saint-Honorat, couchées dans l'eau, montrent leur dos couvert de sapins.

Et tout le long du large golfe, tout le long des grandes montagnes assises autour de Cannes, le peuple blanc des villas semble endormi dans le soleil. On les voit au loin, les maisons claires, semées du haut en bas des monts, tachant de points de neige la verdure sombre.

Les plus proches de l'eau ouvrent leurs grilles sur la vaste promenade que viennent baigner les flots tranquilles. Il fait bon, il fait doux. C'est un tiède jour d'hiver où passe à peine un rayon de fraîcheur. Par-dessus les murs des jardins, on aperçoit les orangers et les citronniers pleins de fruits d'or. Des dames vont à pas lents sur le sable de l'avenue, suivies d'enfants qui roulent des cerceaux, ou causant avec des messieurs.

*
* *

Une jeune femme vient de sortir de sa petite et coquette maison dont la porte est sur la Croisette. Elle s'arrête un instant à regarder les promeneurs, sourit et gagne, dans une allure accablée, un banc vide en face de la mer. Fatiguée d'avoir fait vingt pas, elle s'assied en haletant. Son pâle visage semble celui d'une morte. Elle tousse et porte à ses lèvres ses doigts transparents comme pour arrêter ces secousses qui l'épuisent.

Elle regarde le ciel plein de soleil et d'hirondelles, les sommets capricieux de l'Esterel là-bas, et, tout près, la mer si bleue, si tranquille, si belle.

Elle sourit encore, et murmure :

« Oh ! que je suis heureuse. »

Elle sait pourtant qu'elle va mourir, qu'elle ne verra point le printemps, que, dans un an, le long de la même promenade, ces mêmes gens qui passent devant elle viendront encore respirer l'air tiède de ce doux pays, avec leurs enfants un peu plus grands, avec le cœur toujours rempli d'espoirs, de tendresses, de bonheur, tandis qu'au fond d'un cercueil de chêne, la pauvre chair qui lui reste encore aujourd'hui sera tombée en pourriture, laissant ses os seulement couchés dans la robe de soie qu'elle a choisie pour linceul.

Elle ne sera plus. Toutes les choses de la vie continueront pour d'autres. Ce sera fini pour elle, fini pour toujours. Elle ne sera plus. Elle sourit, et respire tant qu'elle peut, de ses poumons malades, les souffles parfumés des jardins.

Et elle songe.

*
* *

Elle se souvient. On l'a mariée, voici quatre ans, avec un gentilhomme normand. C'était un fort garçon barbu, coloré, large d'épaules, d'esprit court et de joyeuse humeur.

On les accoupla pour des raisons de fortune qu'elle ne connut point. Elle aurait volontiers dit « non ». Elle fit « oui » d'un mouvement de tête, pour ne point contrarier père et mère. Elle était Parisienne, gaie, heureuse de vivre.

Son mari l'emmena en son château normand. C'était un vaste bâtiment de pierre entouré de grands arbres très vieux. Un haut massif de sapins arrêtait le regard en face. Sur la droite, une trouée donnait vue sur la plaine qui s'étalait, toute nue, jusqu'aux fermes lointaines. Un chemin de traverse passait devant la barrière et conduisait à la grand-route éloignée de trois kilomètres.

Oh ! elle se rappelle tout : son arrivée, sa première journée en sa nouvelle demeure, et sa vie isolée ensuite.

Quand elle descendit de voiture, elle regarda le vieux bâtiment et déclara, en riant :

« Ça n'est pas gai ! »

Son mari se mit à rire à son tour et répondit :

« Baste ! on s'y fait. Tu verras. Je ne m'y ennuie jamais, moi. »

Ce jour-là, ils passèrent le temps à s'embrasser, et elle ne le trouva pas trop long. Le lendemain ils recommencèrent et toute la semaine, vraiment, fut mangée par les caresses.

Puis elle s'occupa d'organiser son intérieur. Cela dura bien un mois. Les jours passaient, l'un après l'autre, en des occupations insignifiantes et cependant absorbantes. Elle apprenait la valeur et l'importance des petites choses de la vie. Elle sut qu'on peut s'intéresser au prix des œufs qui coûtent

quelques centimes de plus ou de moins suivant les saisons.

C'était l'été. Elle allait aux champs voir moissonner. La gaieté du soleil entretenait celle de son cœur.

L'automne vint. Son mari se mit à chasser. Il sortait le matin avec ses deux chiens Médor et Mirza. Elle restait seule alors, sans s'attrister d'ailleurs de l'absence d'Henry. Elle l'aimait bien, pourtant, mais il ne lui manquait pas. Quand il rentrait, les chiens surtout absorbaient sa tendresse. Elle les soignait chaque soir avec une affection de mère, les caressait sans fin, leur donnait mille petits noms charmants qu'elle n'eût point eu l'idée d'employer pour son mari.

Il lui racontait invariablement sa chasse. Il désignait les places où il avait rencontré les perdrix ; s'étonnait de n'avoir point trouvé de lièvre dans le trèfle de Joseph Ledentu, ou bien paraissait indigné du procédé de M. Lechapelier, du Havre, qui suivait sans cesse la lisière de ses terres pour tirer le gibier levé par lui, Henry de Parville.

Elle répondait :

« Oui, vraiment, ce n'est pas bien », en pensant à autre chose.

L'hiver vint, l'hiver normand, froid et pluvieux. Les interminables averses tombaient sur les ardoises du grand toit anguleux, dressé comme une lame vers le ciel. Les chemins semblaient des fleuves de boue ; la campagne, une plaine de boue ; et on n'entendait aucun bruit que celui de l'eau tombant ; on ne voyait aucun mouvement que le vol tourbillonnant des corbeaux qui se déroulait comme un nuage, s'abattait dans un champ, puis repartait.

Vers quatre heures, l'armée des bêtes sombres et

volantes venait se percher dans les grands hêtres à gauche du château, en poussant des cris assourdissants. Pendant près d'une heure, ils voletaient de cime en cime, semblaient se battre, croassaient, mettaient dans le branchage grisâtre un mouvement noir.

Elle les regardait, chaque soir, le cœur serré, toute pénétrée par la lugubre mélancolie de la nuit tombant sur les terres désertes.

Puis elle sonnait pour qu'on apportât la lampe ; et elle se rapprochait du feu. Elle brûlait des monceaux de bois sans parvenir à échauffer les pièces immenses envahies par l'humidité. Et elle avait froid tout le jour, partout, au salon, aux repas, dans sa chambre. Elle avait froid jusqu'aux os, lui semblait-il. Son mari ne rentrait que pour dîner, car il chassait sans cesse, ou bien s'occupait des semences, des labours, de toutes les choses de la campagne.

Il rentrait joyeux et crotté, se frottait les mains, déclarait :

« Quel fichu temps ! »

Ou bien :

« C'est bon d'avoir du feu ! »

Ou parfois il demandait :

« Qu'est-ce qu'on dit aujourd'hui ? Est-on contente ? »

Il était heureux, bien portant, sans désirs, ne rêvant pas autre chose que cette vie simple, saine et tranquille.

Vers décembre, quand les neiges arrivèrent, elle souffrit tellement de l'air glacé du château, du vieux château qui semblait s'être refroidi avec les siècles, comme font les humains avec les ans, qu'elle demanda, un soir à son mari :

« Dis donc, Henry, tu devrais bien faire mettre ici

un calorifère ; cela sécherait les murs. Je t'assure que je ne peux pas me réchauffer du matin au soir. »

Il demeura d'abord interdit à cette idée extravagante d'installer un calorifère en son manoir. Il lui eût semblé plus naturel de servir ses chiens dans de la vaisselle plate. Puis il poussa, de toute la vigueur de sa poitrine, un rire énorme, en répétant :

« Un calorifère ici ! Un calorifère ici ! Ah ! ah ! ah ! quelle bonne farce ! »

Elle insistait :

« Je t'assure qu'on gèle, mon ami ; tu ne t'en aperçois pas, parce que tu es toujours en mouvement, mais on gèle. »

Il répondait en riant toujours :

« Baste ! on s'y fait, et d'ailleurs c'est excellent pour la santé. Tu ne t'en porteras que mieux. Nous ne sommes pas des Parisiens, sacrebleu ! pour vivre dans les tisons. Et, d'ailleurs, voici le printemps tout à l'heure. »

*
* *

Vers le commencement de janvier un grand malheur la frappa. Son père et sa mère moururent d'un accident de voiture. Elle vint à Paris pour les funérailles. Et le chagrin occupa seul son esprit pendant six mois environ.

La douceur des beaux jours finit par la réveiller, et elle se laissa vivre dans un alanguissement triste jusqu'à l'automne.

Quand revinrent les froids, elle envisagea, pour la première fois, le sombre avenir. Que ferait-elle ? Rien. Qu'arriverait-il désormais pour elle ? Rien. Quelle attente, quelle espérance pouvaient ranimer son cœur ? Aucune. Un médecin, consulté, avait déclaré qu'elle n'aurait jamais d'enfants.

Plus âpre, plus pénétrant encore que l'autre année, le froid la faisait continuellement souffrir. Elle tendait aux grandes flammes ses mains grelottantes. Le feu flamboyant lui brûlait le visage ; mais des souffles glacés semblaient se glisser dans son dos, pénétrer entre la chair et les étoffes. Et elle frémissait de la tête aux pieds. Des courants d'air innombrables paraissaient installés dans les appartements, des courants d'air vivants, sournois, acharnés comme des ennemis. Elle les rencontrait à tout instant ; ils lui soufflaient sans cesse, tantôt sur le visage, tantôt sur les mains, tantôt sur le cou, leur haine perfide et gelée.

Elle parla de nouveau d'un calorifère ; mais son mari l'écouta comme si elle eût demandé la lune. L'installation d'un appareil semblable à Parville lui paraissait aussi impossible que la découverte de la pierre philosophale.

Ayant été à Rouen, un jour, pour affaires, il rapporta à sa femme une mignonne chaufferette de cuivre qu'il appelait en riant un « calorifère portatif » ; et il jugeait que cela suffirait désormais à l'empêcher d'avoir jamais froid.

Vers la fin de décembre, elle comprit qu'elle ne pourrait vivre ainsi toujours, et elle demanda timidement, un soir, en dînant :

« Dis donc, mon ami, est-ce que nous n'irons point passer une semaine ou deux à Paris avant le printemps ? »

Il fut stupéfait.

« A Paris ? à Paris ? Mais pour quoi faire ? Ah ! mais non, par exemple ! On est trop bien ici, chez soi. Quelles drôles d'idées tu as par moments ! »

Elle balbutia :

« Cela nous distrairait un peu. »

Il ne comprenait pas.

« Qu'est-ce qu'il te faut pour te distraire ? Des théâtres, des soirées, des dîners en ville ? Tu savais pourtant bien en venant ici que tu ne devais pas t'attendre à des distractions de cette nature ! »

Elle vit un reproche dans ces paroles et dans le ton dont elles étaient dites. Elle se tut. Elle était timide et douce, sans révoltes et sans volonté.

En janvier, les froids revinrent avec violence. Puis la neige couvrit la terre.

Un soir, comme elle regardait le grand nuage tournoyant des corbeaux se déployer autour des arbres, elle se mit, malgré elle, à pleurer.

Son mari entrait. Il demanda tout surpris :

« Qu'est-ce que tu as donc ? »

Il était heureux, lui, tout à fait heureux, n'ayant jamais rêvé une autre vie, d'autres plaisirs. Il était né dans ce triste pays, il y avait grandi, il s'y trouvait bien, chez lui, à son aise de corps et d'esprit.

Il ne comprenait pas qu'on pût désirer des événements, avoir soif de joies changeantes ; il ne comprenait point qu'il ne semble pas naturel à certains êtres de demeurer aux mêmes lieux pendant les quatre saisons ; il semblait ne pas savoir que le printemps, que l'été, que l'automne, que l'hiver ont, pour des multitudes de personnes, des plaisirs nouveaux en des contrées nouvelles.

Elle ne pouvait rien répondre et s'essuyait vivement les yeux. Elle balbutia enfin, éperdue :

« J'ai... je... je suis un peu triste... je m'ennuie un peu... »

Mais une terreur la saisit d'avoir dit cela, et elle ajouta bien vite :

« Et puis... j'ai... j'ai un peu froid. »

A cette parole, il s'irrita :

« Ah ! oui... toujours ton idée de calorifère. Mais

voyons, sacrebleu ! tu n'as seulement pas eu un rhume depuis que tu es ici. »

La nuit vint. Elle monta dans sa chambre, car elle avait exigé une chambre séparée. Elle se coucha. Même en son lit, elle avait froid. Elle pensait :

« Ce sera ainsi toujours, toujours, jusqu'à la mort. »

Et elle songeait à son mari. Comment avait-il pu lui dire cela :

« Tu n'as seulement pas eu un rhume depuis que tu es ici. »

Il fallait donc qu'elle fût malade, qu'elle toussât pour qu'il comprît qu'elle souffrait !

Et une indignation la saisit, une indignation exaspérée de faible, de timide.

Il fallait qu'elle toussât. Alors il aurait pitié d'elle, sans doute. Eh bien ! elle tousserait ; il l'entendrait tousser ; il faudrait appeler le médecin ; il verrait cela, son mari, il verrait !

Elle s'était levée nu-jambes, nu-pieds, et une idée enfantine la fit sourire :

« Je veux un calorifère, et je l'aurai. Je tousserai tant, qu'il faudra bien qu'il se décide à en installer un. »

Et elle s'assit presque nue, sur une chaise. Elle attendit une heure, deux heures. Elle grelottait, mais elle ne s'enrhumait pas. Alors elle se décida à employer les grands moyens.

Elle sortit de sa chambre sans bruit, descendit l'escalier, ouvrit la porte du jardin.

La terre, couverte de neige, semblait morte. Elle avança brusquement son pied nu et l'enfonça dans cette mousse légère et glacée. Une sensation de

froid, douloureuse comme une blessure, lui monta jusqu'au cœur ; cependant elle allongea l'autre jambe et se mit à descendre les marches, lentement.

Puis elle s'avança à travers le gazon, se disant : « J'irai jusqu'aux sapins. »

Elle allait à petits pas, en haletant, suffoquée chaque fois qu'elle faisait pénétrer son pied nu dans la neige.

Elle toucha de la main le premier sapin comme pour bien se convaincre elle-même qu'elle avait accompli jusqu'au bout son projet ; puis elle revint. Elle crut deux ou trois fois qu'elle allait tomber, tant elle se sentait engourdie et défaillante. Avant de rentrer toutefois, elle s'assit dans cette écume gelée, et même, elle en ramassa pour se frotter la poitrine.

Puis elle rentra et se coucha. Il lui sembla, au bout d'une heure, qu'elle avait une fourmilière dans la gorge. D'autres fourmis lui couraient le long des membres. Elle dormit cependant.

Le lendemain elle toussait, et elle ne put se lever.

Elle eut une fluxion de poitrine. Elle délira, et dans son délire elle demandait un calorifère. Le médecin exigea qu'on en installât un. Henry céda, mais avec une répugnance irritée.

*
* *

Elle ne put guérir. Les poumons atteints profondément donnaient des inquiétudes pour sa vie.

« Si elle reste ici, elle n'ira pas jusqu'aux froids », dit le médecin.

On l'envoya dans le Midi.

234

Elle vint à Cannes, connut le soleil, aima la mer, respira l'air des orangers en fleur.

Puis elle retourna dans le Nord au printemps.

Mais elle vivait maintenant avec la peur de guérir, avec la peur des longs hivers de Normandie ; et sitôt qu'elle allait mieux, elle ouvrait, la nuit, sa fenêtre, en songeant aux doux rivages de la Méditerranée.

A présent, elle va mourir ; elle le sait. Elle est heureuse.

Elle déploie un journal qu'elle n'avait point ouvert, et lit ce titre : « La première neige à Paris. »

Alors elle frissonne, et puis sourit. Elle regarde là-bas l'Esterel qui devient rose sous le soleil couchant ; elle regarde le vaste ciel bleu, si bleu, la vaste mer bleue, si bleue, et se lève.

Et puis elle rentre à pas lents, s'arrêtant seulement pour tousser, car elle est demeurée trop tard dehors, et elle a eu froid, un peu froid.

Elle trouve une lettre de son mari. Elle l'ouvre en souriant toujours, et elle lit :

Ma chère amie,

J'espère que tu vas bien et que tu ne regrettes pas trop notre beau pays. Nous avons depuis quelques jours une bonne gelée qui annonce la neige. Moi, j'adore ce temps-là et tu comprends que je me garde bien d'allumer ton maudit calorifère...

Elle cesse de lire, tout heureuse à cette idée qu'elle l'a eu, son calorifère. Sa main droite, qui tient la lettre, retombe lentement sur ses genoux, tandis qu'elle porte à sa bouche sa main gauche comme pour calmer la toux opiniâtre qui lui déchire la poitrine.

COMMENTAIRES

par

Marie-Claire Bancquart

L'originalité de l'œuvre

Un recueil de récits de Maupassant, c'est toujours un « recueil factice », car Maupassant se contente de réunir chaque année, en un ou deux volumes, des récits qu'il a d'abord fait paraître dans les quotidiens. Il ne se soucie pas de les distribuer selon leur « genre », paysans, fantastiques, parisiens... Au contraire, il les présente dans un apparent désordre : dès *La Maison Tellier*, à l'histoire de filles qui donne son titre au volume, il joint par exemple un conte normand (« Histoire d'une fille de ferme »), un conte de canotiers (« La Femme de Paul »), un récit de la névrose (« Les Tombales »), un récit de l'étrange (« Sur l'eau »). Désordre ? A la vérité, nous découvrons dans ces livres un ordre plus intime, celui d'un « journal de bord » où Maupassant révèle au lecteur les différents aspects d'une personnalité essentiellement cyclothymique, passant de la joie à la souffrance, du réalisme au fantastique, sans jamais pouvoir se fixer dans une attitude, parce qu'elle ressent la vie elle-même comme un désordre. De ce point de vue, le recueil *Boule de Suif* accentue les caractéristiques des volumes de récits parus du vivant de Maupassant : constitué après la mort de l'écrivain, il réunit, à la nouvelle qui lança

Maupassant dans le monde littéraire en 1880, des récits parus, eux, dans les quotidiens en 1883 et 1884, et parfois non repris en volume par Maupassant de son vivant. Le seul souci de l'éditeur semble avoir été d'en diversifier les genres. Recueil « facticissime » donc, mais qui outre seulement la manière habituelle de Maupassant, loin de la dénaturer. L'auteur nous y apparaît à deux époques de sa courte vie littéraire. En 1880, il hésite entre le théâtre, la poésie et la nouvelle ; il tente de s'agréger à des groupes divers, naturalistes, hydropathes ; il court les filles, il canote, il tire le diable par la queue. En 1883-1884, il est bien plus prospère ; il s'est définitivement orienté vers le récit en prose et le roman, qui lui font une aisance âprement gérée. Occupant dans la littérature une place de choix, il a cessé de tenter de s'agréger à des groupes d'écrivains. Toujours noceur, il connaît aussi une aggravation des tristesses et des névroses qui ont constamment été l'accompagnement noir de sa vie de « bon vivant ». Il est malade, parfois gravement. Il manifeste la manie ambulatoire de ceux qui se sentent mal dans leur peau : la Normandie, Paris, Cannes. Il s'attache à la fameuse comtesse Potocka, entrant dans le cercle érotique et sadique de ses « Macchabées ». Lui qui a tant souffert de la désunion de ses parents reproduit, selon une conduite bien connue des psychiatres, la situation dont il a souffert : un premier enfant naturel lui naît, qu'il ne reconnaît pas. Une accélération de tous ses régimes de vie. Une confirmation de son excellence d'écrivain. Son écriture s'est affermie dans le sens de l'originalité depuis *Boule de Suif*. Ses obsessions, elles, sont les mêmes, mais il en exprime plus aisément la multiplicité. Les récits joints ici à *Boule de Suif* en constituent un véritable échantil-

lonnage : certains sont drôles (« Le Crime au père Boniface », « La Serre », « Une Soirée »), d'autres *cruels* au sens où Villiers de L'Isle Adam comprenait l'adjectif (« La Parure », « Coco », « Première neige ») ou fantastiques (« La Chevelure »). Ils vont de la grivoiserie (« La Serre ») à l'étude de la névropathie (« Rose », « La Chevelure »). Ils sont paysans (« L'aveu ») ou parisiens (« Le Protecteur »). Ils se situent à l'époque contemporaine, sauf deux d'entre eux qui appartiennent comme *Boule de Suif* au genre du récit de guerre, bien attesté chez Maupassant. Un véritable microcosme de l'œuvre du conteur, en somme.

Cette œuvre est au présent, ou au passé très récent de la guerre de 1870. En revanche elle bouge beaucoup dans l'espace. Nous sommes en Normandie avec « Boule de Suif », « Le Lit 29 », « L'Aveu », « Coco », « Le Crime au Père Boniface » ; à Paris dans « La Dot », « Le Protecteur », « La Chevelure », « La Parure », « Une Soirée » ; à Nice dans « Rose » ; à Menton (et en Allemagne) dans « Auprès d'un mort » ; à Cannes (et en Normandie) dans « Première Neige » ; en Corse dans « Le Bonheur » et « Une Vendetta ». Souvent l'action se déroule, en tout ou en partie, dans un lieu mobile : diligence de « Boule de Suif », omnibus de « La Dot », landau de « Rose », voiture de poste de « L'Aveu », compartiment d'« Un Duel ». Mais il est notable que ces voyages, pas plus que la multiplicité des lieux où se déroulent les récits, ne donnent une sensation d'ouverture, de découverte libre et de possession toujours renouvelée. Tant s'en faut ! Les localités, les rues, les odeurs particulières à chaque contrée ne sont énumérées que pour disparaître en scènes de solitude. La boîte de la diligence enferme, comme le compartiment du train : Boule

de Suif poursuit son voyage exclue par les autres voyageurs ; des rapports de force s'établissent entre Polyte et Céleste, entre M. Dubuis et l'officier allemand. Rose, en voiture, après la fête des fleurs, ne songe qu'à son fantasme. Ces personnages sont emportés sans pouvoir se quitter eux-mêmes : loin de les distraire, les voyages les calfeutrent dans des chambres roulantes, à huis clos avec quelques personnages et quelques objets autour de qui se nouent les forces du récit. Ils y sont aussi cloîtrés que dans les chambres immobiles où se déroulent « La Chevelure » et « L'Attente ». On pourrait en dire autant des lieux, campagnards ou urbains, qui étendent leurs perspectives vastes autour des protagonistes. Autant de pièges. Leur immensité sert de repoussoir à des solitudes, ou à d'étroites intimités, qui sont décrites sur les tons les plus variés. Ainsi, la même grande campagne d'été en Normandie, avec son herbe haute et son manteau de moissons mûres, est en contraste avec le ridicule du père Boniface qui a confondu la « petite mort » avec la véritable : mais aussi avec la bassesse du drame qui se joue entre la mère et la fille engrossée dans « L'aveu », et avec l'horrible abandon du vieux cheval Coco. Une promenade dans Paris, un matin de soleil, suscite la rencontre du héros de « La Chevelure » avec le meuble d'où sortira sa folie. Le large paysage de la Méditerranée n'étale sa splendeur que pour deux mourants déjà passés de l'autre côté des choses, les héros d'« Auprès d'un mort » et de « Première Neige ». En somme, l'espace de ces récits n'est si divers et étendu que pour se résoudre en îlots d'espaces non liés entre eux, où chacun des personnages poursuit sa vie. Contre-épreuve : le seul espace qui ne soit pas de déception est une île, la Corse, dont la sauvagerie primitive est à la

mesure des monomanies, passion d'« Un Bon-
heur », vengeance d'« Une Vendetta ». Hors ce con-
finement, nous sommes tous comme le facteur ru-
ral, qui n'est plus qu'un képi « sur la mer tranquille
des récoltes », ou comme le cheval mourant de
faim dans un cercle d'herbe tondue au milieu des
prairies grasses : ici ou là, gaiement ou cruelle-
ment, emportés dans un monde qui n'est pas fait
pour nous, nous sommes cloîtrés dans notre destin.
Le pire est que ces espaces décrits par Maupassant,
sauf la Corse, sont civilisés : nous y vivons serrés
avec d'autres, qui sont également cloîtrés en eux,
sans que nul lien puisse être établi avec eux, autre
que fondé sur un instinct personnel de conserva-
tion.

Monde en creux, dont l'absurdité apparaît
d'autant plus qu'elle est exprimée sans aucune
déclamation. Nous ne savons jamais *où nous en
sommes*. Cela peut être le prétexte de quelques
joyeuses méprises, comme celle du père Boniface,
ou celle du notaire d'« Une Soirée ». Ou aussi, celle
du narrateur de « L'Ami Patience », transporté dans
un monde à la fois suspect et poétique, dont l'ex-
plication n'est donnée que par le mot de la fin.
Encore fait-il surgir un certain dérisoire qui n'est
pas sans ignominie : le héros a tranquillement
prostitué les femmes de sa famille. Presque jamais
la gaieté n'est franche chez Maupassant : une autre
« histoire grasse » de ce recueil, « La Serre », met
en scène des personnages si mesquins qu'ils cau-
sent un malaise au lecteur. Ailleurs, et le plus sou-
vent, c'est comme une mystification incompréhen-
sible ou odieuse qu'apparaît le monde. Mais cela
n'est pas dit : de ce qui est montré sans phrases,
nous sommes invités à conclure. Le récit exem-
plaire est ici « Auprès d'un mort ». En apparence, il

raconte l'histoire d'une fausse peur, avec un comique teinté de macabre : non, le cadavre de Schopenhauer n'a pas bougé ; c'est le dentier du mort qui a jailli sous l'effet de la décomposition. Le doctrinaire de l'illusion a mystifié son disciple ! Seulement, la mort enveloppe ce récit et redonne son plein sens au « tout n'est qu'illusion » prononcé par le maître du pessimisme. Car c'est à la veille de sa propre mort que le disciple raconte son histoire. Il est déjà détaché de tout, sauf d'un ouvrage qu'il lâchera bientôt, celui du « plus grand saccageur de rêves qui ait passé sur la terre ».

« Auprès d'un mort » appelle une double lecture, et place l'ensemble des récits de Maupassant au pli d'un monde contradictoire, où l'horreur que l'on a cru éviter revient en force et sans remède. Sous le signe de Schopenhauer. Et sous celui des savants Darwin et Spencer. Ils marquèrent toute la fin du XIXe siècle français d'une inquiétude auprès de laquelle, selon la parole d'Anatole France, « la tristesse du croyant » était « presque de la joie ». La seule certitude, dans le monde sans Dieu et sans principe ou sentiment assuré que présente Schopenhauer, c'est la conviction du savant sur l'éternel échange entre la mort et la vie ; il nous voue à disparaître au profit d'autres existences elles-mêmes fugitives. Telle est la fin de « Coco » : « Et les hommes enfouirent le cheval juste à la place où il était mort de faim. Et l'herbe poussa drue, verdoyante, vigoureuse, nourrie par le pauvre corps. » Ce n'est pas par hasard que Maupassant a choisi, pour figurer les convictions qu'il tenait de ses maîtres en science, la mort d'une bête abandonnée, faible entre les faibles, qui est victime de la lutte pour la vie. Elle est l'exemple extrême d'un combat dont il voit partout les signes à l'intérieur de l'es-

pèce humaine, dès que nos besoins animaux, la faim et l'amour, sont en cause. Sur ce fond de néant se détache la très violente mise en cause de la société à laquelle se livre Maupassant dans plusieurs récits de ce recueil, et tout d'abord dans ceux qui concernent la guerre de 1870. Critique du bourgeois installé, qui tremble pour son argent et qui est prêt à pactiser avec l'occupant, par crainte de la révolution. Critique du « démocrate » Cornudet, grossier et lâche. Des femmes dites honnêtes, habitées de tentations et bardées de principes. Des religieuses, se prêtant à l'infamie au nom du Bon Dieu. « Boule de Suif » dit l'effondrement de toutes les valeurs hypocritement prônées, avant que le souci de conservation personnelle devienne le seul qui compte : manger les provisions de la prostituée et la jeter dans les bras de l'officier allemand va de soi, alors, pour ces personnages que Maupassant n'a pas inventés. « Le Lit 29 » n'est pas une variation sur ce thème, mais une critique très nihiliste de l'armée. L'officier français, qui n'apparaît pas, et pour cause, dans « Boule de Suif », est dépeint dans cette nouvelle comme portant beau, bellâtre, hâbleur et lâche. Maupassant va donner les mêmes traits à l'ancien sous-officier Bel-Ami. Il a complété sa désastreuse expérience de la guerre de 1870 par les informations recueillies, au cours de son voyage de 1881 en Algérie, sur les méthodes souvent brutales de colonisation de l'armée française. Ses articles sur la guerre sont désormais sans équivoque : « charcuterie hideuse[1] », « crise durant laquelle les hommes tuent pour tuer histoire de rire[2] », « la guerre place l'homme bien au-dessous de sa natu-

1. *Le Gaulois*, 10 avril 1881, « La guerre ».
2. *La Guerre*, de Vsevolod Garchine, préface, 1889.

relle condition animale ». « Autant respecter la petite vérole et le choléra[1]. » « La vue d'une simple tondeuse mécanique m'intéresse, m'empoigne et me séduit infiniment plus que celle d'un régiment qui passe, musique en tête et drapeau au vent[2]. » Sans doute, « Un Duel », troisième récit de notre recueil qui porte sur la guerre, est beaucoup moins virulent. Mais il présente avec quelque dérision le bon M. Dubuis, que l'officier allemand doit pousser à bout avant de susciter chez lui un acte réflexe de défense, et les deux touristes anglais curieux du malheur des autres. L'ensemble de ces récits ne doit cependant pas faire illusion : Maupassant n'est nullement « pacifiste » ; il pense que la guerre est inévitable, parce qu'elle est dans notre nature[3]. Il se contente d'en dénoncer les excès, et de montrer qu'elle est un révélateur de toutes les bassesses.

L'ordre qui s'est installé en France après la guerre n'est pas non plus épargné par la critique de Maupassant. C'est la prise de pouvoir par les médiocres, parlementaires et bureaucrates : l'ascension du héros du « Protecteur » grâce au compagnonnage de brasserie le prouve bien. C'est aussi le règne de l'argent, qui substitue aux valeurs de l'être celles du paraître. Une catégorie sociale en souffre particulièrement, celle des petits employés, forcée de garder les apparences malgré des salaires misérables, et d'une éducation assez raffinée pour ressentir les mêmes désirs que les riches. Maupassant les estime beaucoup plus malheureux que les ouvriers. Il a personnellement l'expérience de leur situation. C'est pourquoi, durant les années 1882-1883, il s'est joint aux journalistes qui, dans *Le Gau-*

1. *Le Gaulois*, 22 avril 1881, « Le respect ».
2. *Le Gaulois*, 5 juillet 1881, « Zut ! ».
3. Préface à *La Guerre*, de Vsevolod Garchine.

lois, menaient une campagne en leur faveur : il énumère les vexations qu'ils subissent, et révèle que leurs salaires sont inférieurs à ceux d'un bon maçon ou d'un bon ouvrier spécialisé[1]. Le conte « La Parure » est l'un des plus caractéristiques de ceux que Maupassant leur a consacrés (ils sont assez nombreux : « L'Héritage », « Les Bijoux », « A Cheval »). Il montre à la fois que l'envie de paraître met aux abois Mathilde Loisel, jusqu'à ce qu'elle emprunte à une amie riche sa parure, et que cette parure est elle-même *fausse*, mais prise pour *authentique*, ce qui cause le malheur de l'héroïne. La catastrophe se loge donc au creux d'une ironie triste. Et c'est bien ce que reproche Maupassant à la société de son temps, sans pour cela qu'on en puisse conclure à une position révolutionnaire quelconque de l'écrivain. Antibourgeois, certes, il l'est à la manière de Flaubert qui déclare : « J'appelle bourgeois tous ceux qui pensent bassement » : aussi bien les paysans cupides et cruels, peints dans « L'Aveu » et « Coco ». Aussi bien les névrosés du grand monde, comme Rose. Quant au peuple, il se défend de le décrire, ne le connaissant pas. Mais ses articles sur Jules Vallès montrent son opinion sur les écrivains qui embrassent sa cause[2]. Tout d'abord, ils exploitent assez malhonnêtement un filon ; car enfin ils ne pourraient vivre sans le public « bourgeois » qu'ils feignent de vouloir remplacer par une classe inculte et peu capable d'acquérir en masse une culture. Ensuite, ils soutiennent une chimère d'égalité qui n'est nulle part dans la nature. Toutes les sociétés sont injustes.

1. *Le Gaulois*, 4 janvier 1882, « Les Employés » ; 16 mars 1883, « Le haut et le bas ».
2. *Le Gaulois*, 8 septembre 1881, « Va t'asseoir ! » ; 19 novembre 1883, « A propos du peuple ».

Cela est inévitable. En revanche, la société de la fin du XIXᵉ siècle « en rajoute », parce qu'elle inaugure le règne des incompétences et des faux semblants. De sorte que les attaques de Maupassant contre elle, si elles dressent le procès de l'argent, du parlementarisme, ne débouchent nullement sur l'apologie d'un ordre différent. Il en va ici comme pour la guerre. Maupassant a la certitude qu'une fatalité biologique pèse sur l'homme, individuellement comme en groupe. Son propos est d'en montrer le cruel paradoxe, qui l'obsède ; non de se poser en réformateur. Il est *ailleurs :* dans le pays où le jeu entre Eros et Thanatos se termine par le triomphe du dérisoire.

Maupassant a célébré le libre amour entre deux êtres, comme une harmonie avec les vœux de la nature entière. Pour ce sensuel qui explique que toute la surface de son corps est impressionnée par certaines odeurs, certains souffles, l'érotisme est universel : la relation de l'homme et de la femme le magnifie. *Devrait* le magnifier. Car elle aboutit en fait au plus évident des paradoxes : elle est fondamentalement gâtée ; elle est la source de l'infélicité majeure. Certes, ce recueil-ci contient un nombre de récits légers ou grivois supérieur à leur proportion vraie parmi les récits de Maupassant. On remarquera pourtant qu'ils ne vont jamais sans quelque restriction ou ridicule. Une horreur étrange de la physique de l'amour : le couple de « La Serre » n'est pas agréable à imaginer dans ses ébats ; et ceux du percepteur avec sa femme, dans « Le Crime au père Boniface », sont décrits comme « des soupirs douloureux, une sorte de râle, un bruit de lutte ». Un art d'aimer qui emprunte quelque chose au XVIIIᵉ siècle, célébré par Maupassant pour sa liberté ; mais un XVIIIᵉ siècle épaissi, vul-

gaire, altéré. Ainsi de la fête galante aperçue dans le jardin d'une maison louche, dans « L'Ami Patience ». Ainsi de l'éloge de la moustache, écrit par une « Jeanne » qui n'est pas dépourvue de cette bêtise commune à toutes les femmes, selon notre misogyne écrivain : elle ignore systématiquement la vie politique de son pays, mais elle s'écrie, dans son patriotisme primaire, que la moustache est « française, bien française », « vient de nos pères les Gaulois ». On n'imagine pas Maupassant écrivant ces phrases sans un sourire ironique. C'est que l'écrivain, il l'a écrit tristement, porte toujours un regard second, un regard d'analyste sur les choses de la vie. Ainsi les déflore-t-il. Et cela est particulièrement vrai de l'amour : l'écrivain est un voyeur mélancolique. Image dans le tapis, ces contes grivois mettent en jeu un voyeurisme. Il est évident pour le père Boniface, M. Lerebour voyant les amoureux dans la serre, ou Gontran Lardois apercevant trois femmes, d'une fenêtre, entre des taillis. Il est plus subtil pour l'éloge de la moustache ; celui-ci n'est-il pas prononcé *par une femme*, censée décrire les sensations que lui procure un homme qui pourrait être *Maupassant lui-même*, se regardant ainsi au miroir ?

Ailleurs, l'amour physique est pourri par la violence (« Boule de Suif »), la maladie (« Le lit 29 »), la cupidité (« La Dot », « L'aveu »), le préjugé social (« L'Attente »), la jalousie par procuration (« Le Vengeur »). Dans un seul cas il triomphe, celui du « Bonheur » : mais alors l'attirance durable que ressent cette jeune noble cultivée pour un sous-officier qui lui fait vivre une existence misérable apparaît comme une anomalie, la preuve d'un manque total de besoins psychiques. Si bien que par une horrible inversion des lois naturelles d'abord

prônées par Maupassant, c'est dans l'incomplétude physique que s'épanouit le désir. Nous abordons alors des cas de névrose que les médecins du temps ne décrivaient guère : la *Psychopathia sexualis* de Krafft-Ebing ne fut traduite qu'en 1895, et Charcot ne s'attarde pas à la description des fantasmes, encore qu'il intègre la vie sexuelle, par le biais de la conversion hystérique, aux symptômes qu'il faut objectivement observer pour porter un diagnostic. Ainsi lève-t-il un interdit : le public est prêt à accueillir des récits qu'il eût rejetés dix ans auparavant. Mais ce sont les écrivains, non les médecins, qui les lui content. Maupassant évoque en « Margot » une de ces mondaines compliquées qui aiment frôler sans danger le désir des domestiques. Une cérébrale, une frigide ? Mais l'histoire devient plus scabreuse, quand elle parle du forçat travesti qui lui servit de femme de chambre, et de sa jalousie *a posteriori* pour la femme qui a été violée par lui. C'est là un récit typiquement « fin de siècle ». Le marquis de Sade, que notre écrivain connaît bien, traite d'une manière plus simple et plus charnelle des rapports entre maîtres et domestiques. « Rose » aborde en revanche un cas à la limite de la névropathie : Margot annonce la Michèle de Burne de *Notre Cœur*. Elle est la femme inassouvie, curieuse et lasse, d'une civilisation qui suscite aussi le héros de « La Chevelure ». Celui-là est doucement vampirisé par la chevelure trouvée dans un meuble ancien. Il lui faut cette relique de femme pour qu'il aime véritablement, car les vivantes ne lui inspiraient qu'un désir passager : sensation de vaincre la mort, de posséder au-delà des temps. D'être possédé. Le récit est bien plus tragique que tel conte fantastique de Gautier dont on pourrait le rapprocher, « Omphale » ou « La Morte amou-

reuse », car il est écrit par le héros lui-même, de façon très progressive et sensée. Or, le héros est considéré comme un dangereux nécrophile. Qui a raison ? L'aliéniste, instrument de la société, ou le « fou » qui n'est devenu furieux que par la violence exercée contre lui ? La réponse n'est pas ambiguë : avant « Nadja », « La Chevelure » est un texte d'accusation contre les psychiatres.

Cela ne veut pas dire qu'il soit un texte antipsychiatrique avant la lettre. Si les « fous » chez Maupassant sont les seuls lucides des hommes (le héros de « Mademoiselle Cocotte », celui du « Horla »), il n'en faut pas moins les renfermer, car leur lucidité serait nocive pour la survie de notre espèce : ils ont découvert que notre monde n'est pas admissible. Toujours ce creux, à l'intersection de deux vérités incompatibles et pourtant incontestables, amour et mort, pitié et cruauté, paraître et être. Creux plein d'objets, et plus creux de ce débordement : ce sont des choses dérisoires et qui font mal, un panier de nourriture, une parure, un meuble, un calorifère, la porte ouverte par laquelle l'enfant de « L'Attente » voit que sa mère a un amant. Par ces choses se manifeste le hasard qui va décider d'un destin. C'est toujours un hasard malheureux, à l'inverse du « hasard objectif » des surréalistes. Maupassant est frappé par le désordre qui règne dans l'univers, et l'impossibilité pour l'homme d'y trouver une place définissable : tous les signes y sont bipolaires. Ce recueil de *Boule de Suif*, formé de nouvelles aux tons très divers, aux espaces nombreux, démontre de plusieurs manières le vide d'un monde absurde.

L'étude des personnages

Certes, ils n'ont pas la continuité, la densité de personnages de roman. D'autant que dans ces brefs récits, ils sont agis plus qu'ils n'agissent. Ils sont mangés par les objets et les événements. Ils figurent dans peu de titres de récits : « Le Crime au père Boniface », « Rose », « Coco ». On observera que « L'Ami Patience » porte un nom emblématique de sa longue attente de la « réussite », et que « Boule de Suif » est un surnom qui place justement la prostituée au rang des choses. Plus d'un nom des personnages, si nous continuons leur examen, sonne comme un jeu de mots (M. et Mme Lerebour) ou une moquerie (la veuve Souris, M. Follenvie). D'autres, ceux du démocrate « Cornudet », du capitaine « Épivent », de l'abbé « Ceinture », par leur sonorité et leur qualité d'évocation, désignent les personnages par un trait général plus que par une originalité propre. Beaucoup enfin sont quelconques : Jean Marin, les Malivoire, les Loisel, les Lucas, M. Dubuis ; parmi ceux-là, deux « Le Brument » différents, et trois « Jeanne », comme s'ils étaient interchangeables. Ce sont là différentes manières d'établir une sorte d'anonymat, qui devient plus sensible quand les protagonistes ne sont nommés que d'un prénom, dans les deux récits « La Moustache » et « Rose », à résonance érotique : il devient total dans le récit érotique et fantastique « La Chevelure », où le fou n'est pas nommé. Non que ces êtres soient effacés. Mais ils valent par le groupe social, ou par l'obsession ou l'affection mentale qui les a marqués. Nous les saisissons ainsi rapidement, du dehors, sans que Maupassant

les ait dotés d'une psychologie complexe : celle-ci serait mal à sa place dans un récit court ; mais surtout, elle en ferait les actants d'un récit qui, au contraire, se referme sur eux comme un piège. Nous les connaissons par peu de caractères physiques, mais tracés d'une manière très incisive : nous n'oublions pas le ridicule couple des Loiseau, la moustache et les cuisses du capitaine Épivent, la manière dont l'abbé Ceinture retrousse sa robe pour traverser une rue inondée, l'œil fixe et la maigreur du « fou » de « La Chevelure ». Ils existent comme autant de silhouettes, comme autant de *cas probables* de la comédie du monde.

On peut en relever quelques-uns qui reviennent souvent dans l'ensemble des contes de Maupassant. Ils constituent ainsi des exemples typiques, des projections privilégiées de son imaginaire.

● *L'animal* (Coco) — voir « Pierrot », « L'Ane ». Abandonné, voire torturé impunément par les hommes, l'image de la faiblesse souffrante. (Exception : le chat, animal nerveux et pervers [« Sur les chats »] Maupassant décrit sa mort avec une insistance non dénuée de sadisme : à rapprocher de la mort de l'infirme, dans « L'Aveugle ». La mort du cheval au fond de la mine, décrite par Zola dans *Germinal*, s'accompagne au contraire de pitié et non de cruauté.

● *La prostituée* (Boule de Suif, Irma) — voir *La Maison Tellier*, *Mademoiselle Fifi*. Au ban de la société, respectueuse des valeurs morales et religieuses en marge desquelles elle s'est placée ; sentimentale. Représente aux yeux des autres la transgression seulement tolérée ; met en jeu la censure sociale, et la vérité animale de l'homme. Sert de réactif en temps de crise, fait surgir la bassesse : on

mange avidement ses provisions, on la livre, on la méprise. Devant la lâcheté avouée par tous, elle se montre au contraire patriote, au risque de sa vie. Les hiérarchies sociales se défont et s'inversent alors. Maupassant, à la différence de Goncourt (*La Fille Elisa*) et de Zola (*Nana*), n'a jamais décrit longuement la vie de la prostituée et sa déchéance. Ce sont là au contraire des sujets de prédilection pour certains écrivains de moindre envergure, qui en font des poncifs (Robert Caze, *Filles* ; Paul Adam, *Chair molle*).

• *Le petit employé et son ménage* (Les Loisel). Payé de 1 500 à 1 800 F par an à ses débuts, à 4 000 F en fin de carrière. Bachelier, a reçu une éducation équivalente à celle des riches : tombe dans la mesquinerie ou l'aigreur. S'il se marie, vit aux limites de la misère. Convoite les richesses et les facilités de la grande ville qu'il habite ; peut en perdre le sens moral (« Les Bijoux », « L'Héritage »), déclencher un malheur qui pèsera sur le reste de sa vie (« A cheval »), se suicider en prenant conscience du vide de son existence (« Promenade »). Maupassant a exprimé son admiration pour le petit employé décrit par Huysmans dans *A Vau-l'eau*, Folantin, « cet Ulysse des gargotes ».

• *La mondaine* (Margot de « Rose ») — Voir « La Confidence », « Sauvée ». Légère, sans culture ni compétence, ouvre dans les salons un « robinet à banalités » (*Le Gaulois*, 20 janvier 1882), mais curieuse des choses du sexe, frôleuse, voire perverse, et détaillant crûment ses confidences à l'amie préférée.

• *Le héros du conte fantastique* (celui de « La Chevelure ») — voir « Apparition », « Lui ? », « Lettre

trouvée sur un noyé », « La Tombe », « Fini », « L'Ermite », « Le Horla », « Qui sait ? ». Souvent un célibataire aisé, sans passion, ressemblant à tout lecteur moyen. Est pris subitement dans une aventure inexplicable, qui le mène à la folie ou à la mort : une coulure du monde. Fréquence de la liquidité, dans le processus d'invasion d'un esprit par *l'absurde pourtant évident :* cheveux dans « La Chevelure », « Apparition », eau dans « Lettre trouvée sur un noyé » et « Le Horla », miroir dans « Fini », « Le Horla ». Cas de « nécrophilie » : « La Tombe », « La Morte ».

Le travail de l'écrivain

Ce recueil offre la possibilité d'étudier deux périodes du travail de l'écrivain. Dans *Boule de Suif,* dont les épreuves ont été revues par Flaubert, Maupassant est proche de son maître par l'emploi de l'adjectif unique et précis, par l'abondance des « et », des « puis », des « alors » qui relient les propositions. Style très carré. Souci des transitions qui se retrouve dans la composition du récit : le récit aurait pu se découper en trois tableaux : le voyage, le séjour à l'auberge, le voyage. Maupassant a pris soin d'atténuer les contrastes en faisant longuement attendre le départ par les voyageurs à Rouen, en retardant leur descente de diligence dans la cour de l'auberge, surtout en orientant le récit entier sur Boule de Suif et ses rapports avec les autres : il peut se lire comme une suite de « figures » de ballet rapprochant ou séparant les personnages. D'abord le groupe des « honnêtes gens » réunit le comte, le filateur, le marchand, les reli-

gieuses, excluant la prostituée et le républicain Cornudet. Celui-ci se rapproche d'abord de Boule de Suif ; puis Loiseau, puis les religieuses, enfin l'ensemble des voyageurs poussés par la faim. A l'auberge, cette union se prolonge un peu, et l'officier allemand est exclu. Puis la conspiration des « honnêtes gens » contre Boule de Suif se forme ; pour un peu, ils estimeraient l'officier allemand comme l'un des leurs. L'exclusion de Boule de Suif se teinte de cruauté dans le dernier épisode ; elle se double à nouveau de celle de Cornudet, et les deux rejetés restent chacun dans leur solitude, l'un sifflotant *La Marseillaise*, l'autre pleurant. C'est une fin « ouverte » et non tranchée. Bien que *Les Soirées de Médan* soient apparues comme une manifestation de la jeune école naturaliste, l'analyse de *Boule de Suif* montre que Maupassant est un dissident parmi elle. Il en est très conscient. Ses lettres à Flaubert sont édifiantes à ce sujet. Il critique le découpage de *Nana* en tableaux très distincts. Il récuse la brutalité de sa manière : et l'on verra dans la conclusion de *Boule de Suif*, à l'inverse, un accord avec Flaubert qui détestait qu'une œuvre « fasse la pyramide ». Il se gausse de « l'enquête sociale », du « document humain » sur lequel Zola prétend fonder son travail de romancier, et trouve parfaitement ridicule sa prétention à être un savant. Ici encore, et pour toute la durée de son œuvre, il se sépare de l'école naturaliste : il ne traite que de personnages qu'il peut connaître de près, d'événements qu'il a, de près ou de loin, vécus lui-même. La fiche de renseignement lui semble, dès *Boule de Suif* et une fois pour toutes, un document artificiel et dangereux pour un écrivain. Il faut être saturé d'une atmosphère pour pouvoir la recréer. Le « peuple » des villes n'entrera

jamais dans son œuvre, dans laquelle figurent au contraire, selon leur ordre d'entrée dans sa propre vie, les paysans, les prostituées, les bourgeois normands, les employés, puis les gens du monde. Oh ! ce n'est pas du tout là une sorte de primitivisme dans l'enregistrement du réel, et son œuvre future nous renseignera là-dessus. Pour l'instant, étonnons-nous du malentendu qui a fait ranger Maupassant parmi les naturalistes, lui qui se sentait lâché par la « bande » de Zola. Mais ne nous en étonnons pas trop : c'est la pérennisation d'un jugement qui a été porté par les contemporains lors de la publication des *Soirées de Médan*. Et l'on sait que, par une myopie bien explicable, ils confondaient la manière de Flaubert avec celle des naturalistes, distinguant simplement dans cette dernière un surcroît de brutalité.

Les autres récits contenus dans ce recueil datent des années 1883 et 1884. Peu de temps les sépare de *Boule de Suif*, mais cet intervalle a été décisif dans l'évolution du métier de Maupassant. Celui-ci est devenu journaliste, s'éloignant ainsi, par nécessité, du précepte de Flaubert : « S'écarter des journaux ! » Ses débuts ont été assez laborieux. Mais la maturation de son métier a été rapide : c'est entre 1881 et 1883 qu'il a conquis une originalité par rapport à la manière encore flaubertienne des *Dimanches d'un bourgeois de Paris*. Il lui a fallu « coller » beaucoup plus étroitement à l'actualité, pour satisfaire le public des quotidiens. Il a appris à le faire comme envoyé spécial du *Gaulois* en Algérie, en 1881 : de là viennent ses attaques contre notre système de colonisation, puis, de fil en aiguille, contre le régime parlementaire et le règne de l'argent. Puis il a participé à la campagne de 1882 en faveur du petit employé. En somme, il est

devenu partie prenante d'une société qu'il regardait de plus loin dans *Boule de Suif ;* que Flaubert regardait de plus loin. Ses bourgeois sont plus diversifiés, les « petits » plus dignes de pitié que de haine, les « gros » plus brutalement en rapport avec l'événement : nous le voyons ici dans « Le Protecteur » et « La Parure ». Le sentiment de vivre une époque de décadence, où la complication des esprits correspond à un sentiment général de lassitude, se marque dans des récits comme « Rose » ou « Première Neige ».

Modification aussi, par la pratique du journalisme, du rapport entre auteur, personnage et lecteur. Celui-ci doit être avant tout *pris* le plus rapidement possible par le sujet, qui se développe en peu de lignes. Il n'est plus question de présenter lentement la scène, de multiplier les personnages, comme dans *Boule de Suif :* chaque récit se concentre autour d'un personnage, d'un seul et bref événement. Les objets sont investis d'une présence plus frappante aussi : sans doute les provisions jouent-elles un grand rôle dans *Boule de Suif,* mais leur intérêt est si l'on peut dire concurrencé par des aperçus sur l'occupation allemande, et par une description du microcosme social que représente la diligence. Dans les récits journalistiques, la chevelure, la parure, la serre polarisent l'attention du lecteur. Celui-ci est en relation immédiate, et non médiate, avec l'auteur. Maupassant, dans *Boule de Suif,* emploie le paradoxe et le sous-entendu. Tantôt il décrit objectivement, tantôt il nous fait connaître par le discours direct ou indirect les opinions des personnages, tantôt il parle en son propre nom, quand il se livre à des considérations sur les suites de l'invasion à Rouen. Ces plans multiples ne sont pas de mise dans le récit court du journal, où

la voix narrative est une. Le regard est celui du narrateur, en relation directe, ainsi, avec le lecteur : sadisme de « Coco », dérision de « La Serre », grivoiserie du « Crime au père Boniface ». Souvent d'ailleurs, le récit est à la première personne, et le conteur de « L'Ami Patience », « La Chevelure », « Auprès d'un mort », se confond avec Maupassant lui-même ; malgré les apparences, on en dira tout autant de l'auteur de « La Moustache » : un Maupassant au miroir. A son sujet, on observera une autre caractéristique du récit de journal, par opposition à la nouvelle classique : c'est qu'il peut... n'être pas un récit, mais une sorte d'exposé sur une question piquante ou d'actualité : une chronique, enfin. Le genre est libre, le seul impératif restant d'intéresser le lecteur. Dans les quotidiens où collabore Maupassant toutes les semaines, il écrit aussi bien des considérations de son cru sur l'actualité que des contes, les deux genres se mêlant parfois.

On n'analyse pas correctement l'évolution du récit chez Maupassant si l'on ne tient pas compte de cette activité journalistique incessante à laquelle il s'est assujetti, comme la plupart des prosateurs de son temps. Nous en avons perdu l'idée, parce que nous n'imaginons plus ces journaux contenant chaque jour des contes et nouvelles, et, en feuilleton, un, voire deux romans signés de noms connus. Ainsi les écrivains gagnaient-ils leur vie. Cela comportait des inconvénients : bâcler un article, ne plus voir dans la littérature qu'un objet de consommation. Maupassant fut préservé d'eux par un long et rude apprentissage solitaire. Bien qu'il y ait du déchet dans ses récits, ils gardent dans leur ensemble une remarquable tenue. Et ils montrent quels sont les avantages d'un tel mode de production :

aisance, écriture actuelle et persuasive. Pour persuader, celle de Maupassant devient peu à peu moins « carrée », moins liée : elle se prête aux goûts du temps et aux sujets traités en multipliant les interrogatives (dans « La Chevelure »), en juxtaposant les petites phrases dures (« Coco »), en marquant les hésitations et les sous-entendus d'une perverse par des points de suspension (« Rose »). Plus grande souplesse ; plus grande fluidité des adjectifs souvent employés par deux ou trois, comme dans la description de Mme Loisel devenue « ménagère ».

Par-delà ces différences entre l'écrivain de 1880 et celui de 1883-1884, demeure une certaine exploitation du réel qui constitue le « réalisme » de Maupassant, c'est-à-dire une objectivité apparente dissimulant sa propre manière de voir les choses — dissimulant un gauchissement du monde dans le sens de ses obsessions. Ainsi, *Boule de Suif* est un récit « à clefs », qui se déroule dans un décor reconnaissable. Mais le caractère exemplaire de l'aventure est suscité par son rétrécissement dans le temps et dans l'espace (le microcosme de la diligence, les cinq jours que dure l'action), et par l'échantillonnage des acteurs, qui offrent un panorama de la « société » rouennaise. « La Parure » ne nous présente de minutieux détails sur le prix de la vie et le train d'un ménage d'employés que pour dissimuler une grande improbabilité : pendant dix ans entiers, Mme Loisel et son amie Mme Forestier ne se rencontrent pas. Ainsi la dégradation physique de Mme Loisel peut-elle être frappante, et la dernière phrase particulièrement cruelle. Dans tous les récits, les personnages sont poussés au type, l'instant décrit est un instant de crise, les circonstances sont à la fois vraisemblables et exceptionnelles. Nous sommes transportés devant des lits de

mort, dans la cellule d'un fou, dans des îlots d'espace. La cyclothymie de Maupassant se marque ainsi plus nettement. A l'intérieur d'un recueil, par les genres très divers des récits qui nous sont présentés. Dans l'ensemble des récits, par l'existence de doubles postulations concernant un même objet, un même personnage. Il existe dans cette œuvre des prostituées âpres, des prêtres touchants, des mondaines intelligentes. Il existe des récits en miroir, et l'on ne peut par exemple séparer de « La Parure » l'aventure inverse des « Bijoux » : une femme d'employé berne son mari en faisant passer auprès de lui pour fausses des parures qu'elle gagne... à sa manière. Le mari berné, après la mort de sa femme, découvre l'authenticité des bijoux et s'enrichit par leur vente. Ce serait trop facile de pouvoir affecter d'un même signe les choses et les êtres ; ils sont présentés dans leurs contradictions, par un écrivain qui ne sait où situer son identité, dans un monde en déperdition de sens.

Même gauchissement dans la rhétorique. D'abord, il serait bien difficile de faire entrer les récits de Maupassant dans une catégorie définie. On peut tout au plus qualifier « Boule de Suif » de « nouvelle », pour sa longueur et le nombre de ses personnages, en l'opposant au reste des récits. Quant à ceux-ci, impossible de les distribuer en « contes » et en « nouvelles », par exemple. Parce que ces termes sont flous, et plus encore au xixe siècle que pour nous : le récit court n'occupe pas dans la littérature française une place canonique, comme le roman ou l'épopée. C'est un genre dédaigné par nos théoriciens classiques. Parce que Maupassant n'est justement pas un théoricien, et se soucie fort peu d'établir une règle du récit. Enfin, parce que celui-ci, comme nous l'avons vu, oscille

entre la chronique et la mise en œuvre d'une anec-
dote, avec toute la liberté que permet et même
exige la production journalistique. Regrettons donc
que le terme anglais de « récit court », qui serait le
plus convenable à ces œuvres, ne soit pas acclimaté
dans notre critique.

On peut cependant penser que la brièveté même
de ces récits entraîne un certain nombre de tech-
niques particulières. Il faut qu'ils frappent vite et
fort. Aussi comportent-ils souvent un mot de la fin,
dont on observera déjà qu'il se situe très diverse-
ment par rapport au récit : il le prolonge logique-
ment dans « Le Lit 29 », « Une Soirée », « Le Ven-
geur », « L'Attente », alors que dans « La Parure », il
inverse tout à coup les données de l'aventure et
invite à relire le récit à la lumière d'une ultime
dérision. Il s'en faut d'ailleurs que le mot de la fin
soit toujours là pour mettre un comble à la pro-
gressivité du récit. Celui-ci se perd, s'annule dans
l'immensité de la nature dans « Le Crime au père
Boniface » et « Coco », ici avec cruauté, là avec un
sourire : toujours la bipolarité de l'effet. D'autres
fois, le récit se termine par une ambiguïté de juge-
ment, comme dans « Le Bonheur » ou « Rose ».
Aucun système donc, ou plutôt des systèmes inver-
ses. Même remarque en ce qui concerne l'encadre-
ment du récit. On a beaucoup parlé de ce procédé
de fermeture de l'événement, raconté par un nar-
rateur qui en fut le témoin et qui en parle au passé,
comme d'une chose définitive, révolue. Maupassant
est loin de l'employer constamment. Ici, c'est dans
« La Chevelure », « Le Bonheur », « Auprès d'un
mort », « L'Attente ». Récits où la vision du monde
est cruelle, et (ou) étrange. Sartre s'est bien évi-
demment trompé en prétendant que pareil enca-
drement rend l'aventure sans importance, la rava-

lant au rang d'une anecdote bonne à conter dans un salon. C'est tout le contraire : l'aventure est sans recours, témoin d'un implacable passé auquel le narrateur a toujours été mêlé de si près qu'il en demeure ébranlé. Mais encore sied-il de distinguer le cas où l'encadrement constitue une véritable fermeture, et le cas où il la simule : ainsi dans « La Chevelure ». En effet, lorsqu'après avoir lu le journal du fou, le narrateur se trouve dans le cabinet de l'aliéniste et reçoit la chevelure-vampire, c'est « le cœur battant de dégoût et d'envie ». La contagion d'une attirance s'empare de lui. Et l'on imagine volontiers qu'il devienne à son tour l'homme vampirisé. Le récit, alors, est faussement fermé : il ouvre en réalité sur une coulure infinie du monde. C'est d'une manière biaisante que Maupassant, parfois, emploie les procédés qui semblent les plus faciles à qualifier dans son œuvre.

Multiplicité d'une écriture qui traduit les incertitudes du monde et du moi, tous deux, en dernière analyse, *inhabitables*. Dans un recueil de Maupassant, on est ballotté des formes les plus traditionnelles de la rhétorique « attique » aux décentrements chers à la rhétorique « asiatique », sans que l'écrivain monte en épingle ces si diverses virtuosités. La lecture est toujours aisée, le récit simple en apparence. A l'analyse, se pose la question qui sert de titre à l'un des derniers récits de Maupassant : « Qui sait ? ».

Le livre et son public

Boule de Suif fait partie du recueil collectif *Les Soirées de Médan*, qui fut volontairement lancé par ses auteurs comme un manifeste naturaliste, et bra-

vait la critique dans sa *Préface*. En outre, Maupassant lui-même, dans *Le Gaulois* du 17 avril 1880, publiait sur *Les Soirées de Médan* un article-profession de foi. Il proclamait que la nouvelle école s'inspirait de Schopenhauer et Spencer, comme ayant sur la vie des idées plus « droites » que Victor Hugo. Il présentait le recueil qui venait de sortir comme le résultat d'une volonté commune et d'un plan préétabli ; ce qui était faux, du reste. Du coup, les critiques furent agacés par le bruit que les auteurs du livre essayaient de susciter. Dans *Le Figaro* du 19 avril, Albert Wolff se gausse de Zola et de ses remuants disciples, et déclare à propos du livre : « C'est de la dernière médiocrité. » Le coup est porté ; deux jours après, un article un peu plus impartial paraît dans *Le Figaro*, mais sans faire oublier la condamnation première. Dans *Gil Blas* du 21 avril, Jean Richepin, qui pourtant ne ressemble guère à Wolff, se moque de « cette extrême gauche de l'encrier », qui se réclame de Flaubert « comme le cochon se revendiquerait de saint Antoine ». Pourtant, il fait exception pour Maupassant, « fier et robuste maître [...]. Il est Normand et parent de Flaubert, digne de cette race plantureuse et saine ». Éloge dangereux ! Frédéric Plessis le reprend dans *La Presse* du 5 septembre, et il en fait sortir toute l'ambiguïté : *Boule de Suif* est une très bonne nouvelle, mais n'a « qu'une valeur d'imitation ». Peu de critiques sans réticence, somme toute, sauf celle de Camille Lemonnier dans le journal belge *l'Europe politique, économique et financière* du 1er juin : *Boule de suif* est « superbe », Maupassant « a le tour français, point trop surchargé, une belle tenue de prosateur, un récit preste et coupé de courtes descriptions ». En revanche, le public accueille bien *Les Soirées de Médan*, qui en sont à

leur 8ᵉ édition en quinze jours. Comment expliquer cette divergence, plus fréquente, au reste, qu'on pourrait le croire ? C'est que le lecteur moyen se soucie peu des provocations que les auteurs adressent aux critiques. En revanche, les nouvelles du volume démythifient la guerre et refusent les poncifs patriotiques dont on faisait grande dépense en France depuis la défaite. Ce livre vient à point, au moment où les républicains prennent possession de la République, après la chute de Mac-Mahon. Il donne l'impression justifiée qu'on peut s'exprimer plus librement désormais. Cela ne signifie pas que l'on comprenne mieux la valeur littéraire de chacune des nouvelles. Plus tard, *Boule de Suif*, détachée du volume collectif dès 1885, dans une édition de *Contes et Nouvelles* de Maupassant devenu un auteur à part entière, est vite considérée comme une des meilleures nouvelles de celui-ci. La preuve, c'est qu'elle sert de « locomotive » à des recueils établis après la mort de l'auteur, celui de l'édition Conard des premières œuvres, celui de l'édition Albin Michel que nous donnons ici même, celui de l'édition Garnier des *Contes normands*. Elle inspire les cinéastes : le Russe Mikhail Romm en 1934, le Japonais Kenji Mizoguchi en 1935, le Français Christian Jacque en 1946 (ce dernier film, évidemment inspiré par la Résistance, est une libre adaptation où paraissent aussi des éléments de *Mademoiselle Fifi*).

Un grand nombre des récits recueillis dans ce volume font partie originellement du recueil *Contes du jour et de la nuit* paru chez Marpon et Flammarion en 1885 (« Le Crime au père Boniface », « Rose », « L'aveu », « La Parure », « Le Bonheur », « Une Vendetta », « Coco »). Il fut très bien vendu, d'emblée, et bénéficia d'une bonne critique (Paul

Ginisty, *Gil Blas*, 25 mars 1885 : « Contes trou-
blants », « qui saisissent volontiers dans leurs côtés
cruels les réalités de la vie », que ce soit chez les
paysans ou chez les mondains ; Philippe Gille, *Le
Figaro*, même jour : « livre exquis [...] suite de véri-
tables petits chefs-d'œuvre de vérité et d'observa-
tion parmi lesquels je signalerai « L'Aveu », une
scène de village étonnante de fidélité, un véritable
Millet »). « L'Ami Patience », « La Moustache », « La
Dot », « Le Lit 29 », « Le Protecteur », « La Cheve-
lure », font originellement partie du recueil *Toine*,
paru en 1886 chez Marpon et Flammarion. La vente
alla fort bien, puisqu'il y eut une seconde édition
dans l'année. Le recueil fut élogieusement signalé
dans la presse, par exemple le 17 février dans *Le
Figaro* par Philippe Gille (« conteur exquis », « vingt
charmantes nouvelles »), mais l'attention des lec-
teurs est surtout attirée par le conte « locomotive »
de « Toine », qui console, écrit Gille, de « bien des
fadeurs littéraires ». « La Chevelure » fit l'objet d'un
découpage cinématographique, avec Michel Piccoli
pour interprète, par Ado Kyrou en 1961.

Indications chronologiques

1846. — Laure Le Poittevin (sœur d'Alfred, l'ami de
 Flaubert) épouse Gustave de Maupassant. Les
 Le Poittevin sont normands depuis des géné-
 rations. Les Maupassant sont d'origine lorrai-
 ne. Leur noblesse remonte au XVIIIᵉ siècle.
1848. — Mort d'Alfred Le Poittevin.
1850. — Naissance de Guy de Maupassant (selon
 toute vraisemblance au château de Miromes-
 nil), le 5 août. Honoré de Balzac meurt le
 18 août à Paris.

1856. — Naissance d'Hervé de Maupassant, au château de Grainville-Ymauville.

1859. — Gustave de Maupassant, à la suite d'ennuis de fortune, gagne sa vie dans une banque parisienne. Bref passage de Guy au lycée Napoléon, à Paris.

1860. — Séparation des parents de Maupassant. Laure vit à Étretat, dans la maison des Verguies. L'abbé Aubourg s'occupe de l'éducation de Guy et d'Hervé, très attachés à leur mère avec laquelle ils vivent.

1863-1868. — Guy, pensionnaire à l'Institut ecclésiastique d'Yvetot, commence par y réussir assez bien, puis se dissipe. Vacances à Étretat. Maupassant se lie en 1866 avec le poète anglais Charles Swinburne, sadique et « décadent ».

1868-1869. — Interne au lycée de Rouen, Maupassant a pour correspondant le poète Louis Bouilhet, intime de Flaubert, lequel accueille amicalement l'adolescent en souvenir d'Alfred le Poittevin. Bouilhet meurt le 18 juillet 1869.

1870-1871. — Après un temps d'instruction à Vincennes, Maupassant est versé dans l'Intendance à Rouen. Il participe de près à la débâcle, rejoint Paris en août 1870, repart pour Rouen, et se fait remplacer dans l'armée en septembre 1871. Il était soldat de deuxième classe.

1872. — Il entre, grâce à son père, au ministère de la Marine, et habite dans la maison de son père, 2, rue Moncey, au rez-de-chaussée, une petite chambre donnant sur la cour. Petites femmes, Folies-Bergère, canotage et sport (Maupassant pratique épée, canne et pisto-

let). Maupassant est payé, à partir de 1873, 125 F par mois, plus une gratification annuelle de 150 F. Il loue avec tous les compagnons décrits dans *Mouche* une chambre à Argenteuil, et, souvent, revient à pied à Paris. Grâce à Flaubert, rue Murillo, il fait la connaissance de Zola et de Goncourt. Il tente d'écrire : contes, œuvres dramatiques.

1875. — Mort de Jules de Maupassant, grand-père de Guy. La succession est embrouillée, suscite des disputes familiales. *La Main d'écorché* est publiée dans l'*Almanach Lorrain de Pont-à-Mousson*, sous le pseudonyme de Joseph Prunier, surnom de Maupassant canotier. Il loue une chambre chez Poulin à Bezons, avec Léon Fontaine, et fait un peu figure de solitaire vis-à-vis de l'ancien groupe. En avril, représentation privée, devant Flaubert et Tourgueniev, de la pièce qui parut alors très osée : *A la feuille de rose, maison turque*. Elle ne vaut pas grand-chose et a perdu sa saveur de scandale.

1876. — Il fréquente les mardis de Mallarmé, et, rue de Bruxelles, Catulle Mendès qui accueille un poème dans *La République des Lettres*. Il ne parvient pas à faire accepter au Vaudeville une de ses pièces. Il connaît les membres du groupe qui va devenir le groupe de Médan (Zola, Huysmans, Hennique, Céard, Mirbeau). Santé altérée (douleurs cardiaques, maladie de peau) : suites d'une syphilis mal soignée. Maupassant s'installe 17, rue Clauzel, dans une maison habitée par des filles. Il y possède deux pièces. Hennique, Huysmans, Mirbeau, Alexis y fréquentent.

1877. — Avril : dîner Trapp, offert par les

« jeunes » à Flaubert, Goncourt, Zola.
16 mai : dissolution de la Chambre, crise
parlementaire. Les élections d'octobre amè-
nent à la Chambre une majorité républicai-
ne. Ébranlement du régime d'« Ordre Mo-
ral » qui, avec Mac-Mahon, a été inauguré à
la fin de 1873. Première cure de Maupassant,
en été, à Loèche-les-Bains, dans le Valais. Il
commence à travailler à *Une Vie*.

1878. — Refusé au Théâtre Français pour sa pièce
La Comtesse de Rhune. Publie quelques con-
tes dans *La Mosaïque*. Ne supportant plus le
ministère de la Marine, il passe en décembre,
grâce à Flaubert, au ministère de l'Instruc-
tion Publique.

1879. — L'*Histoire du vieux temps* est donnée au
théâtre Déjazet. Septembre : en Bretagne et
à Jersey. Novembre : le poème *Une fille*
paraît dans la *Revue moderne et naturaliste*.
Le parquet d'Étampes ouvre une information
pour outrage à la morale publique : il y aura
non-lieu en février 1880. Juliette Adam,
directrice de la *Nouvelle Revue*, accueille
sans bienveillance excessive dans son salon
Guy, sur la recommandation de Flaubert. Dé-
mission de Mac-Mahon. Fin de l'« Ordre Mo-
ral ». Grévy président de la République.

1880. — Retentissement des *Soirées de Médan*, où
Maupassant a publié *Boule de Suif* ; le même
mois d'avril, Maupassant publie *Des vers*,
chez Charpentier. Il est mal portant (migrai-
nes, troubles cardiaques, oculaires et ner-
veux). Flaubert meurt le 8 mai. Ébranlement
terrible pour son disciple. En juin, Maupas-
sant obtient un congé de son ministère. Il a
commencé le mois précédent à collaborer au

Gaulois. Il loue une maison à Sartrouville, sur le quai. Voyage en Corse, durant l'été. Il déménage à Paris, 83, rue Dulong. Mendès, Bourget, Édouard Rod fréquentent là, ainsi que ses anciens amis. Ferry président du Conseil, en septembre, jusqu'en novembre 1881. Lois laïques.

1881. — Mai : publication de *La Maison Tellier.* Juillet et août : Maupassant se rend pour le compte du *Gaulois* en Algérie, où ont lieu des soulèvements. Il voyage avec le journaliste Harry Alis (Hippolyte Percher), et rencontre à Alger Jules Lemaître, qui y professe. En octobre, il débute à *Gil Blas,* mais il y signe « Maufrigneuse » à cause de l'antériorité de sa collaboration au *Gaulois* qui a l'exclusivité de sa signature pour les contes. Aggravation de sa maladie. Le « grand ministère » Gambetta, nommé en novembre, ne durera que trois mois.

1882. — Krach de l'*Union Générale. Mademoiselle Fifi,* chez Kistemaeckers, à Bruxelles. Maupassant est dès le début de l'année rayé des cadres du ministère par le ministre Paul Bert. Nouveau voyage en Bretagne, en été.

1883. — Publication d'*Une Vie* et des *Contes de la bécasse.* Maupassant se fait construire la villa « La Guillette » à Étretat. En février, naissance de son premier enfant, fils de Joséphine Litzelmann. En décembre à Cannes. Désormais, l'écrivain a un valet de chambre et vit confortablement. Jules Ferry président du Conseil en février, jusqu'en mars 1885. Très impopulaire à cause de sa politique coloniale, en particulier au Tonkin.

1884. — *Au Soleil, Clair de Lune, Miss Harriett, Les*

Sœurs Rondoli, et préface aux *Lettres de Flaubert à George Sand*. Ce surmenage s'accompagne de troubles nerveux. Liaison avec la comtesse Potocka. Installation à Paris, au 10, rue Montchanin, au rez-de-chaussée de l'hôtel qui appartient à son cousin Louis Le Poittevin. Dumas fils, Porto-Riche, Gervex y fréquentent. Maupassant suit les cours de Charcot à La Salpêtrière. Correspondance avec Marie Bashkirtseff, en mars. Naissance d'un second enfant naturel. A la fin de l'année, achat d'un cotre de 9 tonneaux, avec lequel Maupassant navigue en Méditerranée. Il passe, depuis 1883, les fêtes sur la côte d'Azur : Mme de Maupassant y habite.

1885. — *Yvette, Contes du jour et de la nuit, Toine*, et le roman *Bel-Ami*. Voyage en Italie et en Sicile avec le peintre Gervex et le journaliste Georges Legrand. Maupassant a du succès dans les salons mondains : il fréquente les salons Cahen d'Anvers, Kann, Straus, mais avec des moments de sauvagerie. Jean Lorrain le caricature sous le nom de Beaufrilan dans *Très Russe* (roman connu de nous sous le titre *Villa Moresque*).

1886. — *La Petite Roque, Monsieur Parent*. Triomphe de Boulanger lors de la revue du 14 juillet.

1887. — *Le Horla*, et le roman *Mont-Oriol*. Voyage en Afrique du Nord. Hervé est interné une première fois, puis retombe malade à la fin de l'année d'une « fièvre pernicieuse avec accident aux méninges ». Naissance du troisième enfant naturel de l'écrivain.

1888. — Hervé est placé à l'asile de Bron, non sans

difficultés venues de sa femme et de sa mère. La correspondance de Maupassant avec son père témoigne de son désarroi. *Le Rosier de Madame Husson*, *Sur l'Eau*, et le roman *Pierre et Jean*.

1889. — Après un voyage en Afrique, Maupassant, brouillé avec son cousin, s'installe 14, avenue Victor Hugo, puis 89, rue du Boccador, en des appartements somptueux. *La Main gauche*, et le roman *Fort comme la Mort*. Exposition Universelle, que fuit Maupassant. Mort d'Hervé à l'asile, le 13 novembre.

1890. — *La Vie errante*, *L'Inutile Beauté*, et le roman *Notre Cœur*. Maupassant fait des cures à Plombières, Gérardmer, Aix-les-Bains. Septembre en Afrique. La santé physique et mentale de Maupassant va se dégradant.

1891. — Alternances de dépression et de délire mégalomanique. Cures à Luchon, Divonne, Champel. Maupassant commence l'*Angelus*, roman qu'il n'achèvera pas, et fait le projet de *L'Ame étrangère*. On joue *Musotte* au Gymnase.

1892. — Le premier janvier, il tente de se suicider. On l'interne le 7 chez le docteur Blanche à Passy. Anéantissement mental.

1893. — Création de *La Paix du ménage* à la Comédie Française. Le 6 juillet, mort de Maupassant. Gustave de Maupassant meurt le 24 janvier 1900, Laure de Maupassant le 8 décembre 1903.

Indications bibliographiques

Nous ne donnons ici que les indications pouvant servir à la compréhension du recueil *Boule de Suif*.

1° *Contes et Nouvelles*, préface d'Armand Lanoux, édition Louis Forestier, Gallimard, Bibliothèque de La Pléiade, tome I (jusqu'en 1884), 1974 ; tome II, 1979.

« Boule de suif » et autres contes normands, édition M.-C. Bancquart, Garnier, 1971.

« Le Horla» et autres contes cruels et fantastiques, édition M.-C. Bancquart, Garnier, 1977.

Les Soirées de Médan, introduction et notes de C. Becker, Le Livre à venir, 1981.

Bel-Ami, préface et notes de M.-C. Bancquart, Imprimerie Nationale, 1979.

Correspondance de Guy de Maupassant, édition Jacques Suppel, 3 volumes, Cercle du Bibliophile, Evreux, 1973.

Bel-Ami, préface de Jacques Laurent, commentaires et notes établis par Ph. Bonnefis, Le Livre de Poche, 1983.

Une Vie, préface d'Henri Mitterand, commentaires et notes établis par A. Buisine, Le Livre de Poche, 1983.

Mademoiselle Fifi, préface, commentaires et notes établis par Louis Forestier, Le Livre de Poche, 1983.

La Maison Tellier, préface, commentaires et notes de P. Wald Lasowski, Le Livre de Poche, 1983.

Chroniques, préface de H. Juin, 10/18, UGE, 1980.

2° *Ouvrages et articles*

M.-C. Bancquart, *Maupassant conteur fantastique*, Minard 1976.

« Maupassant journaliste », dans *Flaubert et Maupassant, écrivains normands*, PUF 1980.

« Maupassant et l'argent », dans *Romantisme*, « L'Argent », n° 40, 1983.

M. Besnard-Coursodon, *Étude thématique et structurale de l'œuvre de Maupassant : le Piège*, Nizet, 1973.

Ph. Bonnefis, *Comme Maupassant*, Presses Universitaires de Lille, 1981.

A. Buisine, « Profits et pertes », *Revue des Sciences humaines*, n° 173, 1979.

M. Crouzet, « Une rhétorique de Maupassant ? », *Revue d'Histoire littéraire de la France,* LXXX, 1980.

G. Dumesnil, *Guy de Maupassant*, Tallandier, 1947.

La publication des « Soirées de Médan », Malfère, 1933.

J. Ebert, « Et cette vie dura dix ans (Maupassant : *La Parure*) », *Neueren Sprachen*, vol. 65, octobre 1966.

L. Forestier, « Retour à Maupassant », *Quinzaine littéraire*, 1er-15 avril 1972.

Ch. Grivel, « L'entre-jeu de la représentation : Maupassant, la science et le désir », *Revue des Sciences humaines*, n° 160, 1975.

A. Lanoux, *Maupassant le Bel-Ami*, 1967, rééd. 1979, Grasset et Le Livre de Poche, 1983.

Magazine littéraire, janvier 1980 : *Dossier Maupassant*.

F. Marcoin, « La représentation bloquée », *Revue des Sciences humaines*, nᵒ 154, juin 1974.

J. Paris, « Maupassant et le contre-récit », *Univers Parallèles*, II, 1975, Seuil.

A. Savinio, *Maupassant et « L'Autre »*, Milan, 1975.

A.M. Schmidt, *Maupassant par lui-même*, Seuil, 1962.

E. Standing, « Maupassant et la nouvelle », *Cahiers de l'Association des études françaises*, nᵒ 27, 1975.

E.D. Sullivan, *Maupassant : The short stories*, Londres, 1962.

A. Vial, *Guy de Maupassant et l'art du roman*, Nizet, 1954.
« Maupassant et la Vénus vénale », dans *Faits et Significations*, Nizet, 1973.

NOTES

Boule de Suif

P. 15

1. Paraît le 16 avril 1880 dans *Les Soirées de Médan*, Charpentier, p. 51 à 105. Le volume comprend en outre « L'Attaque du moulin » de Zola, « Sac au dos » de Huysmans, « La Saignée » de Céard, « L'Affaire du grand 7 » de Hennique ; il a failli avoir pour titre *L'Invasion comique*. Le récit de Maupassant a été composé à la fin de 1879. Flaubert en reçoit les épreuves, conseille quelques corrections que fait Maupassant, et proclame que son disciple a écrit un chef-d'œuvre.

Les événements rappelés par ce récit. Les Prussiens marchent sur Rouen en décembre 1870 ; vaine défense de débris de l'armée française rassemblés au nord-est de Rouen ; les Français en fuite traversent Rouen le 4, l'armée régulière mêlée aux francs-tireurs. La garde nationale sédentaire, chargée de défendre la ville, n'offre pas de résistance à l'entrée des Allemands qui a lieu le 6 décembre. L'occupation dure jusqu'au 22 juillet 1871 ; quelques actes de résistance très isolés, les Allemands tués étant jetés à la Seine. L'ensemble de la Normandie est occupée, sauf la « poche » du Havre, tenue par les Français. Pour gagner Le Havre, les voyageurs suivent un itinéraire qui semble bizarre. Mais c'est que la route de Dieppe est sûre, tandis que des escarmouches opposent parfois les Allemands et les corps français débandés dans la région à l'ouest et au sud de Rouen.

Les lieux. Tôtes est à 29 km de Rouen, à 28 km de Dieppe. L'hôtel du Cygne a gardé sa vaste cuisine à peu près dans l'état où elle se trouvait au siècle dernier.

Les personnages. Carré-Lamadon est Pouyer-Quertier (1820-1892), propriétaire d'une fabrique de cotonnades de Rouen, président de la Chambre de Commerce, maire de Fleury-sur-Andelle, membre du Conseil général de la Seine-Inférieure, objet des sarcasmes de Flaubert dans sa correspondance, le type même du grand bourgeois opportuniste.

Cornudet est le « communard, communiste et commun » Charles Cordhomme (Flaubert), second mari de la tante de Maupassant, propriétaire d'un négoce en vins et « démocrate » notoire. Il était connu dans tous les cafés républicains de Rouen, avec sa barbe et son grand chapeau. Il se présenta en vain à toutes les élections possibles, faisant suivre son nom du mot « referendum », pour indiquer que tel était le mode d'adoption des décisions publiques qu'il comptait soutenir. Il était le beau-père de Lucie et Louis Le Poittevin, à qui Maupassant dédicaça *Les Soirées de Médan* en le nommant « beau-fils de Cornudet lui-même ». Boule de Suif est Adrienne-Annonciade Legay, née en 1841, maîtresse d'un officier, puis d'un négociant, qui se trouvait mobilisé au Havre durant la guerre : elle fit en effet des voyages pour le retrouver. Elle aurait placé un drapeau noir devant sa porte lors de l'entrée des Prussiens à Rouen, et, comme tous les Rouennais coupables de ce « délit », aurait été forcée en punition de loger des soldats. Maupassant la connaissait par Cordhomme. Elle devait tomber dans la misère et mourir à l'hôpital en 1892, après avoir tenté de se suicider.

La véracité de l'attitude des « gens honnêtes » devant l'envahisseur « Je travaille ferme à ma nouvelle sur les Rouennais et la guerre. Je serai désormais obligé d'avoir des pistolets dans mes poches pour traverser Rouen », écrit Maupassant à Flaubert le 2 décembre 1879. Et le 5 janvier : « Ce que je dis des Rouennais est encore beaucoup au-dessous de la vérité. » On est tenté de lui donner raison quand on lit certaines correspondances particulières. Le docteur Hellis, légitimiste, médecin-chef à l'hôpital de Rouen, écrit le 12 janvier 1871 à son ami Amable Floquet : « Dimanche 4 décembre, MM. de la Rouge firent une démonstration contre l'hôtel-de-ville [...]. Le lendemain, les frères et amis se rendent à la place Saint-Ouen pour achever leur ouvrage, quand tout à coup la panique s'empare de tous : les Prussiens, les Prussiens ! [...] j'ai vu arriver nos vainqueurs [...] je n'ai pu ne point admirer leur tenue militaire [...]. Je suis convaincu que l'arrivée des Prussiens nous a sauvés d'un mouvement révolutionnaire. Aussi, je n'ai point de profonde rancune

contre eux. Les chefs sont en général instruits et distingués »
(Bibliothèque municipale de Rouen).

P. 29

1. Pains légers à pâte très levée.

P. 33

1. Surnom donné à Napoléon III par les opposants au Second
Empire, du nom du maçon qui en 1846 donna son costume à
Louis-Napoléon emprisonné au fort de Ham, pour permettre son
évasion.

P. 35

1. Évidente distraction de Maupassant que ce compte !

P. 44

1. Eugène-Louis Napoléon, fils de Napoléon III, avait qua-
torze ans. Il venait d'être tué au Zoulouland, en 1879, quand
Maupassant écrivit *Boule de Suif*.

P. 46

1. C'est un jeu où le gagnant est celui dont les cartes réunis-
sent 31 points, ou un nombre inférieur aussi proche que possi-
ble de 31.

P. 64

1. *La Marseillaise* ne fut notre hymne national qu'à partir de
1879, et, même alors, garda longtemps une allure révolution-
naire, qu'elle avait pleinement en 1870-1871.

L'Ami Patience

P. 66

1. Ce récit parut dans *Gil Blas* le 4 septembre 1883, et fut
recueilli dans *Toine*. La maison de l'Ami Patience est située dans

une rue de Limoges qui n'a jamais existé, et dont le nom contient une allusion polissonne reprise dans le conte de Maupassant « Un Coq chanta ».

La Dot

P. 74

1. Ce récit parut dans *Gil Blas* le 9 septembre 1884, et fut recueilli dans *Toine*. Le jeune couple emprunte l'omnibus X, « place du Havre-Vaugirard ». Le terminus se trouvait 108, rue Blomet. La détresse de la jeune femme, Jeanne, perdue dans un Paris inconnu, après un long périple, rappelle celle d'une autre Jeanne, l'héroïne du roman *Une Vie* que Maupassant publia en 1883, quand il lui fait chercher son fils en vain dans la capitale (chapitre XIII, p. 278-282 de l'édition du Livre de Poche). Comme elle, Jeanne Lebrument est normande : Boutigny-le-Rebours est un nom imaginaire, mais le patronyme de « Lebrument » est des plus répandus en Normandie. L'arrivée des jeunes gens à Paris par la gare Saint-Lazare est un indice de plus.

La Moustache

P. 83

1. Ce récit parut dans *Gil Blas* le 31 juillet 1883, et fut repris dans *Toine*. Il est daté du jour même de la publication en journal (*Gil Blas* était un journal du soir daté du lendemain).

P. 84

1. « Ce moine est un athlète. Il a le charme incomparable de la douceur dans la force. Un œil vif et noir éclaire son mâle visage olivâtre. La poitrine large et le geste libre, il inspire la sympathie et la confiance [...]. Il y a dix ans environ, il aborda la chaire de Saint-Philippe du Roule [...]. Il toucha, remua, changea les cœurs et vit à ses pieds les plus belles pénitentes ». Anatole France, « Le R.P. Didon », *Le Temps* du 19 octobre 1890, *Vie Littéraire, IV*. Maupassant avait consacré à ce dominicain le 17 novembre 1881, dans *Gil Blas*, une chronique au titre suggestif : « Galanterie sacrée ». Il l'avait rencontré en Corse, à l'automne 1880.

P. 86

1. Méline était ministre de l'Agriculture depuis février 1883. C'est au mois de mai qu'il avait prononcé un discours à Amiens. Onctueux et grave dans son attachement au « juste milieu », il était aussi peu fait que possible pour rappeler les *Scènes de la vie de bohème* de Mürger ! Maupassant s'amuse, mais la « Jeanne » qui est l'auteur de la lettre va un peu loin dans l'ignorance et la frivolité, en assimilant Méline à quelque « Mimi ».

Le Lit 29

P. 89

1. Ce récit parut dans *Gil Blas*, le 5 juillet 1884, et fut recueilli dans *Toine*. Il aurait été inspiré à Maupassant par Henry Céard, mais l'histoire est fortement modifiée, car il s'agit à l'origine d'une prostituée de dernier ordre infectant volontairement les Prussiens, en Haute-Marne, et passée par les armes en bravant l'ennemi.

P. 90

1. Charles Bourbaki, Français d'origine grecque, célèbre pour ses victoires en Algérie, puis en Crimée, sous le Second Empire, commandait en chef l'armée de l'Est lors de l'armistice. Cette armée, chose curieuse, fut oubliée dans les stipulations de l'armistice ! Elle n'eut d'autre ressource que d'aller se faire désarmer en Suisse. Bourbaki tenta de se suicider, dans son désespoir. Il fut en 1876 nommé gouverneur militaire de Lyon, et prit sa retraite en 1881, après s'être mêlé de politique d'une manière qui allait assez au-delà des limites de ses fonctions pour demeurer compromis dans l'opinion publique. Épivent partage, en admirant Bourbaki, un sentiment général sous le Second Empire ; mais le lecteur de 1884 lui donne tort.

P. 92

1. Le cours Boieldieu se trouvait juste devant le Théâtre des Arts à Rouen ; il doublait le quai de la Bourse. Le café de la Comédie était tout proche du théâtre, alors l'un des tout premiers de France. C'était le lieu élégant de la ville.

280

Le Protecteur

P. 104

1. Ce récit parut le 5 février 1884 dans *Gil Blas* et fut repris dans *Toine*. Il évoque les brasseries du Quartier latin dans lesquelles, à la fin du Second Empire, se rencontrèrent les futurs gambettistes : le personnel de l'Union Républicaine se recruta dans cette camaraderie, ce qui, certes, n'était pas un gage de compétence ! Gambetta était mort en 1882.

P. 109

1. Les radicaux, dirigés par Clemenceau, ne perdaient aucune occasion d'attaquer les gouvernements opportunistes en place. Ils demandaient la séparation des Églises et de l'État. Le terrain d'attaque est ici d'autant plus favorable pour eux que, sans aller jusqu'à la séparation, le gouvernement était anticlérical, et son représentant n'aurait pas dû favoriser l'abbé Ceinture. Jules Ferry avait fait voter en 1880-1881 des lois antijésuites et laïques.

La Chevelure

P. 111

1. Ce récit parut dans *Gil Blas* du 13 mai 1884 et fut repris dans *Toine*. Il témoigne de l'intérêt porté par Maupassant à certaines formes de « perversion » proches de la nécrophilie. Grand lecteur de Poe, Maupassant connaissait bien les contes *Bérénice* et *Morella*. En outre, il avait été frappé, comme bien des contemporains, par le procès du sergent Bertrand, du 74e de ligne. Cet homme avait vingt-cinq ans lors de sa condamnation ; bien noté, bien élevé et plein de réserve, il ressentait une irrésistible attirance pour les cadavres. C'est seulement après les avoir dépecés qu'il pouvait atteindre à la jouissance sexuelle. Il s'attaqua d'abord à des dépouilles d'animaux, puis à des cadavres, principalement de femmes, qu'il déterrait dans les cimetières. Bertrand « Le Vampire », condamné en 1849, connut une grande « vogue » à la fin du XIXe siècle, curieuse de toutes les déviations. Le docteur Ambroise Tardieu publia une partie de ses confessions : *Extrait d'un manuscrit autographe du nommé Bertrand, déterreur de cadavres*. C'est en parlant de lui que le docteur Guislain, de Gand, avait en 1860 inventé le terme même de « nécrophile » *(Leçons orales sur les phrénopathies)*.

P. 112

1. Si le docteur Blanche s'était montré à la pointe de la méde-
cine en demandant à Nerval, dans les années 1850, d'écrire
Aurélia, l'idée que les « fous » n'étaient pas radicalement séparés
des esprits « normaux » et que leurs productions avaient un inté-
rêt s'était répandue dans l'école des aliénistes français contem-
porains de Maupassant. Nous avons cité Ambroise Tardieu pu-
bliant Bertrand. Le docteur Max Simon faisait peindre ou écrire
ses malades, et analysa cette méthode dans *Les Dessins et Écrits
des aliénés*, 1888.

P. 114

1. Il y a une dynastie de « Vitelli » au XVIIᵉ siècle, mais ils sont
plutôt peintres ou sculpteurs.

Le Crime au père Boniface

P. 121

1. Ce récit parut dans *Gil Blas* du 24 juin 1884 et fut recueilli
dans *Contes du jour et de la nuit*. Il met en scène un « piéton »,
appellation alors officielle du facteur rural, dans un bourg au
nom imaginaire, comme le titre du journal *Le Petit Normand*. Le
sujet du récit aurait été fourni à Maupassant par son ami
Aubourg, qui habitait Longueville-sur-Scie, près de Dieppe.

Rose

P. 129

1. Ce récit a paru dans *Gil Blas* le 19 janvier 1884, et a été
recueilli dans *Contes du jour et de la nuit*. Le boulevard de la
Foncière, où se déroule la bataille de fleurs, est l'actuel boule-
vard Carnot à Cannes. Le panorama de la ville donné ici par
Maupassant se retrouve dans *Bel-Ami*, première partie, chapi-
tre VIII (Forestier est mourant quand il le voit : ambivalence des
paysages...).

L'Aveu

P. 137

1. Ce récit parut dans *Gil Blas* le 22 juillet 1884, et fut repris
dans *Contes du jour et de la nuit*.

282

La Parure

P. 145

1. Ce récit parut dans *Le Gaulois* du 17 février 1884, et fut repris dans *Contes du jour et de la nuit*. Mme Loisel est invitée au bal par un ministre nommé Ramponneau, dont le nom est imaginaire, mais satirique : c'est celui d'un cabaret populaire situé rue de Clignancourt, dans lequel il fut « élégant » de se rendre, à la fin du Second Empire. Le nom de l'amie de Mme Loisel, Mme Forestier, est celui d'une des principales héroïnes de *Bel-Ami*, que Maupassant était en train d'écrire.

Les sommes citées par Maupassant au cours du récit sont exactes : un costume de cérémonie pour femme coûte de 400 à 475 F, et encore en confection, ce qui est considéré alors comme très peu élégant.

Signalons enfin que lorsque M. Loisel rêve de chasser dans la plaine de Nanterre, il nomme là le rendez-vous des chasseurs peu fortunés qui habitent Paris : cette plaine n'est pas encore construite, et le petit gibier y abonde.

Le Bonheur

P. 157

1. Ce récit parut dans *Le Gaulois* du 16 mars 1884 et fut repris dans *Contes du jour et de la nuit*.

Une Vendetta

P. 166

1. Ce récit parut dans *Le Gaulois* du 14 octobre 1884 et fut repris dans *Contes du jour et de la nuit*. Rappelons que Jeanne, dans *Une Vie*, chapitre v, se rendant en voyage de noces en Corse, rêve à ce pays comme à celui des maquis, des bandits, des montagnes, et qu'elle est saisie par sa beauté sauvage. Elle y connaît la fugitive révélation du plaisir sexuel. Elle y entend des histoires de vendetta. Les deux orientations des récits de notre recueil placés en Corse existent donc dans le roman de 1881.

Coco

1. Ce récit a paru dans *Le Gaulois* du 21 janvier 1884 et a été repris dans *Contes du jour et de la nuit*. La description de la « Métairie » atteste que nous sommes dans le pays de Caux, où l'on nomme « cour » l'emplacement protégé par les arbres plantés sur une levée de terre qui est appelée « fossé ».

Auprès d'un mort

P. 179

1. Ce récit, paru dans *Gil Blas* le 30 janvier 1883, ne fut pas repris en recueil du vivant de Maupassant. Il y utilise une anecdote contée par Gwinner dans sa biographie de Schopenhauer. Celui-ci était mort le 23 septembre 1860.

P. 181

1. Sans doute Challemel-Lacour, qui, dans un article de la *Revue des Deux Mondes* du 11 mars 1870, dépeint le philosophe comme suscitant un grand malaise chez ceux qui le rencontrent.

La Serre

P. 185

1. Ce récit parut dans *Gil Blas* le 26 juin 1883, et ne fut pas repris en recueil du vivant de Maupassant.

Un duel

P. 192

1. Ce récit parut dans *Le Gaulois* du 14 août 1883, et ne fut pas repris en recueil du vivant de Maupassant. Il se situe après la signature des préliminaires de la paix délimitant les nouvelles frontières de la France amputée de l'Alsace et d'une partie de la Lorraine, le 1er mars 1871.

284

Une soirée

P. 199

1. Ce récit paru dans *Le Gaulois* du 21 septembre 1883, ne fut pas repris en recueil du vivant de Maupassant. Maître Saval donne chez lui une audition du *Saïs, conte arabe*, opéra de Madeleine Olagnier créé au théâtre de La Renaissance le 18 décembre 1881. Il se rend à Paris pour entendre l'opéra *Henri VIII* de Saint-Saëns, paroles de Léonce Détroyat et Armand Silvestre (un confrère de Maupassant à *Gil Blas*), créé avec succès le 2 mars 1883 à l'Opéra. Il entre dans la brasserie du Rat Mort, place Pigalle, qui se distingue par un plafond peint par Goupil. Il rencontre le peintre « Romantin » dont le nom est imaginaire, mais lui cite des peintres contemporains fort réels et connus, tous assez académiques (Clairin et J.-P. Laurens peintres de fresques, Bonnat et Hébert portraitistes, Guillemet paysagiste ; et en outre des peintres de genre, qui sont revenus à la mode, car ils nous donnent des documents justes et parfois vifs sur leur temps : Gervex, Béraud. Duez est un peintre de scènes d'histoire). Ces peintres sont presque tous cités dans *Bel-Ami*, quand le banquier Walter fait visiter sa « galerie ».

P. 208

1. C'est une vieille « scie », tirée de *La Femme à barbe* de Blaquière et Frébault, qui fut un succès de la chanteuse Thérésa à l'Alhambra sous le Second Empire.

Le Vengeur

P. 211

1. Ce récit parut dans *Gil Blas* le 6 novembre 1883, et ne fut pas repris en recueil du vivant de Maupassant. Dans *Bel-Ami*, Georges Duroy, second mari de Madeleine Forestier, conçoit la même jalousie par procuration, après avoir pressé sa femme de questions indiscrètes sur son premier mari.

L'Attente

P. 218

1. Ce récit, paru dans *Le Gaulois* du 11 novembre 1883, ne fut pas repris en volume du vivant de Maupassant.

Première neige

1. Ce récit, paru dans *Le Gaulois* le 11 décembre 1883, ne fut pas repris en volume du vivant de Maupassant. La description de Cannes a été reprise par Maupassant dans *Bel-Ami*, première partie, chapitre VIII.

TABLE

COMMENTAIRES

Composition réalisée par C.M.L., Montrouge

IMPRIMÉ EN FRANCE PAR BRODARD ET TAUPIN
Usine de La Flèche (Sarthe).
Librairie Générale Française - 6, rue Pierre-Sarrazin - 75006 Paris.
ISBN : 2-253-00963-6 ◈ 30/0650/9